afgeschreven

MARELLE BOERSMA

Stil water

Tweede druk, april 2011

© 2010 Marelle Boersma
Omslagontwerp Cunera Joosten
Boekverzorging Michiel Niesen, ZetProducties, Haarlem
Foto omslag © Kangah
Druk: Koninklijke Wöhrmann BV

ISBN 978 94 6109 015 7
NUR 332

Meer informatie over Verbum Crime op www.verbumcrime.nl

voor mijn broer Hans

Elke gelijkenis met bestaande personen en gebeurtenissen berust geheel en al op toeval.

1

Het was aardedonker op het bedrijfsterrein. Er hing een geur van bedorven vlees vermengd met ontsmettingsmiddelen. De druilerige regen voelde lauw aan, toch liep er een rilling over zijn lijf, alsof hij de naargeestige sfeer van zich af wilde schudden. Het verbaasde hem hoeveel geluid er 's nachts werd geproduceerd door de machines van het destructiebedrijf. Hij moest zijn oren tot het uiterste inspannen om nog iets anders te horen, maar wat hij verwachtte te horen wist hij niet.

Hij liep voorovergebogen als een dief in de nacht over zijn eigen terrein. Zijn colbertje had hij openhangen. Een hittegolf hield Zeeland al wekenlang in zijn greep en door het vocht voelde de nachtelijke lucht klam aan. Stil sloop hij verder. In zijn hand droeg hij het plastic tasje met het geld.

Leg het geld in de plastic bak die naast de noordelijke schoorsteen klaar zal staan.

De opdracht dreunde door zijn hoofd.

De bedreigingen waren een maand geleden begonnen, maar hij had er aanvankelijk weinig aandacht aan besteed. Een anonieme mailverzender kon zoveel zeggen en eisen. Hij had elke email van de afperser gewoon verwijderd. Totdat er een bericht kwam waarin werd aangegeven dat er een bewijs zou volgen dat het ernst was. Er zou een lozing van ongezuiverd afvalwater plaatsvinden. Hij had in zichzelf gelachen. Hoe kon iemand zorgen voor zo'n lozing? Er waren strenge controles op het bedrijf en die waren niet te omzeilen. Maar de volgende dag was op de aangekondigde plaats een gemene verontreiniging gemeten. De cijfers in de milieurapporten hadden er niet om gelogen. Hoe had de chanteur dat in vredesnaam voor elkaar gekregen?

Daarna was er een bedrag genoemd. Hij had toen geweten dat hij de bedreigingen niet langer kon negeren. Hij moest wel meewerken.

Behoedzaam liep hij langs de grote overdekte hal. De lichte regen zorgde ervoor dat hij langzaam maar zeker nat werd. Een sterke geur drong diep zijn neus binnen. Wat doe ik hier eigenlijk, bedacht hij voor de zoveelste keer. Dit was toch geen plek om op dit tijdstip rond te lopen. Maar meteen drong de harde waarheid weer tot hem door. Als hij niet zou betalen zou het afgelopen zijn met de aantrekkelijke bonus die hem ook dit jaar weer toe zou komen als de verlangde targets behaald werden. De afperser had hem in zijn macht. Die bleek te kunnen zorgen voor veel vervuiling en dus voor problemen.

Hij schrok toen door een plotselinge windvlaag de plastic tas in zijn hand opzij waaide en luid ritselde. Zijn zenuwen speelden hem parten. Hij naderde het eind van de grote hal. Voorzichtig keek hij om de hoek. Donkere schaduwen lagen over de betonnen vloer. Hij zag geen enkele beweging. Dikke druppels dropen van zijn haren en liepen verder over zijn gezicht. Het licht van de schijnwerper van het hoofdgebouw werd gebroken in de vele druppels op zijn brillenglas. Hij pakte de bril van zijn neus en probeerde hem met een haastige beweging aan de natte mouw van zijn jasje droog te vegen. Tevergeefs.

De noordelijke schoorsteen stak grimmig de lucht in. Daar moest hij zijn. Hij keek om zich heen en sloop dichterbij. De geluiden werden sterker.

Bij de schoorsteen bleef hij staan. Wat nu? Er was geen plastic bak te bekennen. Weer liet hij zijn blik rondgaan. Alles leek te bewegen door de schittering in de met waterdruppels bedekte bril. Al turend naar de grond liep hij langzaam om de schoorsteen heen. Er was echt geen plastic bak. Was hij om een andere reden hierheen gelokt? Maar waarom? Wat wilde de afperser van hem, behalve zijn geld?

Hij keek achterom. Hoorde hij iemand? In de verte klonk alleen het geluid van een motor. Geen voetstappen? Hij poetste snel zijn bril en plaatste hem terug op zijn neus. Scheef. Met een snelle beweging zette hij hem recht. De plastic zak sloeg met een krakend geluid tegen zijn gezicht. Verdomme!

Hij wilde roepen dat ze hem met rust moesten laten, maar hield zich in. De achtergrondgeluiden waaiden over het lege terrein. Zijn hart klopte duidelijk voelbaar in zijn borstkas. Verder hoorde hij niets. Hij maakte zichzelf gek. Er was niemand.

Opeens zag hij een afvalbak staan. Zou die bedoeld worden? Moest hij zijn geld in een afvalbak gooien? Weer keek hij om zich heen. Niemand te zien. Hij opende de deksel en duwde de plastic zak naar binnen. Een zachte plof volgde. Nou wegwezen, dacht hij gejaagd. Hij draaide zich om en begon terug te lopen. Eerst in een rustige pas, maar toen hij eenmaal voorbij de hoek van de grote hal was, begon hij harder te lopen.

Abrupt bleef hij staan. Waar was hij mee bezig? Zoveel geld in een afvalbak. Stel je voor dat er niemand kwam, dan zou zijn geld in het huisvuil verdwijnen.

Nee. Hij schudde onwillekeurig met zijn hoofd waardoor een scherm van druppels rondwaaierde. Hij draaide zich om en zocht een positie waarvandaan hij de afvalbak goed in de gaten kon houden. De angst was verdwenen. Hij wilde zeker weten dat zijn geld opgehaald werd. Hij wilde zeker weten dat de bedreigingen zouden stoppen.

Hij had al dik een half uur gewacht, toen hij iets hoorde. Het geluid van een motor kwam dichterbij. Hij rilde, toch had hij het niet koud. De spieren in zijn kuiten deden pijn. Gespannen. Hij trok zich terug in de schaduw, zodat hij nog net om het hoekje kon kijken. Het achtergrondgedreun van de machines zeurde in zijn oren. Hij probeerde te ontspannen.

Op dat moment voelde hij dat er iemand achter hem stond. Voordat hij zich om kon draaien kreeg hij een harde klap op zijn hoofd. De pijn sneed naar binnen. Daarna niets meer. Zelfs de klap waarmee hij op de grond terechtkwam voelde hij niet meer.

2

Samuel ging langzamer lopen en stopte toen. Onder aan de dijk zag hij een donkere gestalte liggen. De vroege ochtendzon scheen over de dijk en hulde de figuur in de schaduw. Hij lag bewegingloos in het slib. Doodstil.

'Hé, Willem!' riep hij naar zijn joggingmaatje, die een tiental meters voorsprong had opgebouwd. Willem was een sportschooltype, een groot lijf en een enorme conditie. Samuel voelde soms een steek van jaloezie als hij zijn vriend bekeek. Hij kon trainen wat hij wilde, het postuur van Willem zou hij nooit bereiken. Hij was zelf klein, onopvallend bijna. Zijn prachtig gespierde armen konden daar niets aan veranderen.

'Wat is er?' riep Willem. Zijn kale hoofd was nat van het zweet, en het ringetje in zijn oor glom. Hij liep in een rustige draf terug.

Een aantal meeuwen vloog schreeuwend op en twee scholeksters liepen met snelle passen weg, hun dolkachtige oranje snavels voor zich uitgestrekt.

Samuel wees naar beneden. Nog steeds geen enkele beweging bij de figuur onder aan de dijk.

'Goh, ben ik daar zomaar langsgelopen? Zou hij dood zijn?' vroeg Willem.

'Ik kan het niet goed zien, maar hij ziet er niet echt tof uit.' Samuel streek over zijn korte stekelhaar.

'Moeten we niet even gaan kijken?'

'Sta jij te popelen om met je loopschoenen die modder in te gaan?' Er strekte zich een onaantrekkelijke slibstrook tussen hen en de bewegingloze figuur uit.

'Nee, natuurlijk niet. Maar als hij nog leeft...'

Samuel aarzelde maar nam toen een besluit. 'Oké, je hebt gelijk. Ik ga wel kijken. Misschien dat hij nog te redden is.'

'En je schoenen dan?'

'Ach, lekker belangrijk. Ik ga wel op mijn sokken.'

Hij ging op de dijk zitten en trok zijn schoenen uit. Daarna schuifelde hij behoedzaam over de groen uitgeslagen basaltkeien naar beneden. Hij wist dat als hij niet zou gaan kijken, het tafereel de hele dag in zijn hoofd zou blijven rondspoken. Stoer stapte hij met zijn spierwitte sokken op de modderige laag die voor de dijk lag. Hij zakte er een eindje in weg en voelde het koele vocht door zijn sokken dringen. Wat een smerige zooi. Het was eb en dus was de slikvlakte nog erg nat. Elke oneffenheid was echter goed voelbaar. Gelukkig was het maar een klein stukje.

Die is er echt geweest, dacht hij, terwijl hij dichterbij kwam. Het dier was misschien iets meer dan een meter lang en de sierlijke vorm was nu star. Hij knielde en keek naar het blaasgat dat boven op de kop van de bruinvis zat. Geen beweging. Zacht streek hij over de kop en de rug van het dier. Hij voelde stijf en koud aan. Geen reactie, niets.

Het was voor het eerst dat hij zelf een bruinvis vond. Hij wist wel dat ze bij de monding van de Westerschelde gevonden werden, of aan het strand van de Noordzee, maar hij had nog nooit gehoord dat er eentje bij de Oosterschelde was gevonden. Hij wist zelfs niet eens dat deze dartele zoogdieren in de Oosterschelde zaten. Deze dieren hoorden te spelen in zee, dacht hij. Hij keek naar het stijve dier en dacht terug aan die keer dat hij in het Dolfinarium was geweest. Daar had hij voor het eerst van zijn leven een bruinvis gezien. Het dier was ergens aangespoeld en op tijd gevonden. Die had het overleefd. Hij werd daar verzorgd en was later weer in zee teruggezet. Tot die tijd had hij niet geweten dat bruinvissen eigenlijk kleine dolfijnen waren. De naam klopte ook niet, besloot hij.

Wat nu, dacht Samuel, terwijl hij ging staan. De spieren in zijn bovenbenen voelden stijf aan. Hij keek achterom. Zijn maatje was bezig met een aantal stretchoefeningen op de dijk. Even overwoog hij om op zijn vingers te fluiten, maar net op tijd bedacht hij dat hij met zijn vingers aan het dode dier had gezeten. Niet echt fris.

Hij liep de korte afstand door het slib terug naar de dijk. Zijn tenen glibberden tegen elkaar en hij dacht zelfs dat hij de modder tussen zijn tenen omhoog voelde wellen. Wat maakt het uit, dacht hij. Een dode bruinvis, shit!

Hij moest iemand bellen om het dier op te halen. Zou hij het Dolfinarium moeten benaderen? De looptraining was opeens naar de achtergrond verschoven. Niet alleen had hij er geen zin meer in, hij wist ook dat als hij met deze modderige voeten zijn loopschoenen weer aan zou trekken, hij zijn voeten helemaal open zou schuren door het zand en de modder.

'En, was hij dood?' vroeg Willem.

Samuel knikte.

'Het was zeker een jonge zeehond?' ging Willem verder.

'Het was een bruinvis.'

'Bruinvis?'

Samuel knikte. 'Eigenlijk is het een kleine dolfijn.'

'Ja, wat is het nou, een bruinvis of een dolfijn?'

'Een bruinvis ís een dolfijn,' zei Samuel ongeduldig.

'Hoe komt die hier in de Oosterschelde?'

'Gewoon door de openingen bij de stormvloedkering, debiel.'

'Moeten we niet iemand waarschuwen?'

Samuel keek naar zijn vriend die duidelijk ook geen raad wist met de situatie.

'Ik bel de politie wel.'

3

Hijgend leunde Rona tegen het hekje dat boven op de dijk van de Oosterschelde stond. Ze was buiten adem en voelde het zweet onder het dikke neopreen duikpak over haar rug lopen. Het was vandaag misschien nog wel warmer dan de afgelopen dagen.

'Kom op, Rona!' riep haar duikpartner Beer haar toe.

Ze zag dat hij al bij het water was en zijn spullen op de stenen neerlegde. Beer richtte zijn enorme lijf op en keek weer in haar richting. Geen wonder dat hij Beer genoemd werd, dacht ze. Hij was sterk, soms knorrig en zijn lijf was krachtig maar toch zacht door de overmatige beharing. Hij was echter ook lief en zorgzaam voor zijn vrouw en beschermend voor zijn twee nog jonge kinderen.

'Waar wacht je op?' hoorde ze hem roepen.

'Ik kom eraan,' bracht ze met enige moeite uit. Ze zuchtte. Het leek wel alsof ze niet genoeg lucht kreeg. Mens, wat heb je een slechte conditie, mopperde ze op zichzelf. Ze moest beter op zichzelf letten, goed eten om voldoende energie te hebben voor dit soort waanzinnige activiteiten. Vooral in deze hitte.

Ze ritste haar duikpak wat verder open op zoek naar verkoeling, verschoof de fles op haar rug, zodat die niet meer op haar loodgordel drukte en ademde even diep door. Daarna liep ze naar het trapje dat naar het water leidde. Haar knieën trilden licht bij elke stap die ze deed.

Toen ze eindelijk beneden was zag ze dat Beer zijn duikbril stond schoon te maken. Ze voelde zich uitgeput.

'Beer, kun je even mijn fles aanpakken?'

'Kun je hem niet beter omhouden? Ik wil eigenlijk niet te lang bij deze warmte in dat dikke pak rondlopen.

Ze ademde diep in. 'Ik moet even rusten.'

'Hé, wat is er met jou aan de hand?' Beer keek haar onderzoekend aan. Zijn blonde krullen glansden in de zon. Zijn blauwe ogen met de lange wimpers knepen samen in het felle licht. Toen hij zich naar haar toeboog zag ze wat borsthaar boven de rits van zijn duikpak uitkomen. Het gewicht werd van haar rug afgetild en ze liet zich op de stenen zakken. Haar ademhaling ging moeizaam.

'Ik weet het niet. Het zal zo wel beter gaan. Ik krijg een beetje weinig lucht, dat is alles.'

'Ik heb je al vaker gezegd dat je die conditietraining niet zo moet verwaarlozen. Je bent al weken niet geweest.'

'Ja, ja. Je hebt gelijk, maar het kwam er gewoon niet van.'

Rona haalde een aantal keren diep adem, maar had het idee dat het niet veel uithaalde. Het leek wel of haar longen geblokkeerd werden. Het was ook zo warm. Ze kon beter het water in gaan, daar was het een stuk koeler. Het vooruitzicht lonkte.

Ze pakte haar duikbril uit de zak van haar trimvest en kwakte er een klodder spuug in. Met haar vingers verdeelde ze het over het glas, de methode om haar brilletje niet te laten beslaan. Maar nu moest ze het afspoelen. Ze had het gevoel dat ze nooit meer overeind kon komen.

'Ach, Beer. Wil je wat voor me doen? Spoel jij even mijn brilletje?' Ze probeerde hem lief toe te lachen, terwijl ze de duikbril omhooghield.

Even leek het alsof Beer niet op haar verzoek wilde ingaan, maar toen lachte hij. 'Geef maar hier, luie tante.' Hij liep naar het water, maar draaide zich nog even om. 'Maak dan wel wat tempo. Ik wil graag het water in.'

Rona knikte, verzamelde al haar krachten en hees zich overeind. De duizeling overviel haar en een irritant hoog geluid zwol aan in haar hoofd. Opeens zag ze alles door een gele waas waarna het steeds donkerder om haar heen werd. Ze boog zich voorover en steunde met haar handen op haar knieën. Langzaam trok het duizelige gevoel weg. De pieptoon zwakte af.

Traag begon ze met de voorbereidingen voor de duik. Beer had gelijk, het was veel te warm om lang op de kant te blijven. Daar kwamen die duizelingen vast vandaan. Ze liep het water in. De stenen waren glad van de algen.

'Hoeveel minuten nog voor de kentering?'

Beer keek op zijn horloge. 'Een dik kwartier volgens de tabellen. We hebben door jouw getreuzel wel wat tijd verloren.'

Elkaar ondersteunend trokken ze hun vinnen aan, controleerden de apparatuur, bevestigden de buddylijn en doken toen langzaam onder in het koele water.

Het water was heerlijk fris, maar troebeler dan ze verwacht had. De benauwende hitte trok uit haar pak, terwijl ze rustig afdaalden. Het bekende ontspannen gevoel kwam over Rona heen. Het ontbreken van enige haast was toch wel een heel aantrekkelijk aspect van de duiksport. Er was nauwelijks stroming en ze liet zich meedrijven naast Beer. Loom bewoog ze haar benen op en neer en al snel zag ze de bodem voor zich opdoemen. Een krabbetje schoot weg achter een steen, waar een oranje zeester haar armen omheen had geslagen.

Nu ze onder water was had ze totaal geen moeite meer met ademen. Deze inspanning was dan ook niet te vergelijken met de kracht die je nodig had om die dijk op te klimmen met al die zware apparatuur op je lichaam. Misschien moest ze inderdaad maar wat vaker naar de conditietraining van hun duikvereniging gaan.

Ze keek naar Beer die tussen de stenen zocht. Het gaf haar een warm gevoel hem zo bezig te zien, druk op zoek naar krabben en andere kriebeldiertjes, zoals hij de bodemdieren altijd noemde. Beer had eerst alleen maar gedoken om de kick van het duiken, maar hij begon door haar natuurcursussen ook van de mooie onderwaternatuur te genieten. Als marien biologe wist ze dan ook veel te vertellen over de onderwaterwereld.

Op een grote kei zag ze een prachtige doorzichtige zakpijp. Dat bleef ze wonderlijke dieren vinden. En weer totaal anders dan de zakpijpen in de Middellandse Zee. Deze waren doorzichtig, alleen de uitstroomopeningen hadden een felgele rand, waardoor ze een prachtig accent kregen.

Ze voelde de buddylijn strak trekken en moest een paar harde slagen maken om bij Beer te komen. Een duizeling kwam opzetten en ze greep Beers bovenarm voor steun. Hij keek om en vroeg haar in de hun zo bekende gebarentaal of alles oké was. Ze knikte van ja, en vormde tegelijkertijd met haar duim en wijsvinger het rondje. Het lichte gevoel in haar hoofd zou zo wel weer wegtrekken. Op haar duikcomputer zag ze dat ze op elf meter diepte zaten.

Ze pakte de hand van Beer vast. Totaal onnodig natuurlijk met de buddylijn tussen hen in, maar nu wel prettig. Zo kon ze zich door hem laten meeslepen. Haar energie leek met de minuut af te nemen. De ontspanning van het begin van de duik was nu totaal verdwenen. Ze begon zich zorgen te maken. Waar kwamen die duizelingen vandaan? Ze had er de laatste tijd vaker last van. Kwam het door de drukte in het duikcentrum? Of had het te maken met haar onregelmatige eetpatroon?

De fluittoon klonk weer in haar oren. Ze sloot haar ogen om de opdringende zwartheid niet te hoeven zien. Ze probeerde zich te concentreren op de hand van Beer, haar enige houvast op dat moment. Blijf bij me, wilde ze roepen. Ze voelde Beers hand echter wegglijden. Even was er niets. Alleen maar de diepe duisternis en de hoge toon. Daarna leek ze te vallen. Hoe kan ik nou vallen onder water, dacht ze nog. Toen zweefde ze weg in de donkere mist.

Ze werd teruggetrokken uit de nevel door een krachtige greep om haar arm. Haar ogen waren zwaar. Beer staarde haar verontrust aan. Ze voelde hoe hij haar ademautomaat tegen haar lippen duwde en ze ademde diep door. Moeizaam maakte ze het gebaar dat ze zich niet goed voelde. Beer pakte haar schouders stevig vast. Langzaam begonnen ze aan de opstijging. Ze gaf zich volledig aan hem over. Ze klemde haar ademautomaat tussen haar kiezen en ademde diep uit en daarna voorzichtig weer in. Was ze flauwgevallen, vroeg ze zich af. Of was ze niet helemaal weggeweest? Het maakte nu niet meer uit. Beer zorgde voor haar en dat was een geruststellend gevoel.

Rona keek naar het vertrouwde gezicht van Beer terwijl ze langzaam opstegen. Een strak gelaat. Een heen en weer flitsende blik, van haar naar zijn duikcomputer en dan weer naar boven, waar enkel een troebele mist hing. Eindelijk werd het warmer en algauw zag ze de schittering van de zon op het water. Automatisch stak ze haar arm omhoog op het moment dat ze door het wateroppervlak heenbraken. De zon scheen in haar gezicht en ze liet lucht in haar trimvest blazen. Ze dreef nu rustig op het water.

'Is alles goed?' Beer keek haar bezorgd aan.

Ze spuugde haar ademautomaat uit haar mond en ademde eerst een paar keer diep in en uit voordat ze antwoordde.

'Ja. Het gaat weer wat beter. Dankjewel.'

'Jeetje meisje, wat heb je me laten schrikken.'

Ze voelde zijn hand nog steeds stevig onder haar arm.

'Wat gebeurde er nou opeens?'

Ze probeerde dapper te glimlachen.

'Kijk niet zo ongerust, joh. Ik heb alles weer onder controle.' En om die woorden kracht bij te zetten dwong ze zichzelf de glimlach vast te houden. Haar hoofd voelde echter zwaar door een bonkende pijn achter haar ogen.

'Rustig aan,' probeerde hij haar af te remmen, toen ze naar de kant begon te zwemmen. 'Houd je maar aan mij vast, dan trek ik je wel naar de kant.'

Even later zat ze comfortabel tegen hem aangeleund op de stenen van de dijk.

'Hoe voel je je nu?'

'Het gaat wel, een beetje hoofdpijn.' Ze ritste haar pak aan de voorkant een stuk open, waardoor ze vrijer kon ademen.

'Ik schrok me dood. Je kneep mijn hand bijna fijn. En toen liet je opeens los en zakte je zomaar weg.'

Rona zei niets. Ze dacht terug aan het moment dat ze zelf haar ogen had gesloten en haar uiterste best had gedaan de irritante piep uit haar hoofd te bannen. Ze was dus echt weggeweest.

'Gelukkig kwam je snel weer bij.' Ze hoorde zijn opgeluchte zucht.

'Tsja, het zicht was opeens wel erg slecht,' probeerde ze een grapje te maken. Het bonken in haar hoofd werd overgenomen door een pijn die zich geniepig achter haar ogen nestelde.

'Waarom heb je niet eerder gewaarschuwd? Ik had niet in de gaten dat je je niet goed voelde. Opeens was je weg. Die buddylijn is je redding geweest. Daardoor had ik je snel te pakken. Gelukkig maar. Ik moet er niet aan denken dat...' Hij maakte zijn zin niet af.

Nee, dacht Rona, daar moest ze zelf ook niet aan denken. Hoewel ze allebei getraind waren in dit soort calamiteiten, hoopte ze natuurlijk dat ze het nooit nodig zou hebben. Stel dat ze nu met ongeoefende mensen gedoken hadden? Hoe was het dan afgelopen? Hoe had een beginneling gereageerd?

Beer onderbrak haar gedachten door op te staan. 'Blijf jij nog maar even rustig zitten. Ik ga de spullen naar de auto brengen. Daarna breng ik je naar huis. Of wil je liever even napraten bij het duikcentrum? Ik wil wel weten wat er met je aan de hand is. Denk er maar even over na.' Hij liep de dijk op met haar fles op zijn schouder.

Rona sloot haar ogen. Wat er aan de hand is, herhaalde ze zijn woorden in gedachten. Alsof ze daar een antwoord op kon geven.

Een uurtje later zat Rona onderuit op de bank in haar kamer met een groot glas Ice Tea tussen haar handen. Beer was net vertrokken. Hij zou de duikspullen spoelen bij het duikcentrum. Ze hadden nog wel de duik doorgenomen en even gepraat over haar duizelingen, maar ze had eigenlijk alleen maar met rust gelaten willen worden. Ze had dan ook nauwelijks geprotesteerd toen hij haar had aangeraden om de rest van de dag rustig aan te doen.

Ze voelde zich belabberd. Haar hoofdpijn was nog steeds overheersend aanwezig en ze voelde zich niet in staat om iets te ondernemen. Op dat moment kwam er een vreemde eenzaamheid over haar heen. Een verlatenheid die ze ook had gevoeld op het moment dat ze verdween in die duisternis onder water. Het was angstig dat ze geen controle had over haar bewustzijn, het feit dat ze zomaar weggezonken was. Alles kwam weer naar boven.

Ze nam een slok. De kou gleed door haar lichaam naar beneden.

Het deed haar goed. Nu die verdomde hoofdpijn nog de kop indrukken. Ze zette haar voeten op de grond en kwam langzaam overeind. Geen duizelig gevoel. Gelukkig. Ze schuifelde naar de badkamer waar ze uit het kastje een strip pijnstillers pakte. Handig gooide ze een pil in haar mond en nam een slok water uit de kraan om hem weg te spoelen.

Had ze eigenlijk wel wat gegeten voor het duiken? Ze wist het niet meer. Misschien was het wel verstandig om iets te nemen, ook al had ze totaal geen trek. Net toen ze een bord op het aanrecht had gezet, ging de telefoon.

Ze aarzelde toen ze het nummer herkende. Dat net op dit moment Frits moest bellen. Een doodgoeie vent en een prettige duikvriend, maar af en toe irritant druk.

'Ik las in de krant dat er een bruinvis bij de Oosterschelde is aangespoeld.' De hoge stem van Frits klonk schel. Ze hield de hoorn een eindje van haar oor af en zuchtte. Bruinvis? Toen herinnerde ze zich de bruinvis die een paar dagen geleden door een paar joggers was gevonden.

'Die bruinvis was al dood,' antwoordde ze.

'Is Ruud er dan nog bijgeweest? Hij is toch werkzaam bij het EHBZ?' ging Frits alweer verder.

De eerste keer dat ze de naam van die organisatie hoorde had ze gedacht dat ze een geintje met haar uithaalden, maar de Eerste Hulp Bij Zeezoogdieren, voornamelijk bestaande uit vrijwilligers, bleek echt te bestaan. Sterker nog, door haar werk als marien biologe had ze nu zelfs regelmatig contact met de coordinator van het EHBZ, Ruud, een man met te vroeg grijs haar, eeuwig gekleed in boswachtersgroen en in het bezit van een pijp die vastgeklonken leek tussen zijn bebaarde kaken.

'Ruud was door de politie gebeld, maar de bruinvis was al afgevoerd naar Naturalis. We zijn daar nog langsgegaan, maar het enige dat ze gedaan hebben is hem opmeten en wegen.'

'Dus als marien biologe viel er niet veel meer te onderzoeken?'

'Nee, dit keer kon ik er niets mee.'

'Dat komt niet vaak voor, hè? Een bruinvis in de Oosterschelde.'

Rona streek over haar voorhoofd in een poging om de drukkende pijn weg te masseren. 'Soms. Steeds vaker zelfs. Maar de meesten spoelen aan bij de Westerschelde of op het Noordzeestrand.'

'Arme beesten. Maar iets heel anders. Weet jij of er vanavond nog wordt gedoken?'

'Vanavond?' Rona zat nog met de bruinvis in haar hoofd. Het snelle schakelen van Frits kostte haar moeite.

'Ja, het is echt perfect weer om een avondduik te maken in de Oosterschelde.'

'Nou, ik denk...'

'Ik heb gekeken in de getijdentabel en de volgende kentering is rond half acht vanavond.'

'Dat kan best zijn, Frits. Maar...'

Weer werd ze onderbroken.

'Nu het bij het duikcentrum niet meer zo druk is kunnen we weer eens ouderwets met ons eigen groepje gaan duiken. Lijkt je dat wat? Ik neem aan dat er nog volle flessen zijn, dus dan kunnen we om zeven uur op de dijk bij de Zeelandbrug afspreken. En als het een beetje meezit...'

Rona streek over haar voorhoofd terwijl Frits doorratelde.

'Ik zal zometeen even langs het centrum rijden, want ik zag dat Beer daar ook net was. Dus dacht ik dat hij misschien wel hetzelfde idee had.'

'Frits, luister even,' probeerde Rona hem te onderbreken.

'Ik kan nog wel meer mensen bellen. De meesten van ons zijn wel voor een duikje te porren, dan kunnen we lekker relaxed duiken zonder beginners erbij. Wat dacht je daarvan?'

Eindelijk was Frits stil. Rona schraapte haar keel. 'Frits, ik ga vandaag niet meer duiken.'

Het bleef zowaar even stil aan de andere kant.

'Ik voel me niet helemaal lekker. Vanmiddag bij een duik met Beer ben ik...'

'Je hebt al een duik gemaakt? Jeetje, waarom hebben jullie me niet even gebeld? Je weet toch dat ik altijd wel in ben voor een blik onder water?'

'Frits, luister je nu even?' Rona voelde zich kwaad worden. Ze ondersteunde haar hoofd en sloot haar ogen. 'Ik ga niet mee. Ik ga vandaag niet meer duiken. Bel maar iemand anders, maar ik ga niet mee, ik voel me niet lekker. Ik heb een knallende koppijn.'

'Oké, dan gaan we gewoon met mannen onder elkaar.'

De lach van Frits irriteerde haar. Normaal kon ze erg goed met de enthousiaste Frits opschieten, maar nu wilde ze het liefst dat hij gewoon ophing en haar met rust liet.

'Had dat maar eerder gezegd, meisje. Nou, sterkte.'

Even bleef Rona met de hoorn in haar handen zitten. Ondanks het drukke en verwarrende telefoontje schoot er een glimlach over haar gezicht. Gekke drukke Frits. Hij zou het wel horen van Beer, bedacht ze. Waar was ze ook weer mee bezig, toen Frits belde?

4

Hij opende zijn voordeur waarachter zijn hond Donar ijverig stond te kwispelen. Gedachteloos aaide hij het dier even over zijn kop en liep door naar de keuken. Daar opende hij de koelkast en pakte een biertje. Geroutineerd opende hij het flesje, schonk het leeg in het klaarstaande glas en nam een grote slok. Hij slaakte een zucht toen hij de koelte naar beneden voelde lopen.

De gedachte aan een nieuw bericht spookte de hele dag al door zijn pijnlijke hoofd. Waarom had hij nog niets gehoord? Het geld moest opgehaald zijn. Toen hij die nacht doorweekt en verkleumd op het koude beton was bijgekomen, was hij meteen gaan kijken. De afvalbak bleek leeg.

Hij liep de trap op naar zijn werkkamer en zette zijn computer aan. Het a-ritmische geratel van zijn computer begeleidde zijn gedachten. Zou hij door de afperser tegen de lamp kunnen lopen? Werd alles na al die jaren weer opgerakeld? Hij had geen idee. Wel had die vuilak bewezen de touwtjes in handen te hebben. Zijn jaarlijkse bonus stond op de helling. Het bedrag dat gevraagd was bleek relatief laag. Eigenlijk zelfs lachwekkend laag. Daarom had hij besloten om het geld gewoon te geven. Hád hij het maar gewoon gegeven, dat had hem heel wat koppijn gescheeld, dacht hij, terwijl hij de neiging om over zijn achterhoofd te strijken onderdrukte.

Met een paar klikken van zijn muis opende hij zijn mailbox. Hij zag het bericht direct staan. De vreemde naam was hem al pijnlijk bekend. Was het geld gevonden? Dan was hij tenminste van het probleem verlost. Zijn ogen schoten over de regels.

Dit was natuurlijk slechts een opwarmertje. Maar de
afspraak was dat je weg zou gaan als je het geld in de bak had
gedeponeerd. Je hebt je niet aan die afspraak gehouden. Je zult
de consequenties van dit gedrag moeten dragen. Je moet niet

*denken dat je er de volgende keer met een zacht tikje op je
hoofd vanaf komt. Ik weet je te vinden.*

Hij veegde de zweetdruppels van zijn voorhoofd. Volgende keer? Wist
de afperser waar hij woonde? Hij keek om zich heen, zag de schaduwen
in zijn werkkamer. De open gordijnen. Had hij de deur wel goed
afgesloten? Een zacht gepiep klonk naast hem. Donar zat met zijn
oren plat in zijn nek naar hem te kijken. Zou die hond een indringer
net zo tegemoet treden? Kwispelend en jankend om aandacht? Wat
had hij aan dat beest als hij het huis niet bewaakte.

'Ja ja, ik zal je zo uitlaten,' bromde hij naar zijn huisdier. De oren van
Donar floepten rechtop bij het laatste woord en hij voelde een onwillekeurige
glimlach over zijn gezicht trekken.

Toen richtte hij zijn aandacht weer op het scherm. Het mailbericht
bevatte een nieuw bedrag. Maar de opgesomde details waren erger.
Hoe wist de afperser dat allemaal? Wie was het? Welke man kon hier
achterzitten. Man? Misschien was het wel een vrouw, dacht hij verward.
Zeker was in ieder geval dat het probleem veel groter was dan
hij in eerste instantie had gedacht. Verdomme! Wat kon hij doen? Die
vent was bloedserieus. Hij moest weer betalen. Hij zat hartstikke klem.

Diep in gedachten verzonken liep hij het dagelijkse rondje. Een opkomende
verkoudheid plaagde zijn slijmvliezen. Dat kwam ervan als je
een tijd op het vochtige beton lag, dacht hij geïrriteerd. Alsof hij nog
niet genoeg aan zijn hoofd had.

Zijn hond Donar snuffelde op de bekende plekjes en draaide een
keurige drol midden op de stoep. Hij keek om zich heen, maar de
straat was leeg. Hij baalde dat hij in de haast het plasticzakje was vergeten
en dus liep hij snel verder. Ook zijn gedachten draaiden door.
Hij bleef piekeren hoe hij eventuele beschuldigingen kon ontkrachten
als het eenmaal zover zou komen dat de afperser zijn dreigementen
waar ging maken. Natuurlijk zou hij zelf de meetwaarden iets kunnen
aanpassen, dat was niet zo moeilijk, bedacht hij terwijl hij de drukke

straatweg naderde. Een kleine correctie kon hij zelfs aan zijn secretaresse overlaten. Een passende beloning en het probleem was opgelost. Maar dan moest de vervuiling niet erger worden.

Bij de stoeprand stopte hij. Donar snuffelde druk aan de lantaarnpaal. Toen hij zag dat er geen verkeer aankwam gaf hij een ruk aan de riem. 'Kom, lopen.' Maar Donar keek hem met zijn bruine hondenogen aan en weigerde. Tussen het achtergrondgeluid van het stadsverkeer door hoorde hij het dier zacht piepen.

'Kom op, doorlopen.' Hij gaf nu een hardere ruk aan de riem. Verdomme, waarom deed dat beest net vanavond zo moeilijk, mopperde hij in zichzelf. Hij trok het dier tegen zijn wil de straat op. De hond zette zich eerst schrap, maar gaf toen zijn protest op en schoot langs hem heen.

In de verte hoorde hij het aanzwellende geluid van een motor. Hij keek verschrikt op. Een fel licht kwam met een enorme snelheid op hem af.

'Nee! Kom hier Donar, terug!' riep hij vertwijfeld. Ze moesten terug naar de stoep. *Je zult de consequenties moeten dragen*, hoorde hij in zijn hoofd. Wanhopig rukte hij aan de lijn. Maar Donar was niet zo makkelijk te stoppen. Hij hoorde dat de motorrijder naar een hogere versnelling schakelde, duidelijk niet van plan om te stoppen. Verdomme! *Ik weet je te vinden*, dreunde de stem verder. Dit kon toch niet gebeuren? Hij wilde toch betalen. Donar! De gedachten stuiterden door zijn hoofd. De enorme schijnwerpers kwamen recht op hem af en hij gaf een laatste ruk aan de lijn. Doordat Donar zijn weerstand opeens opgaf viel hij achterover en rolde over het asfalt. Het oorverdovende lawaai van de motor liep naar een crescendo. Hij hoorde de doffe klap eerder dan dat hij de scherpe pijn aan zijn been voelde. Daarna raakte hij met zijn hoofd het wegdek. Een lichte duizeling beving hem, terwijl het geluid van de motor wegstierf. Pijn voelde hij, maar ook opluchting. De motorrijder had hem gemist. Gemist! Een hysterische lach kwam omhoog. Het was mislukt, de aanslag op zijn leven was mislukt.

'Meneer, is alles goed met u?' Een bezorgde stem klonk opeens naast hem.

Hij keek omhoog en zag dat een vrouw zich over hem heenboog.

'Ja, hij heeft me net gemist,' stootte hij naar buiten. Hij probeerde overeind te krabbelen en voelde een pijnscheut in zijn been. Toen zag hij een eindje verderop Donar liggen.

'Donar! Oh nee, Donar.'

De hond lag stil op het asfalt, een plasje bloed naast zijn bek.

5

Line had haar boodschappen op de band bij de kassa gelegd. Met een glimlach naar de vrouw die achter haar stond, legde ze het beurtbalkje achter haar eigen boodschappen. Ze keek steels naar de spullen die de vrouw had gekocht en verbaasde zich over de hoeveelheid junkfood. Zelf was ze een echte snoepkous maar ze probeerde zich in ieder geval in te houden als ze bij de supermarkt was. Als ze het eenmaal gekocht had, wist ze dat het ook op zou gaan. Natuurlijk lukte dat niet altijd en dat was haar ook aan te zien. Snel trok ze haar T-shirt over haar heupen.

Ze pakte de streekkrant uit het rek naast de kassa en liet haar ogen over de koppen gaan. *Nieuw beleid tegen overlast hondenpoep.* Een foto van een smeuïge hondendrol prijkte naast het artikel.

'Ja, het is wat. Dat komt niet vaak voor, hè?' zei het meisje achter de kassa.

Line keek op. Het meisje ging onverstoorbaar verder met het scannen van de artikelen. Een piep klonk na elk artikel.

'Weet u dat ik er nog nooit eentje in het echt heb gezien.'

Waar had ze het over? Toen Line zich net weer in het nieuws op de voorpagina wilde verdiepen, keek het meisje haar recht aan.

'Ik zou wel eens een echte willen zien. Ze bewegen altijd zo sierlijk, net alsof ze altijd plezier hebben.'

'Ik weet niet waar je het over hebt,' zei Line nu maar. Ze liet de voorpagina met de foto van de gracieus gedraaide drol zakken.

Het meisje greep de krant en wees een stukje aan dat onderaan de pagina stond. 'Hier staat het. Dode bruinvis aangespoeld,' las ze de kop van het artikel voor.

Line wilde het korte artikel lezen, maar het meisje praatte er weer doorheen.

'Wat erg hè, zo'n mooi beest, zomaar dood. Hoe kan dat nou? Ze zeggen wel eens dat ze gedesoren... uh dat ze de weg niet meer terug kunnen vinden naar zee. Denkt u dat dat echt zo is?' Geroutineerd schoof ze de boodschappen over het schermpje.

'Is die hier in de buurt aangespoeld?' vroeg Line.

'Ja, hier vlakbij. Langs de dijk bij de camping. Hebt u daar in de kapsalon nog niets over gehoord?'

'Ik heb een weekje vrij.'

'Ach, dat is ook wel zo gezellig voor uw zoon. Die zit anders ook maar hele dagen alleen nu het vakantie is.'

Line was blij toen ze na het afrekenen de winkel kon verlaten.

Net toen ze haar boodschappen opgeruimd had stak haar zoon Tom zijn hoofd om de hoek van de keuken. Zijn blonde haar zag er verwaaid uit en zijn ogen straalden levenslustig. Elf jaar was hij alweer.

'Mam! Mag ik morgen gaan surfen?'

Line zag de verlangende blik op zijn gezicht. 'Ga je samen met Luc?'

'Yep. Mag het?' Hij klonk ongeduldig.

'Da's goed. Maar je kent de afspraak, ik wil niet dat je te ver van de kant gaat. Er varen daar veel grote schepen.'

'Het mag,' hoorde ze de enthousiaste stem van haar zoon in de kamer. Hij luisterde al niet meer naar haar.

'Goed, ik zie je morgenochtend!' De hoge stem van zijn vriend Luc verraadde zijn blijdschap.

Line dacht terug aan het moment dat ze kennis had gemaakt met de ouders van Luc die een boerenbedrijf hadden. Ze was heel blij geweest met hun aanbod om het huisje, dat aan de zijkant op hun erf lag, te huren. Het was een soort tuinhuis vergeleken bij hun eigen kolossale boerderij, maar het was een knus huis. En ze voelde zich er meer thuis dan ze zich ooit in een woning gevoeld had. Luc en Tom waren daarna eigenlijk samen opgegroeid. Luc was een paar jaar ouder en soms had ze niet eens meer in de gaten dat de jongen een kleine geestelijke achterstand had. De twee jongens waren maatjes door dik en dun.

'Mam?' Het hoofd van Tom verscheen voor de tweede keer. 'Harvey komt vanavond bij Luc twee dode schapen ophalen. Dus ik ga na het eten naar Luc. Ik heb honger. Wanneer eten we?' Tom ratelde door, terwijl hij zich bukte om aan zijn benen te krabben.

'Het eten is bijna klaar. Hebben de muggen je te pakken gehad?'

'Nee, gewoon jeuk.'

De keukendeur klapte weer dicht. Tom was niet binnen te houden, die barstte van levenslust. Ze voelde een glimlach over haar gezicht trekken. Het was een heerlijk kind, makkelijk en altijd vrolijk. Geen problemen op school en van de verlegenheid die haarzelf vaak parten speelde had hij totaal geen last. Door zijn opgeruimde karakter zorgde hij ervoor dat ze geen kans kreeg om te piekeren.

De koffie was net doorgelopen toen ze de bekende claxon hoorde. Ze keek uit het raam van de keuken en zag de containerauto van Harvey het erf opdraaien. Harvey was een oude schoolvriend. Ze hadden zich van het begin af aan tot elkaar aangetrokken gevoeld. Hij was een van de weinigen die zich niets van haar schuwe houding had aangetrokken. Al snel vormden ze een onafscheidelijk duo en maakten vaak samen huiswerk. Peper en zout, werden ze genoemd. Maar of dat verwees naar het feit dat ze altijd samen te vinden waren of naar hun verschillende huidskleur had ze nooit gevraagd. Wel had ze ooit een keer aan Harvey geopperd dat het te maken kon hebben met haar teruggetrokken karakter versus zijn pittige uitstraling, maar Harvey had alleen maar zijn hoofd achterover gegooid en zo hard gelachen dat ze het onderwerp nooit meer aangesneden had.

Hij was uiteindelijk ook op Tholen blijven hangen, net als zijzelf, en had een baan gevonden. Hij haalde karkassen op bij de verschillende boerenbedrijven in de buurt. Regelmatig waaide hij aan voor een babbeltje voordat hij de karkassen af ging leveren bij het grote destructiebedrijf op Zuid-Beveland. Ze genoot van zijn bezoekjes. Harvey zat vol met vrolijke verhalen en ze leefde op als ze de groene containerwagen de straat in zag draaien. Het bleef verbazingwekkend dat zo'n levendige vent als Harvey op een kadaverwagen reed. Er leek geen grotere tegenstelling mogelijk. Maar misschien moest je ook wel zo'n instelling hebben om dat werk te kunnen doen.

Naast de oprit zag Line twee schapen liggen, op hun zijkant met de poten stijf voor zich uitgestoken. Hun vacht was vaal van de opgedroogde modder. De wagen stopte met een ruk en de deur aan de bestuurderskant vloog open. Line zette het keukenraam open en leunde naar buiten.

'Hey, *matties*!' hoorde ze Harvey roepen. De twee jongens kwamen aangerend en Harvey stak zijn twee handen omhoog. Een begroetingsritueel volgde. Eerst de vuisten tegen elkaar en daarna een opeenvolging van handelingen die de jongens feilloos uitvoerden op zijn twee uitgestrekte handen.

'Klasse, *boys*!' Harvey gaf hen een *high five* en de grijns op hun gezichten verraadde hun enthousiasme. Daarna draaide het gezicht van Harvey in haar richting. 'Hey, mooie dame,' begroette hij haar als altijd. Line voelde een blos over haar wangen trekken.

'Ik heb de koffie klaar. Kom je zo een bakkie halen?'

'Probeer me maar eens weg te houden. Maar eerst even deze doodsheid opruimen. Die beesten liggen er niet al te swingend bij, weet je.'

Terwijl Harvey in de weer ging met het bedienen van de grijper, liep Line naar buiten en liet zich neervallen in een van de stoelen op haar kleine terras.

Na de geboorte van Tom was het niet makkelijk geweest om haar leven weer op de rails te krijgen. Haar toenmalige vriend had haar tijdens de zwangerschap in de steek gelaten, en zelfs na de geboorte niets meer van zich laten horen. De kwaadheid was pas veel later gekomen. Hoe kon iemand zomaar zijn kind in de steek laten? Alleen maar omdat hij er nog niet aan toe was. Onvoorstelbaar. Wat dacht hij dan van haar? Ze waren toch allebei te jong? Toch was abortus nooit in haar opgekomen. Gelukkig was Harvey er geweest. Goede trouwe Harvey. Elke keer als ze het moeilijk had, had hij haar opgebeurd. Hij had haar uiteindelijk in contact gebracht met de ouders van Luc.

Het geloei van het hydraulische systeem van de containerwagen nam af en even later was de normale avondrust weer om haar heen.

Line ging overeind zitten en zag dat Harvey naar haar toe kwam lopen.

'Had jij wat gezegd over koffie?' vroeg hij met een grijns, waarbij zijn witte tanden prachtig uitkwamen.

'Ga zitten, Harvey,' nodigde Line hem uit. 'Ik heb koffie, maar misschien wil je bij dit warme weer liever wat anders?'

'Welnee, doe me maar wat pittig donker vocht.'

Ze liep de keuken in en hoorde hem vanuit de tuin roepen.

'Wat heb jij voor lekkere muziek opstaan?'

'Je herkent Bob Marley toch wel?' Ze zette de muziek wat harder en liep met de twee mokken koffie en de koektrommel terug naar de tuin.

'*No woman, no cry,*' zong Harvey al met zijn diepe stem mee.

'Heb je de tekst wel eens goed beluisterd?' vroeg Line, terwijl ze de mokken op tafel zette.

'Wat bedoel jij, meisje?'

'Welke betekenis zit er volgens jou achter *no woman, no cry*?'

Hij neuriede de muziek mee, terwijl hij leek na te denken.

'Zou hij denken dat je maar beter geen vrouw kan hebben, zodat ze je ook geen verdriet kan doen?' vroeg Line.

De donkere ogen die normaal ondeugend glansden keken haar nu opmerkzaam aan. De serieuze blik was echter maar van korte duur. 'Nee, ik denk, die Bob vindt dat alle vrouwen maar huilen. Dus geen vrouw, geen last van dat gejank, weet je.' Ook al probeerde Harvey zijn blik strak te houden, zijn ogen verraadden hem.

'Ach, jij. Kun je nooit eens serieus zijn?' Line lachte. 'Volgens mij is het een troostlied. Bob zingt het voor zijn vrouw, zodat ze haar verdriet zal vergeten en haar tranen droogt.'

'*Everything's gonna be allright,*' zong hij grijnzend verder.

'Ja, alles zal goed komen,' zei ze, meer tegen zichzelf dan tegen Harvey. 'Hier, neem een koekje.' Ze hield hem de koektrommel voor. 'Ben je al bijna klaar met je route?'

'Ja, het is wel weer genoeg geweest. Nog een boerderij waar ze wat stijve beesten voor me hebben liggen. Door de hittegolf is het ophaalschema veranderd. De dieren mogen minder lang blijven liggen. Dat is wel shit, weet je. Ander schema dus langer werken.'

'Ben je verder nog wel tevreden met je werk? Ik bedoel, zo gezellig lijkt me het nou ook weer niet.'

'Gezellig is het om de dooie dood niet.' Zijn bulderende lach klonk door de tuin. 'Maar, weet je, ik krijg tenminste ook nooit commentaar op mijn zangkunst.' Hij zong de bekende regels van Bob Marley weer mee.

'Ga je nog wat leuks doen dit weekend?'

'Niet zoveel bijzonders. Vanavond zal het wel laat worden.'

'O ja, je kroegavond,' bedacht Line.

'Misschien ga ik wel met een paar *matties* wat fitnessapparaten *rampaneren*.'

'Rampaneren?'

'Ja. Lekker fanatiek sporten.'

'Tom had het er laatst over dat je een plek wist waar ze geweldig zouden kunnen vissen. Ik dacht...'

'Natuurlijk, meisje. Ik ga ze dit weekend die visstek wel laten zien. Maar nu moet ik er snel vandoor. Zelfs de dooien moet je niet laten wachten.'

Met zijn lange benen stapte hij het tuinpad af. Toen hij vlak bij de wagen was, maakte hij wat danspassen, die leken op de tapdansbewegingen van Fred Astaire, draaide even sierlijk om zijn as en zwaaide nog even naar haar.

Samuel remde krachtig af toen hij een lege parkeerplaats ontdekte. Hij zette zijn motor op de standaard en sloot hem af. Daarna liep hij met zijn helm onder de arm door de donkere straten van Goes. Hij was laat en daar baalde hij van. Hij had net op het punt gestaan om te vertrekken, toen zijn vriendin Sabine hem had gebeld. Het gesprek bleef in zijn kop rondspoken.

Hij sloeg linksaf en zag aan het eind van het plein de grote sierlijke letters op de voor hem zo bekende gevel. De Beijaard, hun stamkroeg voor de vrijdagavond. Het terras zat vol, wat niet zo verwonderlijk was op zo'n zachte avond.

'Wil je mij een biertje brengen?' riep hij naar de jonge ober, 'Geef maar witbier zonder citroen.'

'Komt eraan.' De knul liep met het dienblad balancerend op zijn hand tussen de tafeltjes door naar binnen.

Hij zag zijn collega's zitten. Jan, bleek, stil en introvert, zat onderuit-gezakt op zijn stoel. Daarnaast zat Harvey, die zich net op zijn knieën sloeg van het lachen. Willem, zijn joggingmaatje, draaide zijn gescho-ren hoofd naar hem toe.

'We zaten al op je te wachten. Niets voor jou.'

'Sorry, jongens. Het is iets later geworden.' Hij pakte de stoel die ze voor hem vrij hadden gehouden en plofte neer.

'Alles goed?' vroeg Harvey.

'Praat me er niet van.'

'Wat is er aan de hand?'

'Sabine belde net toen ik weg wilde gaan.'

'Ze weet toch dat dit je kroegavond is.'

'Ze moest het een en ander kwijt over Van Damme.'

'Van Damme?' vroeg Harvey.

'Ja, onze milieumanager,' antwoordde Samuel. Als medewerker bui-tendienst had Harvey eigenlijk als enige niets met hem te maken.

'Wat had die vent nu weer?' Willem zuchtte overdreven en richtte zich tot Harvey. 'Wees blij dat jij niet met hem te maken hebt. Die vent is vreselijk. Wij doen al het werk en moeten daarna de uitkomsten van onze metingen aan hem doorgeven. Volgens mij voert hij zelf geen flikker uit, behalve belangrijk zijn. Het is een vette blaaskaak, altijd commentaar, niets is goed genoeg.'

In duidelijke taal iets uitleggen kon je wel aan Willem overlaten.

'Sabine is dus zijn secretaresse,' vulde Samuel aan. 'Die is pas echt af-hankelijk van hem. Als je haar verhalen hoort... Die vent zit maar luxe lunchafspraakjes te houden en zogenaamd belangrijke besprekingen te voeren en híj strijkt daarmee elk jaar een megabonus op, terwijl wíj het vuile werk doen. Alleen al daarom kan ik gigantisch nijdig worden.'

'In de top krijgen ze de dikke bonussen, terwijl wij al een paar jaar geen salarisgroei meer zien.' Jan, die meestal niet veel zei, deed nu ook een duit in het zakje.

'Dat is dus Van Damme. Een manager die een vette bankrekening heeft doordat hij de personeelskrimp verzorgt,' vatte Samuel het strak samen.

De ober kwam hem zijn biertje brengen. 'Willen jullie nog wat bestellen?' vroeg hij, terwijl hij de groep rondkeek.

'Nou, als je toch een rondje geeft?' Het was de grap die Willem elke week maakte en de jonge knul reageerde er dan ook niet op. Ze gaven elk hun bestelling door.

'Maar wat had Sabine dan eigenlijk over die man?' vroeg Harvey.

'Als ik haar over die vent hoor praten, dan...' Samuel slikte de rest in. Hij wilde zijn vermoedens nu niet met zijn maten delen. Het verwarde hem teveel. Hij nam een slok van zijn bier en stapte over op een ander onderwerp. 'Hoe is het met je vrouw, Jan?'

'Het houdt niet over.' Jan zuchtte. 'Ik probeer vertrouwen te houden in de medische wetenschap. Binnenkort horen we of de behandeling aanslaat. Zij blijft er altijd maar optimistisch onder, maar ik krijg dat niet voor elkaar.' Jans stem schoot de hoogte in. 'Hoe kun je hoop blijven houden als de vooruitzichten zo...' Hij slikte. 'Ik zou eigenlijk een voorbeeld aan haar moeten nemen,' vervolgde hij toen op rustiger toon.

Het bleef even stil in de groep.

'Zullen we een kaartje leggen?' verbrak Samuel de stilte. Hij keek zijn collega's beurtelings aan. Harvey liet meteen een grijns op zijn gezicht glimmen en Willem gooide zijn bier in een keer achterover. Jan knikte slechts.

'Heb jij nog iets gehoord van die bruinvis die we laatst gevonden hadden?' vroeg Samuel, terwijl hij hem de kaarten gaf om te schudden.

'Ze zouden hem naar Naturalis brengen. Wat ze er daar mee doen, is me een raadsel.'

'Er zou toch een marien biologe opgetrommeld worden?'

'Die kan ook niet veel meer doen dan zeggen dat hij dood is, biologe of niet,' zei Willem schamper.

'Ze zullen de doodsoorzaak wel onderzoeken. Maar kom nu maar op met die kaarten.' Samuel was blij dat het gesprek niet meer over Sabine ging. Eigenlijk had hij beter helemaal niet over haar kunnen beginnen. De gedachten die in zijn binnenste broeiden tastten zijn eergevoel aan en hij hoopte dat zijn instinct hem bedroog.

Opeens werd zijn aandacht getrokken. Hij floot zachtjes. 'Moet je kijken wat een prachtige meid, jongens.' Samuel gaf een knikje naar een meisje dat begeleid door vele ogen het terras op kwam lopen. 'Haar gewichtjes zou ik wel willen tillen.'

'Wow, man, daar zou ik mijn handen wel eens aan willen warmen,' hoorde hij Harvey verlekkerd zeggen.

Gehypnotiseerd keken ze alle vier naar het meisje dat een eindje verderop aanschoof. Jan was de eerste die weer wat zei. 'Van zo'n mooie vrouw krijg ik het zo benauwd als een bruinvis op het droge.'

Even keek Samuel verbluft naar Jan. Toen barstte hij in lachen uit. 'Je zegt niet veel, Jan. Maar als je wat zegt...'

'Kun je lollig uit de broek komen,' vulde Willem aan. Ze bulderden van het lachen, Willem misschien nog wel het hardst van allemaal.

Het was benauwd in de sportschool en Samuel veegde voor de zoveelste keer het zweet van zijn voorhoofd. Ondanks de hitte was zelfs Jan naar de fitnessruimte gekomen, maar zijn inzet beperkte zich tot wat rustige bewegingen. Geen mens kon eigenlijk in deze drukkende atmosfeer op een normaal tempo trainen, hoewel het Samuel weer verbaasde met hoeveel gemak Willem met gewichten leek te spelen.

'Train je thuis ook nog?' vroeg hij daarom aan Willem

'Ja, sinds kort. Ik heb via een veilingsite een mooie halterset op de kop weten te tikken. Je kunt er de mooiste dingen voor weinig geld vinden. Als ik zin heb duw ik die nieuwe halters af en toe de lucht in.'

'En je hebt zeker vaak zin,' dacht Samuel hardop.

Willem liet zijn spierballen rollen. 'Ik heb altijd zin.'

Samuel lachte en zoog het laatste vocht uit zijn bidon. Hij hing zijn handdoek om zijn nek. 'Kom, we gaan douchen.'

'Heb je nog wat van Sabine gehoord?' vroeg Jan, toen ze de kleedkamer binnenliepen. De zweetlucht hing zwaar in de ruimte.

Samuel trok eerst zijn shirt uit voordat hij antwoordde. 'Ik ben vanmorgen op het werk even bij haar langsgegaan.'

Hij zag dat Jan zijn witte slip uittrok, hem netjes opvouwde en op het bankje legde. 'En?' vroeg hij daarna.

'Ik word echt doodziek van haar verhalen. Ze is dan wel zijn secretaresse, maar meer niet.'

'Valt Van Damme haar lastig?' kwam Willem tussenbeide.

'Het begon met dubbelzinnige opmerkingen, maar als ik Sabine nu hoor...' Samuel kon de woorden niet vinden. 'Ik heb het idee dat hij handtastelijk begint te worden.' Het was eruit.

'Sabine is een prachtig vrouwtje.' Willem liep langs hem heen naar de douche.

Samuel deed zijn boxer uit en volgde hem. 'Al is ze Miss Universe, daarom moet hij nog wel zijn poten thuishouden.'

Hij stak zijn hoofd onder de waterstraal en streek wild met zijn handen over zijn hoofd. Even wilde hij niets horen. Had hij maar niets gezegd. Wat moesten zijn maten wel niet van hem denken? Dat hij zijn meisje niet kon beschermen tegen haar opdringerige baas? Maar het zat hem zo hoog dat hij zijn mond niet kon houden. Hij blies uit door zijn mond, wat een gordijn aan spetters opleverde. Jan scheen het niet op te merken. Die was heel geconcentreerd bezig zijn witte buik in te zepen, waarna hij eerst zijn linker- en daarna zijn rechterarm op eenzelfde manier onder handen nam. Het leek een heel ritueel. Samuel voelde zich betrapt toen Jan opeens opkeek.

'Ze zou het zelf oplossen, heeft ze me verzekerd,' zei Samuel snel.

'Ik neem aan dat ze met hem gaat praten?' vroeg Jan.

'Hmm.'

'Dapper,' besloot Jan.

Samuel zag dat Jan nu heel secuur de bosjes haar onder zijn oksels inzeepte. Hij was wel een overdreven perfectionist, onvoorstelbaar. Zelf spoot hij een beetje shampoo in zijn hand en verdeelde het over beide handpalmen voordat hij zijn handen over zijn harde lichaam liet gaan. Hij was trots op zijn gespierde body en deed erg zijn best om het in conditie te houden. Een lichte jaloezie bekroop hem echter als hij het forse lichaam van Willem bekeek. Hij was zelf maar een meter zesenzeventig, waardoor hij er eigenlijk niet echt potig uit kon zien. Soms vroeg hij zich af of al dat afbeulen in de sportschool wel zinvol was, maar als hij zijdelings naar zijn andere collega keek, was hij meteen weer super gemotiveerd om het toch te blijven doen.

Hij voelde zich onbespied toen Jan zich ging afspoelen en hij liet zijn zepige hand over zijn lid glijden. Het reageerde meteen. Het was ook al even geleden, dacht hij. En dat terwijl die vuilak misschien wel aan haar...

'Misschien kunnen wíj een keer met hem gaan praten.'

Samuel schrok van de plotselinge opmerking van Willem. Hij draaide zich van hem af en begon zich af te spoelen. Toen pas dacht hij na over de opmerking.

'Wat bedoel je daarmee?'

'Sabine staat misschien wel haar mannetje, maar we zouden toch gewoon een keer met hem kunnen práten, zoals alleen wíj dat maar kunnen.' De klemtoon op het woord "praten" maakte Samuel meteen duidelijk wat Willem bedoelde.

'Dat schiet niet op natuurlijk. Hoe graag ik dat ook zou willen.' Samuel voelde in gedachten al aan zijn rechtervuist.

'En anders ik wel,' vulde Willem aan.

'Dan zijn we allebei meteen onze baan kwijt.'

Samuel draaide de kraan dicht. 'Als Sabine zelf met hem praat, heeft ze misschien nog de meeste kans om haar werksituatie te verbeteren en haar baan te houden.'

6

Zweetdruppels zochten hun weg over Rona's ruggengraat naar de rand van haar string. De zomer leek maar niet op te houden. Het was in jaren niet zo warm geweest. En dat nu al weken achter elkaar. Puffend zette ze de boodschappentas in de keuken. Ze mikte haar baseballpet de trap af, waar hij op de grond naast haar verzameling petten bleef liggen. Ze droeg eigenlijk altijd een pet, ooit mee begonnen, geen idee meer wanneer. Ze streek haar bezwete stekelhaar overeind en schonk een glas water in dat ze achter elkaar naar binnen klokte. Vocht, dacht ze. Ze had het idee alleen maar uit poriën te bestaan.

Op het aanrecht zag ze het boodschappenlijstje liggen dat ze mee had moeten nemen. Snel keek ze het lijstje door. Een vervelend gevoel nestelde zich in haar binnenste. Zoveel vergeten. Normaal gesproken had ze een goed geheugen en als ze eenmaal een boodschappenlijstje had gemaakt, had ze het eigenlijk niet eens meer nodig. Maar nu... haar hoofd leek wel een zeef.

Ze wierp een blik in de spiegel en zag de kringen onder haar ogen. Ze streek er met haar vingers overheen alsof ze ze weg kon masseren. Hoe meer ze keek naar de kleur van haar huid, hoe donkerder die werd. Ze sperde haar ogen wijd open, maar stopte daar meteen mee toen ze zag dat er kleine rode adertjes door haar oogwit liepen. De slechte nacht had haar sporen duidelijk achtergelaten. Keer op keer was dezelfde droom teruggekomen: de wegglijdende hand van Beer en het gevoel te vallen, totdat ze zwetend wakkerschrok en langzaam tot het besef kwam dat ze in bed dreef. Toen het licht begon te worden was ze opgestaan en had koffie gezet.

Ze schrok van het plotselinge geluid van de telefoon.

'Ha, Rona, ben je alweer een beetje opgeknapt?' De krachtige stem van Beer klonk door de hoorn.

'Ja, ik denk dat ik wel weer de oude ben,' loog ze.

'Mooi. Moet je horen. Het EHBZ heeft gebeld. Er is een bruinvis aangespoeld.'

'Een bruinvis? Alweer? Waar?'

'Twee jongens hebben 'm gevonden op de slikken voor de sluis bij Stavenisse.'

'Weer bij de Oosterschelde? Ik neem aan dat hij dood is?' Rona wist het eigenlijk al door de manier waarop Beer het had gebracht, maar ze wilde het toch zeker weten.

'Ja, helaas wel. Ruud belde mij omdat hij jou niet te pakken kreeg.'

Shit, bedacht Rona. Haar mobiel vergeten.

'Luister, Ruud komt me zo ophalen,' ging hij verder. 'Zullen we even bij jou langs komen rijden?'

'Ja, wat dacht je. Natuurlijk wil ik mee.'

'We zijn over een kwartiertje bij je.'

Ze zette haar telefoon terug in de houder en liep naar de keuken om haar boodschappen op te ruimen. Laat ik nou maar zo verstandig zijn om wat te eten, dacht ze bij zichzelf. Ik heb geen zin om op die slibvlakte onderuit te gaan.

Net toen ze het laatste stuk van haar boterham in haar mond stopte hoorde ze getoeter. Ze liep de trap af, greep haar tas, die ze in de hal had klaargezet, koos een droog petje uit en voelde even of ze haar sleutels in haar zak had zitten. Was ze nog wat vergeten? Er schoot haar niets te binnen, maar dat leek de laatste tijd niets meer te zeggen. Misschien moet ik maar met briefjes gaan werken, dacht ze. Maar meteen verwierp ze de gedachte.

De deur van de groene stationwagen zwaaide open en een in het groen geklede man stapte uit. Zijn achterovergekamde grijze haar waaide meteen in de war, maar zijn pretogen lieten zien dat hij zich daar totaal geen zorgen over maakte.

'Fijn dat je meegaat. Alles goed?' Ruuds stem kneep tussen zijn tanden door, begeleid door de rook van zijn pijp.

Rona knikte en glipte door de opengehouden deur op de achterbank.

'Dank je wel voor je waarschuwing. Stom om mijn mobiel te vergeten.'

'Niets voor jou. Maar nu kan ik ook eens een keer mee,' zei Beer, terwijl hij zich met een brede grijns naar haar toedraaide. 'Je ziet er nog wel moe uit.'

'Wat is er dan aan de hand? Ben je ziek?' vroeg Ruud, terwijl hij de motor startte. Hij legde zijn pijp in de asbak en streek over zijn grijze baard.

'Ik was gisteren niet helemaal lekker, maar nu voel ik me weer prima.'

Terwijl Rona dit zei, vroeg ze zich af of ze wel helemaal de waarheid sprak. Haar hoofdpijn was weg en de duizeligheid ook, maar er zat toch iets ondefinieerbaars in haar hoofd. Net alsof ze niet helemaal zichzelf was. Ze kon het eigenlijk niet goed onder woorden brengen. Gelukkig hoefde ze dat ook niet, want de twee mannen waren voor in de auto een geanimeerd gesprek begonnen.

Ze liet zich tegen de achterleuning zakken. Alweer een dode bruinvis in de Oosterschelde. Twee keer binnen korte tijd. Wat een naar toeval. Vaak vonden ze sporen van visnetten of vishaken. De bruinvissen waren verstrikt geraakt in een net en verdronken. Vissers sneden ze dan los en zetten ze overboord. De meeste van deze dieren zonken naar de zeebodem en werden nooit teruggevonden. Een klein aantal van hen spoelde aan op de kust.

Ze keek naar buiten en zag dat ze al over de Oesterdam reden, de verbinding tussen Zuid-Beveland en Tholen. Een door elkaar krioelende hoeveelheid surfers baande zich een weg over het water. Tussen die schuinhangende planken waren de kiteboarders te zien. Met een grote parachuteachtige vlieger boven het hoofd en met een plank onder de voeten, bewogen ze zich tussen de andere surfers door over het water. Ze verbaasde zich erover hoe op sommige momenten de vlieger de ene kant op zweefde, terwijl de surfer eronder de andere kant op bewoog. Daarna voegden ze weer samen en gingen verder in eenzelfde richting, alsof de ene de vertraagde reactie was van de andere. Het was een mooi gezicht.

Ze stonden stil voor een stoplicht. Een uitdagend geklede vrouw stak de weg over. Zelfverzekerd had ze haar hoofd opgeheven en bekeek de wachtende auto's. Haar strakke paarse shirt gaf bijna alle geheimen prijs en een streep bruine buik was zichtbaar. De navelpiercing kon Rona er feilloos bij denken. Wat een schitterende vrouw, dacht Rona.

Even later hobbelden ze over de keien van de hoofdstraat van Stavenisse. Toen ze net voorbij de haven de hoek omsloegen, zag ze drie grote windturbines die hun lange armen in een hoog tempo ronddraaiden. Rona klikte haar gordel los en leunde tussen de twee stoelen door naar voren.

'Zouden die jongens blijven wachten?'

Ruud parkeerde eerst de auto, voordat hij antwoord gaf.

'Ze zouden ongeveer een uur wachten, zeiden ze. Maar dat moet ik nog zien. Ik hoop wel dat ze er zijn want dat scheelt een hoop tijd. Anders zullen we zelf op zoek moeten.'

'We hebben gelukkig het getij mee,' zei Beer, met een blik op zijn horloge.

Rona stapte uit de auto en keek rond. Het was niet druk bij de vissteiger. Er stonden een paar vissers, die zonder uitzondering hun kant uitkeken. Hun hengels wezen als lange vingers vooruit, maar waren kennelijk minder interessant.

Beer en Ruud waren naar de steiger gelopen en verdwenen uit het zicht achter het houten bouwwerk. Tegen het houten hek stonden twee fietsen met surfkarren.

Rona keek uit over het water. Haar ogen prikten en begonnen te tranen. In de verte lag de Zeelandbrug als een regelmatig legobouwwerk. Negenenveertig pijlers en ruim vijf kilometer lang.

Het geschreeuw van de scholeksters was duidelijk te herkennen tussen de andere vogelgeluiden. Een paartje bergeenden liep bij haar weg het slib op. Daarna vlogen ze op, hun oranje-bruine kraag op hun borst duidelijk tonend. Boven het ruisen van de wind uit, hoorde ze haar naam roepen. Op de dijk stond Beer haar te wenken.

'We gaan naar de haven om de boot te halen. De jongens gaan even mee,' zei hij tegen haar, toen ze weer op de dijk stond. Naast hem stonden twee knullen die duidelijk in leeftijd van elkaar verschilden. De grootste keek naar de grond, maar de jongste scheen geen last te hebben van verlegenheid.

'Bent u die marien bioloog waar ze het over hadden?' vroeg hij, met een duidelijke verbazing in zijn stem.

Rona stelde zichzelf voor. Ze was verbaasd door de kracht die de knul in zijn handen bleek te hebben.

'Ik ben Tom en dit is Luc. Luc is mijn buurjongen en we waren samen aan het surfen, toen ik die bruinvis zag liggen,' ratelde de jongen.

'Hoe weet je dat het een bruinvis is?'

'Ik heb op school meegedaan aan een project over dolfijnen. Daar hebben we het gehad over de dolfijnen die hier in de buurt voorkomen. Nou, dat was voornamelijk de bruinvis,' besloot hij zelfverzekerd.

'Ik hoorde dat jullie meegaan met de boot om de bruinvis op te halen,' vervolgde Rona.

'Ja, chill,' antwoordde Tom direct.

Rona liep met hen mee naar de auto waar Ruud al achter het stuur zat te wachten.

'Jeetje, een vrouw,' hoorde ze Luc achter zich mompelen. Ze moest inwendig lachen om het kinderlijke dat nog in die lange slungel zat.

In de auto waren de jongens stil, maar ze keken opgewonden naar de boten. Ruud zwaaide naar de havenmeester, en al snel liepen ze in ganzenpas over de planken naar de boot van het EHBZ.

'Oké, stap in mannen,' zei Ruud gemaakt streng. 'En vrouw,' voegde hij eraan toe, toen Rona als laatste in de boot stapte. Hij nam even de tijd om zijn pijp aan te steken voordat hij de boot losmaakte en de motor startte.

Even later voeren ze door de sluisdeuren, die eigenlijk altijd openstonden en alleen in geval van extreem hoog water als beveiliging gesloten konden worden. Tom was naast Ruud gaan zitten, alsof hij een vaderlijke figuur naast zich nodig had. Hij wees in de richting waar de bruinvis moest liggen. Hij bleek alle geulen van dit gebied goed te kennen en stuurde Ruud kundig tussen de platen door. Luc zat stil naast Beer en beiden leken totaal op te gaan in het bestuderen van de omgeving.

Terwijl ze door een slingerende geul voeren, wees Tom opzij. 'Daar ligt hij!'

Ze keek in de door Tom aangewezen richting. Een donker silhouet was zichtbaar op het grijze slib. Ze zag meteen dat het geen zeehond was, die waren dikker en lobbiger. Het moest wel een bruinvis zijn. De jongen had het goed gezien.

Ruud stuurde de boot half op het slib en tilde de motor uit het water. 'Dat heb je goed teruggevonden, Tom,' zei hij waarderend. Hij krabde zich even in zijn baard.

Rona moest glimlachen om de trotse blik van Tom. Ze klom uit de boot. Even wankelde ze. Ze zag de opmerkzame blik van Beer en ze glimlachte geruststellend. Ze liep achter het viertal aan dat al door de modder baggerde. Ruud voorop met de draagbaar, met Tom naast zich.

Op het slib zag ze hoopjes zand die de aanwezigheid verraadden van de door vissers erg gewilde zeepieren. Een rode waas van algen lag over het donkergrijze slib. Rona zakte soms tot haar enkels weg, waardoor ze moeizaam vooruitkwam. Ze wreef in haar ogen, die nog steeds traanden. Ze probeerde het prikkelende gevoel te negeren, maar haar neus begon irritant te lopen.

'Gaat het?' vroeg Beer, die zich omgedraaid had om op haar te wachten. Zijn blonde krullen waaiden rond zijn ronde gezicht.

'Ja hoor,' zei ze en ze haalde haar neus op.

'Weet je het wel zeker?' Hij bleef staan en dwong haar ook om te stoppen door haar bij haar arm beet te pakken.

'Mijn ogen tranen een beetje. Verder niet.'

Hij liet haar arm los en zwijgend liepen ze verder. Iets voor hen knielde Ruud al bij de bruinvis.

'Er blijft altijd een gevoel van hoop in me dat hij misschien toch nog leeft,' zei Rona.

'Ja, ik begrijp wat je bedoelt. Maar in dit geval...'

'In dit geval is die hoop onterecht. Het is altijd zo jammer, het zijn zulke sierlijke dieren en om ze dan zo stijf op het droge te vinden...'

Ruud haalde zijn pijp uit zijn mond. 'Geen sporen van netten of vishaken. Alleen...' Hij bestudeerde het dier opnieuw. Rona knielde naast hem. De bruinvis lag met zijn witte buik in de richting van de zon. Een aantal kleine wondjes verstoorden de verder gave huid.

Rona streelde over de huid. 'Het lijken wel zweertjes.'

'Daar lijkt het wel op. Eerst dacht ik nog aan visnetwonden, maar daar is het patroon te vreemd voor. Kijk, hier heeft hij er nog een paar.' Ruud wees op het donkere bovenstuk bij de staart.

'Denkt u dat hij ziek is,' vroeg Tom.

'Het zou kunnen. Dit soort wondjes heb ik nog niet eerder gezien. We moeten hem maar meenemen voor onderzoek. Zullen we hem in de draagbaar tillen?'

Ruud klemde zijn pijp weer tussen zijn kaken en legde de draagbaar naast de bruinvis en zonder dat iemand iets hoefde te zeggen, tilden ze met z'n vijven het dier erop. Zijn voorvinnen staken keurig door de uitsparingen. Rona verbaasde zich er altijd weer over hoe zwaar een bruinvis was. Ze voelde een misselijk gevoel opkomen.

Even later voeren ze terug naar de haven met de bruinvis op de bodem van de boot. Rona zag dat Tom naar het heen en weer deinende dode dier keek.

'Waarom heet hij bruinvis?' vroeg hij toen. 'Hij is toch helemaal niet bruin?'

'Nee, dat klopt, en het is ook geen vis.'

'Dolfijn dan.'

'Ja, een walvisachtige, net als de meest bekende dolfijn, de tuimelaar.'

'Ja, dat weet ik, maar hij is niet bruin.'

'Nee, nog niet. Meestal vinden ze een bruinvis pas als hij al een beetje aan het rotten is. Dan is hij bruin. Daarom noemen ze hem bruinvis.'

'Bah, wat een rotnaam is dat dan.' Tom trok zijn neus op. Rona zag dat Tom zijn benen bij het dier wegtrok. Ze kon zich voorstellen dat het helemaal niet zo leuk was voor die knullen om zo dicht bij een dood dier te zitten en ze probeerde hem wat af te leiden. 'Zou jij een betere naam weten voor de bruinvis?'

'Ik neem aan dat u niet zoiets als Harry of zo bedoelt.'

Rona schudde haar hoofd.

'Misschien gewoon grijs dolfijntje,' zei hij toen.

'Ja, dat klinkt wel leuk.'

'Maar het blijft zeker toch een bruinvis?' bedacht hij hardop.

'Ja, dat is niet zo makkelijk te veranderen.'

'Jammer genoeg niet,' mengde Ruud zich in het gesprek. 'Ze hebben de pech dat ze niet tuimelen en dat ze geen dolfijn heten. Als dat wel zo was, dan zouden ze heel wat beter beschermd worden, kijk maar naar de tuimelaar.' De cynische klank in Ruuds stem was overduidelijk en Rona kon zich dat gevoel wel voorstellen. Ruud was al jarenlang betrokken bij de opvang van deze kleinste dolfijnensoort, en nog steeds vroegen mensen hem waarom hij vissen onderzocht. Dat moest ook wel erg frustrerend werken.

Toen ze de dode bruinvis achter in de auto hadden gelegd, gaf Ruud de jongens een hand.

'Nou, Tom. Je hebt goed geholpen. En jij ook,' richtte hij zich tot zijn vriend. 'Heel erg bedankt.'

Rona liep naar de jongens toe. 'Ik zal proberen de naam grijs dolfijntje in de wandelgangen wat te introduceren,' zei ze, terwijl ze Tom een hand gaf. 'Wie weet wordt het wel overgenomen door de echt belangrijke mensen in dit vak. En als je nog een keer een aangespoeld grijs dolfijntje ziet, mag je me bellen. Zeker als hij nog leeft. Hebben jullie mijn telefoonnummer?'

'Ik heb hem in mijn mobiel gezet,' antwoordde Luc voor hem.

'Tot ziens!' groette Rona.

Net voordat ze instapte, riep Tom haar wat na. 'Wacht even! Waar gaat hij nou naartoe?'

'Naar Naturalis. Ken je dat?'

Tom knikte. 'Ja, in Leiden.'

'Ja, dat klopt. Daar gaan ze sectie doen en kijken ze waaraan hij gestorven is.'

'Kom ik langs om mijn geheime visplek door te geven, zijn die *boys* niet aanwezig,' mopperde Harvey lachend, zijn voorhoofd bedekt door fijne zweetdruppeltjes.

'Ik heb geen idee waar ze blijven. Ze hadden allang thuis moeten zijn.' Line liet haar ogen voor de zoveelste keer naar de weg dwalen.

'*Don't worry, be happy, Hakuna matata.*'

Line lachte naar hem, maar de onrust verdween er niet mee.

'Je bent mooi als je lacht, weet je. Hoe zit het nu eigenlijk met jou, meisje. Hoe gaat het met de liefde?' Harvey zag er opeens serieus uit. Ze zaten in de schaduw op haar terras waar het ondanks een briesje toch broeierig warm was.

Line schoof heen en weer op haar stoel. 'Je weet toch hoe het gelopen is met de vader van Tom?'

'Hmm.'

'Na die tijd had ik schoon genoeg van mannen.'

'Ja, dat had ik wel in de gaten, maar je bent nu jaren verder. Niet alle mannen zijn zo. Ik bedoel, je zult toch ook wel eens een lekkere vent tegengekomen zijn?'

'Al die mannen willen maar één ding. En daarna laten ze je zitten.'

'Kom op, dat geloof je zelf toch niet?' Het ongeloof klonk door in Harvey's stem.

Ze dacht aan Eugène. Ze had hem een paar weken geleden ontmoet tijdens een ouderavond op school. Hij was een stuk ouder, maar hij deed haar wat. Kon ze zich bij hem weer vrouw gaan voelen? Ze hield van zijn krachtige postuur, zijn ogen die onder een afdakje van borstelige wenkbrauwen toch hun glans behielden. Hij overlaadde haar met cadeautjes en hij had haar uitgenodigd voor een theatershow. Het kon zomaar gezellig worden. Gezellig? Was dat wat ze zocht? Was hij ook zo'n type dat haar straks zou laten zitten?

Line vroeg zich af of ze Harvey zou vertellen over Eugène. Over dit soort zaken hadden ze het eigenlijk nooit en ze voelde zich een beetje opgelaten.

'Een paar weken geleden...' begon ze, maar ze werd onderbroken door een hoop gerammel. Ze zag dat Tom, staande op de trappers van zijn fiets, in volle vaart over de hobbelige oprit naar haar toe kwam rijden.

'Hé, doe eens een beetje voorzichtig met je spullen,' riep Line hem toe.

'Mam, moet je horen wat we gevonden hebben.' Zijn wangen vertoonden rode blossen en zijn haar zat wild verwaaid door elkaar. Hij had zijn surfpak nog aan, dat strak om zijn goedgevormde lichaam zat. Hij zag er heerlijk uit, dacht Line warm.

'Wat is er gebeurd? Waarom ben je zo opgewonden?'

Tom zette zijn fiets met een klap tegen de zijkant van het huis. De surfkar hing gevaarlijk scheef, maar bleef net overeind staan.

'We hebben een bruinvis gevonden.' Zijn ogen twinkelden haar tegemoet.

Weer een aangespoelde bruinvis. Line moest gelijk aan het artikel denken dat ze een paar dagen daarvoor in de krant had zien staan.

'Leefde hij nog?'

'Nee, joh, natuurlijk niet. Hij lag op een drooggevallen stuk slib. Maar hij was nog zo mooi, helemaal niet bruin.'

'Bruin is ook mooi, hoor,' zei Harvey lachend. 'Maar hoe kwam je daar nou, maatje?'

'Met de surfplank natuurlijk. Maar we zijn meteen gaan bellen en toen moesten we een hele tijd wachten. En toen kwamen ze met z'n drieën om hem op te halen. En wij mochten ook mee, met de boot, om hem op te halen.'

'Doe eens rustig,' probeerde Line haar zoon wat af te remmen. Ze begreep lang niet alles wat hij haar vertelde. Maar door een paar gerichte vragen wist ze even later precies wat er gebeurd was.

'Wel toevallig,' zei ze tegen Harvey, terwijl Tom naar binnen liep om wat te drinken te pakken.

'Wat bedoel je?'

'Nou, ik las van de week ook al in de krant dat er een dode bruinvis was gevonden. Zitten er zoveel bruinvissen in de Oosterschelde?'

'Ik weet het niet.'

'Nou ja, al zitten ze er wel. Het blijft opvallend dat er nu alweer een gevonden is.'

Tom kwam weer naar buiten. Ze zag dat hij de ritsen van zijn pak had opengemaakt.

'Hey, *mattie*. Heb je wel lekker gesurft?' Harvey sloeg een arm om de schouders van Tom.

'Ja, er was een goeie wind. Ik ging echt vet hard.' Tom krabde aan zijn been.

'Heb je jeuk?' Harvey keek naar Toms been. 'Wat een vreemde bultjes.'

'Oh, niets.' Tom wilde de rits van zijn pijpen dichtmaken.

'Kom, ga het eens aan je moeder laten zien.' Harvey bukte zich en rolde de pijpen van het pak wat omhoog.

Line ging op haar hurken zitten en zag op de lichtbehaarde benen van Tom een aantal kleine wondjes. Ze zaten precies op de plek waar zijn pak ophield.

'Hoe lang heb je die al?'

'Een paar dagen.' Het gezicht van Tom was stuurs opzij gericht.

'Een paar dagen?'

'Nou ja, iets langer.'

'Heb je er last van?'

'Nee.' Het was even stil. 'Nou ja, ze jeuken een beetje.'

Harvey streek met zijn vingers over de plekjes op zijn been.

'Hoe kom je daaraan? Het lijken wel kleine zweertjes.'

'Dat weet ik toch niet!' Tom rukte zijn pak naar beneden. 'Ik ga douchen.'

'Vreemde plekjes. Ik zou het maar in de gaten houden,' zei Harvey, toen Tom naar binnen verdwenen was.

Hij hing onderuit in zijn stoel. Zijn been was een beetje stijf, maar de wond die hij bij het motorongeluk had opgelopen bleek erg mee te vallen. Het was warm in zijn werkkamer en het zweet liep soepel van zijn lijf. Hij snoot zijn neus krachtig in de zakdoek die hij vanmorgen schoon bij zich gestoken had. Daarna keurde hij hetgeen hij geproduceerd had en stopte de zakdoek weer weg. Zijn keel voelde rauw aan. Zou hij koorts hebben? vroeg hij zich af, toen hij merkte dat er grote zweetplekken in zijn overhemd zaten. Of had iedereen met deze warmte zoveel last van transpiratie.

Een uurtje geleden had hij zijn computer aangezet en ondanks het feit dat hij al allerlei zaken voor zijn bedrijf had afgehandeld, zat hij eigenlijk vooral te wachten op een nieuw bericht.

Hij schudde een sigaret uit het pakje dat voor hem op zijn bureau lag en stak hem aan met de vergulde aansteker die hij in de bovenste lade van zijn bureau bewaarde. Hij zoog de eerste en volgens hem de lekkerste teug van de sigaret naar binnen en hield de rook even in zijn longen vast. Zacht blies hij de rook naar het plafond. De prikkelende rook deed hem goed. De dood van zijn hond had hem meer aangegrepen dat hij had gedacht. En steeds weer vroeg hij zich af wat er gebeurd zou zijn als hij niet meer die laatste ruk aan zijn lijn had gegeven. Had Donar dan nog geleefd? Vast wel. Maar direct daarna realiseerde hij zich dat hij dan waarschijnlijk zelf het slachtoffer was geweest. Nu had hij alleen maar een snee in zijn been.

Weer nam hij een diepe teug. Het was stil in huis zonder Donar. Geen gepiep meer om uitgelaten te worden. Geen enthousiast gekwispel als hij na een dag werken thuis kwam. Saai en stil. Misschien had hij daarom wel besloten om zichzelf te trakteren op een avondje theater en hij had Line uitgenodigd, de vrouw die hij een paar weken geleden ontmoet had. Hij glimlachte toen hij aan haar reactie terugdacht. De verrukking in haar stem toen ze het woord "theater" uitsprak, alsof ze nog nooit in de schouwburg was geweest. Misschien was dat ook wel zo, besloot hij. Line was nu eenmaal simpel, maar wel jong en mooi. En hij zou haar veroveren, daar was hij zeker van.

Op dat moment hoorde hij het geluid van een binnenkomende mail. Meteen waren zijn gedachten terug bij de afperser. Nerveus opende hij het bericht. Zijn ogen vlogen over de regels.

Natuurlijk kwam de afperser terug op het ongeval. Ongeval, dacht hij schamper, aanslag zul je bedoelen. Het was als waarschuwing bedoeld. De man had veel ernstiger zaken voor hem in petto als hij zich zo bleef gedragen. De afperser had het over fraude met milieucijfers en onverdiende bonussen. Er stond een nieuwe datum genoemd en een bedrag waar hij pijn van in zijn maag kreeg.

Hij voelde de zweetdruppels van zijn gezicht lopen en het leek alsof zijn das als een strop om zijn nek klemde. Met een nijdig gebaar trok hij zijn stropdas los en hij opende het knoopje van zijn boord. Hoe kon die man dat toch allemaal weten? En wat kon hij ertegen doen?

7

Het applaus stierf langzaam weg en een geroezemoes klonk om hen heen. Hij keek opzij en zag het opgetogen gezicht van Line. Ze bleef naar de grote zwarte gordijnen kijken alsof ze verwachtte dat die elk moment weer open zouden kunnen zwaaien. Het vertederde hem dat ze extatisch bleef wachten.

Hij merkte dat de mensen naast haar ongeduldig werden. 'Kom, dan lopen we naar de uitgang,' zei hij zacht.

Hij liep achter haar aan door het al lege gangpad. Als hij even stil had gezeten voelde hij zijn spieren trekken, voor de rest had hij gelukkig weinig last van zijn been. Hij keek naar haar simpele witte blouse die vouwen op haar rug vertoonde, maar daaronder zat een lichaam om te liefkozen.

'Hoe vond je het?' vroeg hij. Hij had haar elleboog gepakt en leidde haar naar de garderobe.

'Oh, Eugène, het was fantastisch. De bewegingen, de muziek.' Ze draaide haar gezicht naar hem toe. Haar ogen keken langs hem heen en het leek alsof ze het weer voor zich zag. Hij zag de halfgeopende lippen die een uitnodiging leken te vormen.

'Ik ben blij dat het je bevallen is,' zei hij. 'Heb je deze groep al eerder gezien?'

Line schudde haar hoofd. Haar haren vielen soepel over haar schouders.

'Wacht hier maar even op me, dan haal ik onze jassen.'

Eugène liep naar de drukte die voor de garderobe te zien was. Hij voelde zich tevreden. Line was een mooie vrouw. Ze was een beetje stil en verlegen, maar dat zou vast wel bijtrekken. Ze was het waarschijnlijk totaal niet gewend om cadeaus te krijgen en dit soort uitstapjes te maken, maar daar zou hij wel eens verandering in brengen. Met zo'n jonge vrouw kon hij zich zeker vertonen bij de etentjes van de directie. Hij zag de blik van de directeur al voor zich als hij met Line zou verschijnen. Een jaloerse blik doorspekt met geilheid. Een grimas trok over zijn gezicht terwijl hij moest denken aan de vrouw van de directeur, een stevige taart. Die deed zo haar best om er jong uit te zien dat het er duimendik bovenop lag. Letterlijk.

Dan Line. Haar gezicht fris en jong en het beetje make-up dat ze had gebruikt was net voldoende. Hij voelde zich tevreden en dacht aan de uren die nog moesten komen. Hij was blij dat ze geregeld had dat haar zoon uit logeren was.

Een paar minuten later liepen ze naast elkaar door de koele buitenlucht. Hij drukte de arm van Line wat dichter tegen zich aan.

'Zullen we ergens nog wat gaan drinken?'

Line keek hem alleen maar aan. Leek zich niet goed raad te weten.

'We kunnen ook gewoon naar huis gaan?' stelde hij snel voor.

'Ja, laten we maar naar huis gaan,' hoorde hij de zachte stem naast zich.

Zie je wel, dacht hij tevreden, ze wilde vast hetzelfde als hij.

De donkere straten waren stil en de auto reed moeiteloos over de kinderkopjes in de hoofdstraat. Even later zette hij de motor uit. Stilte omringde hen. Nu zou de uitnodiging volgen, dacht hij en hij wachtte af.

'Dank je wel voor deze mooie avond. Ik heb erg genoten.'

Ze bleef zitten en keek naar haar handen in haar schoot.

'Ik zal je even naar binnen brengen.' Hij wilde haar door het moeilijke moment heen helpen. Hij opende haar deur en hielp haar uitstappen.

Bij de voordeur stopte ze. Ze had haar sleutels in haar hand en bedankte hem opnieuw voor de leuke avond. Waarom nodigde ze hem nu niet uit om binnen te komen? Zou ze daar te verlegen voor zijn?

'Mag ik nog even binnenkomen voor een afzakkertje?' Zonder een antwoord af te wachten pakte hij de sleutels uit haar hand en opende de deur. Hij dacht even dat hij haar zag twijfelen, maar toen stapte ze naar binnen en ze knipte het licht in de hal aan.

'Zal ik wat koffie zetten?'

'Een biertje is prima. Of als je wijn open hebt staan, mag dat ook.' Hij liep door naar de woonkamer en richtte zijn aandacht op haar muziekinstallatie.

Hij opende de slede van de cd-speler en zag dat er een cd van Bob Marley in lag. Zeker van die knul van haar, dacht hij. Hij koos een cd met rustige muziek uit en zette hem op. Een zachte zwoele stem begon te zingen. Hij trok zijn jasje uit en liet zich behaaglijk op de bank zakken.

Hij keek de kamer rond. Een televisietoestel stond prominent tegenover de bank opgesteld. Erboven hing een aquarel die een mediterraan landschap liet zien. In de hoek van de kamer stond een computermeubel. Hij pakte een puzzelboekje op waar wat Japans aandoende letters op stonden, maar legde het direct weer terug toen hij Line binnen zag komen. Twee glazen in haar hand.

'Je had nog wijn open,' zei Eugène tevreden, terwijl hij opstond om het glas aan te pakken.

Line glimlachte alleen maar.

Hij schoof naast haar en tikte met zijn glas tegen het hare aan. 'Proost. Op ons.' Hij gaf haar een knipoog en zag dat ze haar ogen neersloeg en voorzichtig aan het glas nipte. Zelf nam hij een lekkere teug. De wijn smaakte een beetje zurig, maar was niet echt slecht. Hij zette zijn glas weg, zodat hij zijn handen vrij zou hebben en schoof nog wat dichter naar Line toe.

'Ik vond het een erg fijne avond met je,' zei hij. Hij streelde haar onderarm en pikte haar zoete geur op. Zijn arm schoof over haar schouder en hij trok haar wat dichter naar zich toe. Met zijn andere hand pakte hij het glas dat ze stevig in beide handen vasthield en zette het weg. Hij leunde tegen haar aan en bracht zijn gezicht dichter bij het hare. Ze reageerde niet.

'Ontspan eens een beetje,' fluisterde hij haar toe. De stem van de zangeres liet net een zwoele uithaal horen en met een laatste accoord van de gitaar eindigde het nummer. De stilte hing secondenlang zwaar tussen hen in.

Hij pakte haar kin en draaide haar gezicht zacht naar zich toe. Haar lippen, iets aangezet met roze lippenstift, kwamen hem voor als zachte perziken. Hij bracht zijn mond op de hare en voelde de sappige weekheid. Het wond hem op. En hoewel hij zich had voorgenomen om rustig aan te doen met deze vrouw, kon hij zichzelf niet tegenhouden. Zijn tong ging op zoek naar de hare. Hij voelde haar lichaam warm door zijn overhemd heen. Hij liet zijn lippen langs haar hals naar achteren zwerven en voelde haar haren over zijn gezicht strijken. Ze was heerlijk. Zijn hand gleed naar de ronding van haar borst.

Opeens voelde hij haar lichaam verstijven en totaal onverwachts voelde hij dat ze hem weg wilde duwen. Hij was echter dusdanig opgewonden dat hij haar niet los wilde laten. Hij was ervan overtuigd dat ze eigenlijk ook meer wilde. Hij trok haar stevig tegen zich aan en drong met zijn hand de zachte warmte van haar rug tegemoet.

Wat was ze zacht, dacht hij. Haar lichaam voelde nog zo jong aan, maar had niet de magere hardheid waardoor alle botten duidelijk voelbaar waren. Ze was bedekt met de zachte rondingen die hij nou eenmaal graag zag bij vrouwen.

'Oh Line, je voelt heerlijk aan,' mompelde hij zacht in haar nek. Hij merkte dat ze nog steeds haar handen tegen zijn schouders duwde en vroeg zich af wanneer ze haar verzet zou laten varen en zich over zou geven aan zijn liefkozingen.

'Stop,' hoorde hij opeens haar smekende stem.

'Kom Line, ontspan je toch. We zijn er toch allebei aan toe?' Hij wilde haar naar haar slaapkamer tillen, maar bedwong zichzelf.

Hij schoof met zijn hand naar haar bh-sluiting. Zijn vingers tastten de sluiting af. Het irriteerde hem dat deze sluiting net weer anders leek te zijn dan al die andere die hij in zijn handen had gehad. Toen hij met zijn andere hand wilde helpen werd hij hard weggeduwd.

'Nee, ik wil niet.' Hoorde hij nu tranen in haar stem?

'Wat is er, liefje?'

Ze schoof zonder iets te zeggen van hem weg en nam een slok uit haar glas.

Hij verschoof de stof van zijn broek iets waardoor het knellende gevoel afnam.

'Ik kan niet,' zei Line zacht. 'Ik ...' Ze nam nog een slok en verslikte zich. Ze begon te hoesten.

Hij klopte haar op haar rug, die hard en onverzettelijk aanvoelde.

'Ik denk dat ik beter naar huis kan gaan,' zei hij zacht en leegde zijn glas in één teug. Hij trok zijn jasje aan en liep naar de deur.

'Het spijt me,' hoorde hij haar nog zacht zeggen, toen hij de voordeur opende.

Hij draaide zich om en zag dat haar gezicht een gepijnigde uitdrukking had.

'Het maakt niet uit,' zei hij. Hij probeerde te glimlachen, terwijl hij zich heftig gefrustreerd voelde.

'Ik...' begon ze.

'Niets zeggen,' zei hij, terwijl hij zijn vinger op haar lippen legde. Hij gaf haar een kus en liep naar zijn auto die verlaten op de donkere oprit stond te wachten.

De vaas was bijna te klein voor de enorme bos bloemen die Eugène haar gebracht had. Het was een kort bezoek geweest, maar lang genoeg om duidelijk te maken dat het hem ook allemaal niet lekker zat. Hij had zijn excuses aangeboden voor zijn gedrag van de vorige avond. Zijn koelblauwe ogen hadden zijn excuses benadrukt. Hij had slechts licht haar lippen beroerd bij het afscheid en ze had haar vingers door zijn grijzende haardos laten glijden. Wat was zijn benadering nu anders.

Ze was geschrokken van de harde dwang waarmee hij haar de vorige avond had omhelsd. Ze was opeens totaal doordrongen geweest van het feit dat ze alleen thuis was, met een man die ze nog amper kende. Het had haar een enorm machteloos gevoel gegeven.

Ze had die nacht nog lang in de woonkamer gezeten, stil en alleen. Waarom kon ze niet van hem genieten? Eugène verwende haar met luxe etentjes en prachtige uitvoeringen. Wat zeurde ze nou toch?

Wat hield haar tegen om zichzelf open te stellen?

De gigantische bos bloemen stond tegen de muur te stralen, maar ze was blij dat het geen rode rozen waren. Ze stond nog naar de bloemen te kijken toen de deur openging.

'Ha, lieverd,' begroette ze Tom, die met zijn armen vol slaapspullen de kamer binnenslofte.

'Ha.' Het klonk mat.

'Hoe was het? Heb je lekker geslapen bij Luc?'

'Ja.' Tom liep direct door naar de gang.

Line keek hem verbaasd na. Wat was er met hem aan de hand?

'Kom je zo even bij me zitten?'

'Ik kom zo. Even mijn uh...' hij aarzelde even, '... mijn slaapzak en zo wegleggen.'

Line schikte de bloemen zodat ze mooi naar voren gericht waren. De knoppen waren pas half uit, dus het beloofde nog mooier te worden de komende dagen.

Ze zag dat Tom weer binnenkwam en de deur een zachte zet gaf. Hij bleef op een kier staan.

'Hebben jullie nog wat gezelligs gedaan gisteravond?' vroeg ze, terwijl ze hem probeerde te knuffelen, wat hij zacht maar beslist afweerde. Ze moest in zichzelf lachen, tot ze aan de vorige avond moest denken.

'Een spelletje, en uh... zoekertje, of uh... verstoppertje in de stal, TV kijken, wat van die chips eten en toen naar bed,' dreunde Tom zijn bezigheden op. Er klonk geen enkel enthousiasme uit.

Line verbaasde zich over zijn gestotter. Tom was altijd prima in staat om alles onder woorden te brengen.

'Was het leuk?' Ze trok hem naast zich op de bank, wat hij gedwee toeliet.

'Ja hoor.'

'Hoe voel je je?' Ze legde haar hand op zijn voorhoofd, maar hij voelde niet warm aan.

'Wel goed.' Hij bleef strak voor zich uitkijken. Zijn gedachten leken mijlenver weg.

'Weet je het zeker?'

Line bestudeerde het gezicht van haar zoon alsof het de eerste keer was dat ze hem zag. Hij werd groot, bedacht ze. Een eerste puistje had zich in de plooi van zijn neusvleugel genesteld en leek vast van plan daar lekker te blijven zitten. De pubertijd kwam eraan.

'Mam?'

Zijn stem, die nog geen enkele last had van enige puberinvloed, klonk hoog en onzeker.

'Wat is er, lieverd?'

'Mam, het lijkt wel... Het is net alsof er iets geks in mijn hoofd zit.'

'Iets geks? Wat bedoel je daarmee?'

'Het is net...' Hij leek even te zoeken naar woorden. 'Iets geks zit mijn gedachten dwars.'

Hij sprak langzaam, maar ze begreep totaal niet wat hij bedoelde.

'Heb je hoofdpijn?'

'Nee, dat is het niet. Het doet geen pijn. Het zit in de weg. Het hoort er niet.' Hij klonk nu ongeduldiger.

Line probeerde te bedenken wat hem dwars kon zitten.

'Luc had een nieuw *Sudoku* puzzelboekje,' begon Tom weer.

'Ik wist niet dat Luc ook van puzzels houdt. Hij heeft toch meestal wat moeite met dat soort zaken?'

'Dat is het nou net, mam. Luc was sneller dan ik. Ik kwam er niet uit.' De wanhoop in zijn stem deed Line pijn.

'Hoe is het met die wondjes op je benen?' Ze probeerde zijn broekspijpen omhoog te schuiven, maar Tom hield haar tegen.

'Afblijven, mam!'

Ze schrok van zijn felle reactie.

'Het zit niet in mijn benen. Ach, laat maar, je begrijpt me toch niet.'

'Sabine, kun je even komen?' Van Damme liet het knopje van de intercom los. Hij had het warm, ook al had hij zijn colbertje uitgetrokken, wat voor hem uitzonderlijk was. Hij zag dat zijn overhemd om zijn buik spande en hees zich daarom uit zijn plakkerige stoel. Hij was bijna bij de deur toen zijn secretaresse binnenkwam. Wat zag ze er weer heerlijk uit. Er was nauwelijks enige fantasie nodig om te bedenken welke heerlijke rondingen zich onder haar hooggesloten bloesje bevonden.

'*Gutemorgen*, meneer van Damme,' zei Sabine met haar verleidelijke Duitse accent.

'Hallo, Sabine. Je moet even wat voor me doen,' begon Van Damme, terwijl hij op haar toeliep.

'Wat kan ik voor u doen?' Haar stem klonk zacht.

'Ga maar even zitten.' Hij wees naar de bank die deel uitmaakte van de kleine zithoek in zijn kantoor. Ze liep erheen, maar bleef staan. De bekende zoete geur drong zijn neus binnen.

'Wat ruik je lekker. Is dat de parfum die ik je laatst gegeven heb?' Hij legde zijn arm om haar schouders.

'Nee, meneer van Damme. Deze heb ik van mijn vriend gekregen.'

Hij negeerde de opmerking en liet zijn hand nu verder op verkenning gaan. 'Ik wil graag dat je wat gegevens opvraagt.'

'Meneer van Damme, ik...' Sabine draaide zich van hem af. Zijn hand verloor zijn grip.

'Je weet, een goede secretaresse...' Hij maakte zijn zin niet af. Zacht maar met een duidelijk overwicht duwde hij haar op de leren bank. Toen hij naast haar zat begon hij haar kin te strelen. Ze probeerde hem met een zachte beweging tegen te houden. Hij vond het een lief gebaar. Net alsof ze hem probeerde te *teasen*. Het wond hem op. Hij richtte zijn aandacht op de sluiting van haar blouse, die net onder haar kin begon. De bovenste knoopjes waren snel los. 'Dit staat toch veel beter. Vind je niet?' Hij drukte haar kin nu iets omhoog en keek haar diep in haar donkere ogen. Haar lippen weken iets uiteen en langzaam kwam hij met zijn gezicht dichterbij.

'Meneer van Damme?' Hij hoorde dat haar stem zacht trilde.

'Ik dacht dat we afgesproken hadden dat je me bij mijn voornaam zou noemen.'

'Sorry, Eugène, maar...'

'Stil maar, nu niet meer praten. Straks kunnen we praten. Jij vindt het toch ook heerlijk?' Beneveld door de zoete geuren van haar lichaam perste hij zijn lippen hard op de hare. Zijn hand vond de ronding van haar borst.

Opeens rinkelde de telefoon op zijn bureau. Hij voelde hoe Sabine direct reageerde. Ze duwde hem met enige kracht van zich af.

'Laat die telefoon toch rinkelen,' probeerde hij haar nog tegen te houden. Maar ze stond al bij zijn bureau en beantwoordde de oproep met zakelijke stem.

'Het is voor u. Meneer van Zanten.'

Hij zag dat ze hem fel aankeek, haar lippen strak gespannen. Even twijfelde hij of hij het gesprek wel wilde beantwoorden, maar toen nam hij de hoorn van haar over. Wat een *timing*. Terwijl hij de belangrijke opdrachtgever te woord stond, zag hij dat Sabine zijn kantoor verliet.

Direct nadat hij het gesprek afgerond had belde hij Sabine weer.

'Wat kan ik voor u doen?' Haar gezicht was zonder uitdrukking en haar lippen waren smal.

Hij bleef nu achter zijn bureau zitten en schraapte zijn keel.

'De lunchafspraak die ik had staan met meneer van Zanten is verzet naar volgende week, zelfde tijd. Graag een tafel voor twee personen reserveren.'

'Zal ik het restaurant voor vandaag dan afbellen?'

'Nee, dat kun je laten staan. Ik zal er iemand anders mee verrassen.' Even hoopte hij dat ze zou reageren, maar haar antwoord was snel en zakelijk.

'Verder nog iets?'

Hij aarzelde na haar duidelijke afwijzing.

'Ik wil de nieuwe meetgegevens van afdeling drie. Vooral het influent vanuit de buffertanks interesseren me.' Eerst de zaken.

'Wilt u die vandaag nog hebben?'

'Ja. Dat heeft prioriteit. En verder...' Hij wist hoe hij haar overstag kon laten gaan. Hij zag haar verwachtingsvolle blik, haar donkere ogen alert en haar lippen weer zacht en vol. 'Verder is er binnenkort een personeelsbespreking. Misschien zijn er wel mogelijkheden voor een loonsverhoging.' Hij schonk haar een glimlach.

'Ik hoop het,' zei ze toen zacht. Even leek het alsof ze meer wilde zeggen, maar ze sloeg haar ogen neer en zweeg.

'Ik hoop het ook, Sabine. Ik zal de komende tijd je functioneren kritisch en van heel dichtbij op waarde schatten.'

8

Er heerste een prettige spanning. Rona hoorde de opgewonden toon in het gesprek tussen de duikers. Die spanning was onnodig, maar altijd aanwezig totdat ze uiteindelijk onder de waterspiegel verdwenen. Twee leerlingen gingen voor het eerst een stroomduik maken. Het was leuk om ze daarmee kennis te laten maken. De vervelende gebeurtenissen gedurende haar vorige duik duwde ze weg.

De parkeerplaats was een aaneenschakeling van auto's en busjes waarop verschillende duikstickers geplakt waren. Het gaf wel een veilig gevoel dat er zoveel mensen op de parkeerplaats waren, zeker met al die inbraken in auto's die bij duikstekken geparkeerd stonden. Ze liet haar blik over het binnendijkse gebied gaan. De plassen water die hier normaal stonden waren door de hitte helemaal ingedroogd. Het gras kreeg wat kleur door de rode zuring.

'Moet er nog iemand in de auto zijn?' riep Beer.

Er klonk een ontkennend gemompel en Rona liep alvast naar de trap die over de dijk naar de Oosterschelde leidde. De zware fles drukte op haar loodgordel. Rona voelde dat haar ogen brandden. Terwijl ze de trap opsjokte merkte ze dat ze trillerig was.

Op de dijk trof de wind haar hard in het gezicht. Een welkome verkoeling, ook al was die warm en droog. Voor haar lag de Zeelandbrug, die zijn benen kaarsrecht en standvastig in het water plaatste. De meeste mensen zagen alleen maar een brug, een nuttige verbinding tussen de twee Zeeuwse eilanden. Slechts een beperkte groep wist dat deze pijlers onder water een houvast boden aan de meest schitterende onderwaterorganismen.

Beneden aan de trap verzamelden ze zich. Beer was die ochtend duikleider en had de buddyparen al ingedeeld. Beer en Frits namen de twee leerlingen voor hun rekening. Zelf zou ze met Fiona duiken, een wat oudere vrouw die al vele duiken in haar logboek had staan, maar nog altijd een nerveuze indruk maakte onder water.

'Heb je er zin in?' vroeg Rona toen ze naast Fiona in het water stond en ze bij elkaar de buddycheck uitvoerden. Rona stak haar hand door de lus in de buddylijn en gaf het andere uiteinde aan Fiona.

'Natuurlijk. Ik ben altijd weer benieuwd wat we tegen zullen komen. Behalve natuurlijk al die andere duikers.' Haar lachje vloog over het water.

Eenmaal in het water gaven ze elkaar het signaal dat alles oké was en met de duim naar beneden liet Rona haar partner weten dat ze onder water konden gaan. Met de gezichten naar elkaar toe doken ze onder. De oren van Rona liepen vol water en de herrie verstilde. Het enige dat tot haar doordrong was het ontspannen geborrel van de luchtbellen die ze uitblies. Terwijl ze verder zakten zorgde Rona ervoor dat de luchtdruk in haar oren vereffend werd.

De arm van Fiona maaide door het water, waardoor Rona onregelmatige rukken aan de buddylijn voelde. Ze probeerde haar buddy te helpen met het stabiliseren. Pas toen Fiona wat rustiger werd gaf Rona aan dat ze in de richting van de pijlers zouden zwemmen.

Ze hield Fiona goed in de gaten en zag haar nog steeds vliegbewegingen maken om naar beneden te komen. Rona trok haar aan de buddylijn verder naar beneden. Tussen de instructeurs onderling werden er wel eens grapjes over gemaakt. Heb je weer lekker gevliegerd vandaag? Ze wist echter dat er straks wel een soort rust over de vrouw zou komen.

Ze waren bij de bodem en Rona liet het licht van haar onderwaterlamp op een grote groep zeeanjelieren schijnen. Ze leken op oranje paddestoelen waarbij de hoed was vervangen door meerdere waaiers van gekrulde bloemen, die zeker wat weg hadden van de boven water bloeiende anjer. Tussen de voeten van dit sierlijke dier krioelden een aantal brokkelsterren, waarbij het vaak niet duidelijk was welke arm bij welke zeester hoorde. Opeens zag Rona tussen een paar armen een lila kleurtje. Ze veegde voorzichtig een aantal brokkelsterren opzij. Een prachtige zeeslak, die in plaats van een huisje vele rijen uitsteeksels op zijn lichaam had, kroop tussen de zeesterren door naar zijn geliefde lekkernij, de zeeanjelier.

Fiona vormde met haar duim en wijsvinger het oké-teken en maaide daarna met diezelfde arm zo dicht langs de grond dat een opstuivende mist aan slibdeeltjes het zicht op de zeeanjelieren totaal onmogelijk maakte.

Ze zwommen verder in de richting waar Rona de pijlers van de brug wist. Het zicht was niet best. Ze hadden een lichte stroming mee, wat betekende dat ze nog net voor de kentering zaten. Rona's ogen deden zeer en ze knipperde een aantal malen. Als ze water in haar duikbril had gekregen was het logisch geweest dat ze wat branderig aanvoelden, gewoon omdat het water van de Oosterschelde nu eenmaal zout was. Er zat echter geen water in haar masker.

Even later dook er een donkere massa voor hen op. Rona keek op haar duikcomputer om haar pols. Acht meter diepte, dan was dit de eerste pijler. De stroming was daar sterker en ze voelde de buddylijn regelmatig aanspannen als Fiona bij haar vandaan werd getrokken. De stenen op de bodem waren mooi begroeid en een groot aantal vissen speelde in de stroming. Fiona was nu rustiger geworden. Ze zweefden naast elkaar net een meter boven de soms zanderige bodem. Twee duikers kwamen als donkere ruimtemannen aanzweven uit de peilloze groene mist. Eindelijk kwam de rust over haar heen. Rona keek naar het spel van de vissen die speels verlicht werden door het licht uit haar lamp. Toen viel haar iets vreemds op. De vissen leken ongecoördineerde bewegingen te maken. Kwam dat door de sterkere stroming?

Ze maakte wat slagen met haar vinnen. Waarom ging haar ademhaling zo zwaar? Ze zweefden toch rustig op acht meter diepte. Rona probeerde heel rustig de lucht op te zuigen en weer uit te blazen, maar haar hoofd voelde licht. Een lichte paniek drong zich in haar op. Ze dacht terug aan de duik met Beer.

Ze voelde een lichte ruk aan de buddylijn en zag dat Fiona iets aanwees. Ze kon het eigenlijk niet opbrengen om haar aandacht op iets anders te richten dan op haar ademhaling. Dat leek op dat moment het allerbelangrijkst. Toch keek ze naar de grote zeenaald die rustig tussen de begroeiing op de bodem scharrelde, zijn spitse neus tussen de wieren duwend. Normaal zou zijzelf degene zijn geweest die dit tafereel als eerste had ontdekt, maar het ademen eiste nu al haar aandacht op. Haar borstkas leek steeds meer in elkaar gedrukt te worden. Alsof ze te weinig ruimte had om haar longen vol te zuigen. Dit was niet goed. De duik moest afgebroken worden zonder paniek te veroorzaken bij haar buddy, want dat was het laatste waar ze op zat te wachten.

Ze trok de aandacht van Fiona en gaf aan dat ze langzaam terug zouden zwemmen. Het feit dat ze zich niet goed voelde gaf ze niet door, wat eigenlijk helemaal tegen de regels was. Toch hield ze zichzelf voor dat ze op deze manier de veiligheid het meest voor ogen hield. Een paniekerige Fiona zou een extra gevaar kunnen betekenen.

Terwijl ze samen terugzwommen, kreeg Rona het steeds moeilijker. Was de stroming zoveel sterker geworden? Het water hield haar als een zware massa tegen, alsof ze in een grote zandbak zwom die haar de lucht ontnam. Het geluid van haar ademautomaat gaf echter aan dat ze gewoon lucht binnenkreeg.

Fiona had haar al een paar keer van opzij aangekeken, maar Rona vermeed het om recht in die vragende ogen te kijken. Ze negeerde haar buddy, kneep haar ogen bijna dicht om het branderige gevoel kwijt te raken en probeerde vooral zelfverzekerd over te komen.

Eindelijk waren ze er. Langzaam stegen ze op en het leek alsof de drukkende watermassa begon af te nemen. Fiona keek haar bezorgd aan, maar Rona hield alleen maar het wateroppervlak in de peiling. Eenmaal boven wierp ze direct haar masker af, spuugde haar automaat uit en zoog de lucht diep op. Fiona zei niets. Ze was de rust zelve.

Rona voelde hoe Fiona haar hand pakte en haar zacht met zich meetrok naar de kant. Rona draaide zich op haar rug en liet zich drijven. Ze had nog het gevoel dat ze lucht te kort kwam, net alsof er niet voldoende ruimte in haar longen was. Ze wilde het uitgillen. Haar longen leegkrijsen. Maar de kracht ontbrak haar.

Een paar zware minuten later zat ze op de dijk. Fiona had haar zonder iets te zeggen geholpen en was nu vertrokken met een deel van de spullen. Rona ademde heel bewust in en uit en langzaam maar zeker leek het alsof de grootste druk wegviel. Ze staarde naar het water, waar de schaduw van een verdwaalde wolk als een zwevend spook aan kwam waaien. De wind floot door haar vochtige haren terwijl de schaduw naast haar de dijk opklom.

'Wat wil je?' vroeg ze zacht. Ze wachtte op antwoord, maar de schaduw leek zich niets van haar aan te trekken.

'Wat is er?' schreeuwde ze toen boven de wind uit. Ze liet haar blik wanhopig over het onrustige water glijden. Het water staarde vijandig terug, af en toe wat bellen loslatend van duikers, alsof ze hen uit wilde spuwen.

'Wat is er toch aan de hand?' Ze streek vertwijfeld over haar gezicht. Sloot haar ogen om de kwade tronie van het water niet te hoeven zien. De schaduw gleed over haar heen en koele vingers leken haar bij haar keel te grijpen. Ze rilde en opende met een ruk haar ogen.

'Waarom?' schreeuwde ze. Ze hoorde de echo over de golven galmen, alsof het water antwoord gaf.

Ze verborg haar gezicht in haar handen en de tranen welden op in haar brandende ogen. Zo bleef ze zitten. Haar lichaam schokte terwijl ze het beeld uit haar hoofd probeerde te weren.

Ze schrok toen ze een koele hand op haar schouder voelde.

'Kom, Rona,' zei Fiona echter zacht.

Rona keek op. Het water kabbelde tevreden tegen de voet van de dijk, de groene gladde stenen overspoelend. Het klonk weer rustgevend.

'Hé, zijn jullie al lang terug?' De zware stem van Beer zweefde over de dijk.

Loom opende Rona haar ogen, maar kneep ze snel weer dicht vanwege het felle licht.

'Hebben jullie lekker gedoken?' stelde Fiona naast haar een wedervraag.

'Ja, prachtig. We hebben prachtige dingen gezien, hoewel het zicht weer eens allerbelabberdst was.' Het soppende geluid van volle duikschoenen kwam dichterbij en Rona ging rechtop zitten. Ze was bijna weggedommeld in de warme zon, nadat Fiona en zij eerst bij het busje een pittige bak koffie hadden gedronken. Fiona had niets gevraagd, alleen maar aangegeven dat ze even rust moest nemen. Daarna was Fiona zelf languit in de zon gaan liggen en had haar ogen gesloten. Rona had haar voorbeeld gevolgd. De achtergrondgeluiden van weggaande en weer terugkomende duikers op de parkeerplaats was voor haar zo herkenbaar als de oude klok in haar woonkamer waardoor ze snel tot rust was gekomen.

'Wat hebben jullie gezien?'

'Prachtige naaktslakken. Er zaten een aantal blauwtipjes bij elkaar, hè?' wendde Beer zich tot zijn duikmaatje. Het water droop nog van de beide mannen af en vormde een donkere vlek op de straat.

'Waarom zijn jullie al zo snel terug?' vroeg Beer opnieuw. Hij legde zijn vinnen op het dak van het busje.

'Het liep niet helemaal lekker,' zei Rona zacht.

Beer gaf een nauwelijks merkbaar knikje in de richting van Fiona, maar Rona schudde haar hoofd. Nee, dacht ze, het lag niet aan Fiona.

'Is er weer wat gebeurd?' Hij knielde naast haar.

'Nee, nee. Er is niets gebeurd. Ik had alleen last met ademen. Ik weet het ook niet precies.'

Rona wilde er liever niet over praten. Beer bleef haar echter onafgebroken aankijken. Ze voelde zich steeds ongemakkelijker. Ze had zelf ook geen enkel idee wat er met haar aan de hand was, laat staan dat ze het hem duidelijk kon maken.

'Willen jullie soms ook al koffie, of kleden jullie je eerst om?' vroeg ze om de aandacht af te leiden.

Het werkte. Beer legde zijn trimvest neer en begon zijn pak uit te trekken. Hij zweeg en leek zich nu volledig te concentreren op die handelingen. Maar Rona kende hem goed genoeg om te weten dat deze stilte geenszins betekende dat hij tevredengesteld was.

'Ha, jongens!' Frits kwam aanlopen met zijn buddy in zijn kielzog. De enthousiaste verhalen kwamen nu goed los. Rona stond ertussen in en begon mee te genieten. De jonge knul met wie Beer had gedoken praatte opgewonden mee met de twee ervaren duikers. Het was altijd heerlijk om het enthousiasme van beginnende duikers te horen, alsof ze besmet werden met een ziekte. Een ziekte die bij haar al heel lang geleden een prachtig soort duikkoorts had veroorzaakt.

Op dat moment viel haar blik op Frits' armen. Rona draaide zich van hem af en ging op het matje naast de auto zitten. Ze nam kleine slokjes van haar koffie. Ze hoefde niet meer te kijken om de kleine wondjes op Frits' polsen voor zich te zien. Waar had ze die eerder gezien?

'Rona, blijf je ook wat drinken?' De uitgelaten stem van Frits klonk door de ruimte van hun duikcentrum *Intense Diving*.

Ze hing net haar duikpak op om hem uit te laten druipen. 'Ja, doe maar wat fris.'

'Doe maar. Doe maar...' hoorde ze Frits mopperen.

'Ik wil het zelf wel pakken,' riep ze hem na.

'Nee, laat maar.'

Rona liep naar de voorkant van het centrum waar ze lekker buiten konden zitten. Iedereen was daar al aanwezig. Ze keken uit over de jachthaven van Colijnsplaat. De masten van de zeilboten staken kaal omhoog in de blauwe lucht. De vallen van de zeilen sloegen tegen de masten aan, wat het typische geluid van een jachthaven veroorzaakte.

Rona keek naar Frits die onhandig bezig was de glazen te vullen. Zijn smalle gestalte stond voorover gebogen. Hij worstelde met de twee glazen die hij in zijn ene hand vast hield, terwijl hij met de andere hand de vloeistof erin probeerde te mikken. Zijn kaalgeschoren hoofd glom in de felle zon.

'Dank je,' zei Rona toen ze een glas aangereikt kreeg. Er hingen plakkerige druppels aan de buitenkant. 'Heb je al opgezocht welk type zeenaald je had gezien?' vroeg Rona hem.

'Type zeenaald?' Frits keek haar verbaasd aan. 'Hoezo dat?'

'Daar had je het toch met Beer over in de auto? Of heb ik het verkeerd verstaan?'

'Nee, dat klopt,' viel Beer haar bij. Hij gaf Frits een klap op zijn schouder, waardoor er een golf vocht uit het glas schoot. 'Was je dat alweer vergeten, ouwe jongen?'

'Vergeten?'

'Je was ervan overtuigd dat je een adderzeenaald had gezien en je wilde ons nog een plaatje laten zien om ons mee te laten genieten,' ging Beer verder.

'Oh ja. Nu je het zegt. Had dat dan wat eerder gezegd, nu moet ik weer terug.'

Rona pakte het andere glas van Frits aan en begon daarna de rest van de glazen vol te schenken.

'Hier, kijk.' Frits kwam teruglopen met een boek in zijn handen. 'Deze hebben we gezien, dat weet ik zeker. Een afgerond lang lichaam met zo'n apart patroon erop. Zie je wel dat het een adderzeenaald is.'

'Ja, ik zie het, een adderzeenaald. Makkelijk hoor, als de naam eronder staat,' zei Beer lachend.

'Wat zeur je nou? Je wilde toch dat ik het opzocht? Nou, hier is-tie!' Frits smeet het boek op het tafeltje.

'Kom op, jongens,' kwam Rona tussenbeide.

'Ik heb die vis toch zelf gezien. Dacht je dat ik niet wist hoe hij er uitzag?' schoot de stem van Frits uit. 'Waarom moet hij zo lullig doen?'

'Ach, het was toch maar een grapje,' excuseerde Beer zich schouderophalend.

'Nou, leuk grapje!'

Rona verbaasde zich over de felle reactie van Frits. Meestal was hij degene die dit soort slappe grappen maakte.

'Kom, ga zitten,' zei Beer. Hij klopte met zijn grote hand op de stoel naast zich.

'Nee, ik ga niet meer zitten. Ik heb helemaal geen zin meer om nog gezellig wat na te babbelen.' Frits beende boos weg. De ramen trilden toen de deur met een klap achter hem dichtviel.

Iedereen was stil. Beer leek ook ontdaan door de felle reactie. Toen pakte hij zijn glas.

'Nou, proost dan maar.'

De anderen hieven een beetje aarzelend hun glas, maar algauw kwamen de gesprekken weer los. Rona nam een slok. Ze dacht terug aan de vreemd verlopen duik. Het stomme was dat ze nu niets meer merkte van duizeligheid of problemen met ademen. Waar zou het toch vandaan komen? Nu ze hier gewoon rustig zat kon ze zich ook totaal niet meer voorstellen dat het zo beangstigend was geweest. Ze wilde eigenlijk het liefst gewoon weer onder water, de prachtige onderwaterwereld was haar lust en haar leven,.

'Beer, heb je aan het eind van de middag nog iemand nodig?' vroeg ze daarom.

'Ik wilde naar de Grevelingen gaan. Dat is wat makkelijker duiken.'

Rona zweeg. Dat was geen antwoord op haar vraag.

Beer schraapte zijn keel. 'Ik heb Frits gevraagd om mee te gaan. Je hoeft dus niet mee. Als Frits tenminste op komt dagen.'

'Frits is veel te gek op duiken. Als er eentje het liefst onder water zou leven, dan is hij het wel.'

'Ik weet het niet,' zei Beer peinzend. 'Hij doet een beetje vreemd de laatste tijd.'

'Vreemd?'

'Ja, hij belt op om te vragen of ik mee ga duiken, terwijl we allang een afspraak hebben staan. Net alsof hij het vergeten is. Verder is hij zo heetgebakerd. Totaal geen geduld met de leerlingen. Ik ken hem zo niet.' Beer streek zijn nog vochtige krullen naar achteren.

'Ja, hij was opeens wel fel, hè?'

'Behoorlijk. Gelukkig is hij het ook altijd weer snel vergeten.'

'Misschien is hij het echt vergeten,' dacht Rona hardop.

'Hoe bedoel je?'

'Ik weet het niet, maar er is iets aan de hand.' Ze dacht na. 'Heb je trouwens die wondjes gezien op de armen van Frits?'

'Wondjes? Nee, dat is me niet opgevallen. Wat is daarmee dan?'

'Dat weet ik juist niet, maar ik dacht dat ik ze al eerder had gezien.'
Ze keek peinzend voor zich uit.

'Jij wordt toch ook niet vergeetachtig?' plaagde Beer haar. 'Je bent te veel aan het piekeren. Kom, geniet een beetje van het leven. Bovendien heb je het heerlijke vooruitzicht straks nog een duik te kunnen maken in de Grevelingen.'

Rona keek hem nu verbaasd aan. Hij had toch gezegd dat hij haar niet nodig had? Of niet?

Toen pas zag ze de plagerige blik van Beer.

9

De telefoon rinkelde. Van Damme liet hem een paar keer overgaan voordat hij opnam. Hij had ooit bedacht dat het dan leek alsof hij het erg druk had.

Een hese stem klonk aan de andere kant. 'Wat jij daar uitspookt in die werkkamer van je, dat kun je niet maken. Dat is tegen alle regels en dat pik ik niet! Weet dat ik je in de gaten houd. Je moet ermee stoppen. Direct. En als je dat niet doet volgen er maatregelen. Vuilak!' Daarna werd het contact verbroken.

Van Damme legde verbouwereerd de hoorn neer. Door de hese stem kon hij niet eens aangeven of het een man of een vrouw was geweest. Hij wist dat het ernst was, waarom dan nog een telefoontje? Zou het iemand van hun eigen bedrijf zijn? Zou die er achtergekomen zijn dat hij aanklooide met de cijfers? Op de werkvloer liepen veel van die potige types rond, van die macho's met oorringetjes en opgepompte armen. Hij moest er niet aan denken zo'n figuur in het donker tegen te komen.

Zonder na te denken wreef hij over zijn achterhoofd. De buil was nog duidelijk voelbaar. Kon hij zelf proberen om die figuur te vinden? Nee, zinloos. De afperser had gegevens die niet bekend mochten worden. Dus moest hij betalen. Machteloos betalen. Zelfs voor hem was het laatstgenoemde bedrag veel, heel veel geld. Hij moest het vrij zien te maken.

'Ik ben naar huis,' mompelde hij afwezig, toen hij Sabine passeerde.

Eenmaal buiten zette hij de pas erin. Hij passeerde een aantal grote loodsen en wierp er een steelse blik in. Een man met een groene overall was aan het werk bij een enorme tank. De overall kon zijn gespierde figuur niet verhullen. De man keek in zijn richting. De blik was zwart en hard. Snel keek Van Damme weer voor zich en versnelde zijn pas.

Hij liep het uitgestrekte terrein over, niet meer geheel op zijn gemak. Om bij het parkeerterrein te kunnen komen moest hij tussen nog een paar loodsen door. Stil was het hier eigenlijk, dacht hij. Het was hem eigenlijk nog nooit opgevallen hoe weinig mensen hier rondliepen. Gedreun van machines. Voetstappen? Schichtig keek hij achterom. Maar er was niemand te zien.

In zijn haast botste hij bijna tegen twee mannen op. Hij schrok zich wezenloos.

'Sorry,' mompelde hij en liep snel door. Hij durfde niet om te kijken. Het leek alsof hun ogen in zijn nek prikten en hij verwachtte elk moment een hand op zijn schouder. Of misschien wel erger.

Samuel schoof de stoel achteruit, stond op en liep het kleine kantoortje uit. Hij keek de hal rond en zag Willem bij de buffertank staan. De klamme warmte die normaal al in de grote loods heerste leek vandaag nog erger dan anders. Samuel deed de bovenste knopen van zijn overall los.

'Schiet het al op?' vroeg hij toen hij naast Willem stond. Zijn groene overall vertoonde grote zweetplekken.

'Bijna klaar. Kijk, daar loopt Van Damme. Zijn werkdag zit er zeker alweer op,' zei Willem cynisch.

'Dan kappen wij toch ook?' Samuel keek de gestalte na die haastig tussen de loodsen doorliep.

'Zullen we een drankje nemen bij De Verloren Visser? Da's lekker dichtbij. Dit is toch geen temperatuur om in te werken? Ik heb heel wat vocht verloren vandaag. Ik wed dat de eerste slokken verdampt zijn voor ze mijn slokdarm bereiken.' Willem was al bezig zijn overall los te knopen.

'Dat hebben we wel verdiend. Ik zal Sabine even bellen, die heeft nu in ieder geval geen last meer van hem.'

'Is die vent nog steeds bezig dan?'

'Sabine wil er niet over praten.'

'Nee, logisch, die kent jou goed genoeg.'

'Ik kan het toch niet over mijn kant laten gaan? Niemand raakt mijn meisje aan.' Samuel merkte dat zijn vuisten gebald waren. Er zat een vurige bal in zijn maag als hij eraan dacht. Het zat als een ondoordringbare muur tussen Sabine en hem in. Als ze hem streelde kon hij alleen maar aan die te nette handen van die manager denken.

'Ik sta achter je, maat. Dat weet je toch? Sabine is ook een beetje mijn meissie.'

Samuel draaide zich van Willem af. Alleen die woorden al. Het was zíjn vriendinnetje, en van niemand anders.

'Laten we eerst maar eens dat biertje gaan drinken voordat die ook verdampt zijn. Volgens mij ben jij hard aan wat ontspanning toe. Bovendien hebben we hard genoeg gewerkt, zeker met al die extra metingen die meneer wilde hebben.'

'Shit, de uitslagen. Zijn die al doorgegeven?' Samuel schrok.

'Jan zou het verder afmaken en alles aan van Damme doorgeven.'

Samuel slaakte een zucht. Hij wilde Sabine dicht bij zich hebben, zodat iedereen kon zien dat ze van hem was. 'Laten we dan maar gaan. Ik zal Truus ook even bellen, die is altijd wel te porren voor een terrasbezoek.' Hij liep terug naar het kleine kantoortje.

Een half uurtje later lieten ze zich op de rieten stoelen van De Verloren Visser vallen. Drie dikke beukenbomen drapeerden een welkome schaduw over het terras. Vanaf daar had je een mooi uitzicht op de oude sluis van Het Sas, die nu dienst deed als jachthaven.

'Dat was een prima idee van mezelf,' zei Willem, die lui achterover ging hangen.

'Het gebruikelijke?' hoorde Samuel de serveerster achter zich vragen.

'Wat mij betreft wel.' Samuel zag dat Willem alleen maar lui knikte. Hij baalde dat Sabine niet mee had gewild. Ze moest nog wat afmaken. Het was maar goed dat hij wist dat Van Damme al naar huis was, anders had hij het niet zo makkelijk geaccepteerd. Hij zou haar vanavond wel bellen.

'Doe mij eerst maar een frisje,' zei Truus met haar schorre stem. Truus trok de laatste tijd wel vaker met hen op. Ze werkte op de geurafdeling, wat erg logisch was als je haar groot uitgevallen neus zag. 'Waar is Jan?'

'Die komt er zo aan,' zei Samuel, toen de serveerster over het knisperende grindpad was teruggelopen. 'Zeg, iets anders. Heb jij nog wat over zijn vrouw gehoord? Ik vind het moeilijk om erover te beginnen.'

'Hij vertelde gister dat ze opnieuw is opgenomen in het ziekenhuis,' zei Truus. Haar onregelmatige gezicht kreeg meteen een trieste waas over zich.

'Daar heeft hij niets over verteld.'

'Jullie mannen hebben wat dat betreft toch minder aandacht voor elkaar.'

'Ik weet wel dat ze wilden starten met een experimentele methode.' Samuel vond het erg dat hij eigenlijk zo weinig wist van zijn collega, maar Jan vertelde ook nooit iets uit zichzelf. Onvoorstelbaar eigenlijk. Als hemzelf iets dwars zat, zoals nu met Sabine, dan kon hij zich bijna niet inhouden. Dan moest hij het kwijt. Jan was meer een binnenvetter.

'Ik weet niet of ze daar al mee begonnen zijn,' zei Willem 'Het enige dat hij verteld heeft is dat ze mogelijk te zwak was om nog geopereerd te worden.'

'Jeetje, man.' Samuel wist niet goed wat hij moest zeggen en was blij dat op dat moment de drankjes gebracht werden.

Van Damme zette zijn auto op de oprit. Toen de motor zweeg bleef hij nog even zitten en stak een sigaret op. Nadat hij bij de bank een aantal zaken had geregeld, had hij een grote som geld direct meegenomen. Daarna had hij een enorme behoefte gehad aan alcohol. Slechts één drankje, had hij zich voorgenomen. Maar de tijd was omgevlogen. Zeker toen hij in gesprek was gekomen met een aantrekkelijke dame die naast hem aan de leestafel had plaatsgenomen. Het had zijn gedachten in ieder geval heerlijk afgeleid. Nu moest hij echter voortmaken om op tijd te zijn voor het afleveren van het geld.

Hij nam de envelop in zijn handen. Veel geld. Waar eindigde deze chantage? Hij wilde eigenlijk niet als een sul betalen, maar de angst zat diep. Het motorongeval. De onthullingen dat hij gesjoemeld had met de cijfers. En zijn verleden... Als iemand daarachter kwam? Hij nam een diepe haal van zijn sigaret. Hij kon het niet opbrengen om in voortdurende angst te leven.

Hij had net zijn sigaret in de asbak uitgedrukt toen hij een tik op het raampje hoorde. Direct werd zijn portier opengerukt. Het licht in zijn auto sprong aan. Het verblindde hem. De ijzeren greep om zijn arm was onverwacht. Een flinke ruk. Voor hij het wist lag hij naast zijn auto op de grond. Twee mannen torenden boven hem uit, een sjaal om hun gezicht gebonden. Hij zag hun ogen. Kwaad. Een blik vertrokken van haat.

Hij dook in elkaar om zichzelf te beschermen, maar de mannen trokken hem overeind. Zijn knieën trilden.

'Doe me niets!' Zijn stem sloeg over.

'Dat had je eerder moeten bedenken,' hoorde hij de hese stem van de kleinste van de twee.

Hij zag hoe de vuist van de man omhoogkwam. Hij wilde zijn armen opheffen om de slagen af te weren, maar de ander hield hem stevig vast.

De pijn in zijn kaak kwam vertraagd binnen. Hij proefde bloed. Er volgde een tweede vuistslag. Vol op zijn neus. Een droge knak ergens bij zijn ogen. De pijn was overweldigend en een zwarte waas trok voor zijn ogen.

'Stop! Laat me met rust.'

De slagen bleven elkaar echter opvolgen. Zijn gedachten vervaagden. Het enige dat nog doordrong was een machteloos gevoel. Ze moesten stoppen. Algauw zag hij de vuisten niet meer aankomen. Hij dook in elkaar en sloot zijn ogen. Niets meer willen weten. Niet meer voelen. Vooral met rust gelaten worden.

'Laat hem maar,' hoorde hij een stem. 'Hij heeft genoeg gehad.'

Opeens werd hij losgelaten. Hij viel op de grond. Als in een reflex rolde hij zich op, met zijn hoofd weggedoken tussen zijn armen. Hij lag stil terwijl zijn hele lichaam schreeuwde.

'Genoeg? Hij moet zijn poten thuishouden.' Op dat moment kreeg hij een trap in zijn zij. Volkomen onverwachts. Hij hapte naar lucht.

'Stop, alsjeblieft!' Was dat zijn stem? 'Het geld ligt in de auto.' Ze moesten stoppen. Straks sloegen ze hem dood.

'Dat zal je leren, vuile hond!' De hese stem klonk vlak boven hem. 'Jij met je vuile praktijken. Dat kun je niet maken, begrepen?' Instinctief dook hij verder in elkaar, de pijn in zijn ribbenkast verbijtend. Vechtend tegen de zwarte duizelingen die zijn gedachten over wilden nemen.

'Ik vroeg je wat! Heb je me begrepen?' Een por met de punt van een schoen sneed door zijn beurse lichaam.

'Ja, ja, ja,' Hij wist niet hoe snel hij antwoord moest geven.

'Verdomme! Je moet stoppen met dat achterbakse gedoe. En kennelijk kunnen we dat maar op een manier duidelijk maken. Maar het was ons een genoegen.' Een kelige lach volgde.

'Kom, we gaan,' hoorde hij de ander zeggen.

Hij durfde zich niet te bewegen uit angst dat zijn belagers van mening zouden veranderen of hem een trap na zouden geven. Heel even vroeg hij zich af of hij nog wel kon bewegen. Hij hoorde voetstappen die zich verwijderden over de oprit. Er klonk een lach, die droop van de minachting en spot. Het was niet belangrijk meer. Als ze maar weg gingen.

'Zag je dat zwijn kruipen? Dat zal hem leren,' hoorde hij de hese stem doorklinken in de nacht.

Toen hoorde hij niets meer.

Line liep met Tom de wachtkamer binnen en ging zitten. Tom pakte meteen een oude Donald Duck van de tafel. Line keek naar de enige andere patiënte in de wachtkamer. De vrouw hoestte met een akelige rochel, waarbij haar enorme boezem heen en weer schudde. Toen ze in de gaten kreeg dat Line naar haar keek, stak ze gelijk van wal, alsof ze al die tijd had zitten wachten tot er eindelijk iemand was om tegenaan te praten.

'Wat een weer vandaag, hè?'

Line knikte maar.

'Het is verschrikkelijk, die warmte. Ik kan er niet goed tegen, weet u?'

'Vervelend,' antwoordde Line nu. 'Misschien wordt het wel wat koeler.'

'Ja, ik zeg altijd maar, het weer wordt vanzelf beter, wij helaas niet.' Ze lachte hinnikend met opgetrokken schouders. 'Weet u, ik krijg niet genoeg lucht,' ging ze al snel weer verder. 'Maar ja, de dokter weet niet wat het is. Hij had het over allergie, of zo. Ze noemen het al snel een allergie. Als ze niet weten wat je mankeert, dan noemen ze het een allergie.' De vrouw keek alsof ze de hele medische wereld maar niets vond.

Line antwoordde niet. Ze keek mee in het tijdschrift van Tom. De witte eend in zijn matrozenpakje sprong weer eens van woede op en neer en tetterde zijn neefjes met allerlei leestekens om hun oren.

De vrouw was gelukkig aan de beurt en waggelde achter de huisarts aan de wachtkamer uit. Line zuchtte opgelucht.

Tien minuten later werden zij binnengeroepen. De dokter was een grijze man met een vermoeide uitstraling. Hij was nog bezig om aantekeningen te maken.

'Zegt u het maar.' Hij tikte rustig door op het toetsenbord.

Line schraapte haar keel en vertelde over de jeukende wondjes op de benen van Tom.

'En verder?' vroeg de dokter.

Ze negeerde zijn vraag. 'Wilt u de wondjes even zien?

'Laat maar zien.'

Tom rolde zijn broekspijpen omhoog. De dokter wierp een korte blik op de benen van Tom. 'Een paar kleine wondjes. Het lijkt me niet iets om je zorgen over te maken.'

'Verder voelt hij zich niet helemaal goed,' ging Line verder.

'Koorts?'

'Nee, hij heeft geen koorts, maar...'

'Meestal gaan dit soort zaken vanzelf over,' vervolgde de arts.

'Hij is ook nogal vergeetachtig de laatste tijd.' Line merkte dat Tom haar verbaasd aankeek. 'Hij vergeet een boodschap mee te nemen of zijn spullen op te ruimen.' Line merkte hoe zwak het klonk.

'Mevrouwtje.' De dokter keek haar nu voor het eerst aandachtig aan. 'Ik denk dat deze jongeman een gezonde puber is. Ik kan me voorstellen dat hij soms dingen vergeet. Ook dat is voor een puber heel normaal.' Hij pakte de muis en klikte een paar keer. Daarna typte hij wat informatie op de computer.

'Maar die wondjes worden steeds erger en ze jeuken behoorlijk. Hij heeft er echt last van,' probeerde Line haar ongerustheid onder woorden te brengen.

'Als ze jeuken betekent het dat ze helen. Jongens stoeien. Ze groeien niet op zonder zich te bezeren. Daar worden ze groot van. Maakt u zich maar geen zorgen, het gaat vanzelf over. Wat jij, jongen?' Hij stond nu op en gaf Tom een speels tikje tegen zijn wang. Line zag dat Tom met zijn hand over zijn wang streek, alsof hij het tikje weg kon vegen. Zijn gezicht stond op onweer.

De dokter stak zijn hand uit. 'Tot ziens.'

Line kon niet anders dan hem een hand geven. Tom dook onder haar arm door de hal in.

Toen ze buiten stonden, voelde Line zich lamgeslagen. De woorden van de arts drongen nu pas tot haar door. Het gaat vanzelf over? Waarom had ze niet geprotesteerd?

'Mam,' vroeg Tom naast haar. 'Waarom heb je niet gezegd dat ik me zo vreemd voel in mijn hoofd?'

'Hij luisterde niet, Tom.'

'Maar die wondjes dan? Ik krijg er steeds meer.'

'Ik weet het. We zullen er wat zalf opsmeren als we thuis komen. Goed? En anders gaan we gewoon over een paar dagen terug, dan kan hij zelf zien dat het erger wordt.'

Line begon steeds kwader te worden. De dokter had toch minstens kunnen luisteren? Maar zelfs dát had hij niet gedaan.

Ze liepen zwijgend door de hoofdstraat van Stavenisse. Aan het einde van de straat zag ze het scheve torentje van de kerk. Een vrouw kwam de hoek om. Haar baseballcap wierp een schaduw over haar gezicht. Line keek naar het frêle figuurtje in de strakke spijkerbroek die in een rap tempo achter de kerk verdween.

Tom bleef plotseling staan.

'Wat is er?' vroeg Line.

'Dat was die marien biologe. Die mevrouw die mee was naar de dode bruinvis,' zei Tom opgewonden. 'Zij moet het weten.'

'Wat zal ze wel weten?'

'Nou, zij zal nu toch wel bericht gehad hebben?' Tom reageerde nogal kriebelig.

'Welk bericht?'

'Waaraan die bruinvis is dood gegaan. Die had dezelfde wondjes als ik.'

10

'Hallo, Sabine. Alle afspraken van vandaag...' Van Damme hield even zijn adem in om zijn pijn te verbijten, '...moet je verzetten naar volgende week.' Hij kon net op tijd een kreun binnenhouden, toen hij een onwillekeurige beweging maakte. Langzaam ademde hij door. 'Verder moet je me dat rapport maar even komen brengen. Dat moet ik nog inleveren bij de afgevaardigde van het bestuur, bij Joop Van Delden. Ik werk er thuis aan verder.'

Hij hoorde geërgerd de tegenwerpingen van zijn secretaresse aan. Nu niet tegenstribbelen, hij had wel wat belangrijkers te doen. Hij verbrak snel het contact.

Omzichtig bewegend klapte hij zijn mobiel dicht, daarna liet hij zich in zijn leren fauteuil zakken. De kreun ontsnapte alsnog.

Elke beweging deed zeer. De dosis pijnstillers die hij ingenomen had leek onaangeroerd in zijn maag te zijn beland. De dreunende pijn in zijn hoofd was op geen enkele wijze verzacht. Zijn oog maakte geen aanstalten om open te gaan en zijn mond was er niet beter aan toe. Het was alsof de tandarts een drietal tampons onder zijn lip had gepropt.

Hij reikte naar de spiegel naast zich op het tafeltje. Een pijnlijke scheut. Zouden zijn ribben gebroken zijn?

Toen hij de spiegel eindelijk te pakken had, schrok hij niet eens meer van zichzelf. Zijn mond was scheefgetrokken door de dik opgezette bovenlip. Bovendien leek de paarse kleur bij zijn oog te vervloeien in de zwelling van zijn neus. Donkere korsten opgedroogd bloed maakten het geheel af.

Zijn gedachten bleven draaien om de gebeurtenis van de afgelopen nacht. Waarom was hij in elkaar geslagen? Een afrekening? Hij had toch nog voldoende tijd gehad om het geld naar de afgesproken plek te brengen? Bovendien hadden ze het geld niet eens meegenomen. Toen hij bijgekomen was, was hij te laat geweest voor de aflevering.

Line koos het nummer dat Tom haar gegeven had.

'Rona van Baren,' zei een vriendelijke stem.

Line stelde zichzelf voor en legde uit waar ze voor belde.

'De bruinvis? Ja, die is inderdaad naar Naturalis gegaan. Wat leuk dat Tom zich daarvoor interesseert.'

Na een korte aarzeling vertelde ze de vrouw over de wondjes van Tom.

'Wacht even, wil je zeggen dat Tom dezelfde wondjes heeft?' De stem klonk nu opgewonden.

'Ja, tenminste, dat zegt hij zelf.'

'Kan ik langskomen? Ik zou ze graag willen zien. Misschien kan ik helpen.'

Line werd verrast door het voorstel, maar ging akkoord. Alles wat Tom zou kunnen helpen wilde ze proberen.

Een half uurtje later stopte er een kleine bestelwagen voor de deur. Line herkende de smalle vrouw die de auto uitstapte. Haar baseballpet had ze nu achterstevoren op haar hoofd.

Line liep naar buiten. De warmte viel broeierig over haar heen toen ze de relatieve koelte van haar huis verliet.

De handdruk was stevig.

'Kom verder. Heb je het kunnen vinden?' Stomme vraag, dacht ze meteen.

'Hallo,' hoorde ze Tom opeens achter zich. Line zag tot haar voldoening dat Tom Rona keurig een hand gaf.

'Ik hoorde van je moeder dat je wilde weten hoe het onderzoek was afgelopen?' Rona ging zitten in de schaduw van de appelboom en legde haar pet op tafel. Ze haalde herinneringen op aan hun eerste ontmoeting bij de bruinvis en Line luisterde geïnteresseerd. Daarna vertelde Rona over Naturalis.

'Dus er is nog niets bekend,' stelde Line vast.

'Niet echt.' Rona richtte zich nu tot haar. 'Bij Naturalis doen ze slechts een oppervlakkige sectie. Wel viel hen op dat de doodsoorzaak in dit geval niet te wijten kon zijn aan visnetten, wat vaak wel het geval is. De wondjes op het lijf van de bruinvis intrigeerden hen zo dat ze hem over hebben laten brengen naar de universiteit van Utrecht. Bij de afdeling bijzondere dieren gaan ze nu onderzoek doen naar het ziektebeeld. Ze nemen onder andere samples van organen, wat voor hun studies ook van belang is.'

'Wordt dat wel vaker gedaan?'

'Vooral als ze twijfelen aan de doodsoorzaak. Meestal is die meteen duidelijk, bijvoorbeeld bij snijwonden van een visnet. Maar deze plekjes waren heel anders.'

'Hoe zagen die wondjes er uit?' De bezorgdheid had zich tijdens het gesprek steeds dieper in Line genesteld.

'Het leken wel een soort zweertjes. Had Tom ook van die wondjes?'

Line knikte. Tom die er al die tijd zwijgend naast had gezeten leek achter haar weg te willen kruipen. Line bukte zich en rolde zijn broekspijpen omhoog. De wondjes leken nog vuriger randen gekregen te hebben. Rona bestudeerde de wondjes aandachtig. Het beeld van de dokter die van een paar meter afstand achteloos had gekeken en Rona's geïnteresseerde houding vormde een onvoorstelbare tegenstelling.

'Zijn jullie al bij een dokter geweest?'

Line probeerde beheerst over te komen toen ze vertelde over het bezoek aan de dokter. Pas toen ze de verbijstering in de helderblauwe ogen van Rona zag, liet ze haar kwaadheid duidelijker merken.

'Heb je er veel last van, Tom?'

'Het jeukt,' zei Tom kortaf. 'Mag ik nu naar Luc?'

'Zometeen, lieverd.'

Tom zat ongedurig op zijn stoel heen en weer te schuiven. Line wierp hem een blik toe. Geduld. Ze zag dat Rona in zichzelf gekeerd over haar hoofd streek, waar de korte stekelharen maar weinig van onder de indruk waren.

'Ik ga er achteraan, dat beloof ik je, Tom,' zei Rona tenslotte.

'Ik ga naar Luc.' Zonder een antwoord af te wachten stond Tom op en liep weg.

'Tom is af en toe wat ongeduldig. Hij begint een echte puber te worden,' zei Line verontschuldigend. 'Hij kan soms zo kortaf tegen me doen. Ik weet niet wat het is. En die houding van mijn huisarts helpt dan niet echt,' zei Line een beetje wanhopig. Ze voelde haar keel dichtknijpen. Nee, niet nu, dacht ze nog. Maar de tranen waren sterker. Ze boog haar hoofd en ze probeerde met verwoede gebaren haar ogen droog te vegen.

Opeens lag er een arm om haar schouders. Ook al voelde ze zich opgelaten, de troost van de beschermende arm deed haar goed. Tranen leken dat soort dingen aan te voelen, waardoor ze nog moeilijker terug te dringen waren, bedacht ze toen het gewrijf in haar ogen geen enkel effect meer leek te hebben.

'Sorry. Maar ik... Tom...' Waarom had ze haar stem niet onder controle?

'Natuurlijk maak je je zorgen. Ik maak me ook zorgen.'

Rona's stem klonk zacht en begrijpend. Het was een prettige gewaarwording dat ze niet alleen was met haar zorgen, wat meestal wel het geval was. Er werd een papieren zakdoekje in haar handen gedrukt. Dankbaar keek ze Rona aan en ze moest opeens lachen. Wat een stomme situatie.

'Moet je mij nu zien. Stomme huilebalk.'

'Maakt niet uit. Soms moet je je toch even kunnen laten gaan? En wat ik net zei meen ik, ik maak me ook zorgen. En niet alleen om Tom.'

De serieuze toon drong tot Line door, versterkt door de doordringende blik. Daarna begon Rona te vertellen. De verbazing van Line veranderde in verwarring toen ze hoorde over de wondjes op de armen van een duikvriend. Maar het werd nog erger toen Rona haar eigen geheugenproblemen aansneed.

'Ik ben ook bij mijn huisarts geweest. Ik heb een verwijzing gekregen naar een neuroloog.'

Line snoot eens flink haar neus. Ze kon het niet plaatsen. Hoe kon er een verband bestaan tussen de jeukende plekjes van Tom en de neurologische problemen van Rona?

'Ik heb het idee dat er iets helemaal fout zit. Ik weet niet wat het is, maar er klopt iets niet,' vervolgde Rona.

'Maar hoe kan...?' Line kon het allemaal niet bevatten.

'Ik loop zelf ook met die vraag te worstelen,' antwoordde Rona, nog voordat ze haar vraag af had kunnen maken. 'Het moet iets met het water te maken hebben, lijkt me.'

De weg was lang en recht. Ze zag alleen maar weilanden, die doorsneden werden door sloten. Soms was er een haag bomen die een waterlijn markeerde.

Rona bekeek het landschap waar ze al ontelbare keren doorheen gereden was, maar nu was het anders, bijna onherkenbaar anders. Het leek alsof de van plastic zakken gefabriceerde vogelverschrikkers haar vrolijk toezwaaiden over de vlakke landerijen. Alsof de meeuwen, die schreeuwend achter een tractor zwermden, haar toelachten. Eenden die met een snelle vleugelslag hun zware lichaam in de lucht hielden, leken met haar mee te vliegen. De zon straalde haar uitbundig tegemoet.

Ze stopte langs de kant van de weg. Haar gedachten gingen terug naar haar ontmoeting met Line. De mooie kwetsbare Line. In een opwelling had ze een arm om haar heengeslagen. De frisse geur kon ze zich zo weer voor de geest halen.

Rona stapte uit. De wind blies in haar gezicht en haar bloes wapperde om haar lichaam. Ze beklom de dijk en ging in het gras zitten. Met haar gezicht naar de zon gericht, voelde ze de warmte op haar huid prikkelen en het licht door haar gesloten oogleden gloeien. Het leek alsof haar zintuigen extra gevoelig waren.

Ze liet zich achterover vallen, zodat ze op haar ellebogen leunde en ze keek naar het binnengebied van de dijk. Een boerderij liet zich knus omhullen door bomen die haar met hun takken tegen zon en wind beschermden. De zwart geteerde schuur leunde tevreden tegen het woonhuis, waarbij de witgeverfde kozijnen als een uitwendig skelet steun leken te verlenen. De gevel van het huis klom als een trappetje naar boven, waar een schoorsteen door een piramidevormig dakje afgedekt werd.

Alles zag er licht en vrolijk uit. Ze hoorde het geschreeuw van de scholeksters die hun brutale piewiew als vrolijk gezang uitwisselden. Kieviten scheerden als bestuurbare vliegers vlak over de grond om dan weer in snelle en onverwachte bewegingen hoog de lucht in te schieten.

Line borrelde steeds weer in haar gedachten op. Ze zag het glanzende haar weer voor zich dat ondeugend uit het elastiek piepte, waardoor Line een lekker nonchalante uitstraling kreeg. Ze voelde weer de druk van het volle lichaam tegen zich aan en ze sloot haar ogen om dat gevoel terug te laten komen en zo mogelijk te verhevigen.

Met een ruk kwam ze tot zichzelf. Ze was verliefd! Mocht ze deze gevoelens wel toelaten? Zelf wist ze al heel lang dat meisjes voor haar veel interessanter waren en ze had nooit begrepen waarom haar vriendinnen die stugge stakerige knullen vol puisten aantrekkelijk konden vinden, sterker nog dat ze met hen wilden zoenen. Om niet buiten de groep te vallen had ze meegedaan met de jacht op jongens. Uiteindelijk had ze zelfs een vriendje gehad. Gewoon, omdat ze dacht dat het zo hoorde. Ze had echter wel een jongen uitgekozen die zacht was als een meisje en lief verlegen, zodat hij niets bij haar uit durfde te halen. Pas toen ze een heel stuk ouder was had ze echte vriendinnen gehad, zelfs een langdurige relatie. Maar toen haar vriendin een mooie baan aangeboden had gekregen in een andere plaats was het snel afgelopen geweest. Teveel vrijheid gekregen en gegeven en uiteindelijk uit elkaar gegroeid. Ze was nu alweer een tijdje alleen. Toch stond ze best open voor een nieuwe relatie. Maar een relatie met Line? Line was vast netjes getrouwd, ze was in ieder geval al moeder. Nee, meer dan een gewone vriendin kon Line nooit worden.

Vastberaden stond ze op en liep terug naar de plek waar haar bestelauto stond. Ze stapte in en reed weg. Ze probeerde haar hoofd bij de weg te houden, maar regelmatig dwaalden haar gedachten af. Verliefd op een getrouwde vrouw.

Het duurde daarom even voordat ze bemerkte dat de weg haar opeens niet meer bekend voorkwam. Was ze verkeerd gereden? Welke kant moest ze eigenlijk op? Er zouden vanzelf wel wegwijzers komen, sprak ze zichzelf moed in. Maar er volgden geen wegwijzers. Wel stoplichten en veel flitspalen, waarvan sommige dusdanig waren geraakt dat ze alleen nog maar luchtfoto's konden maken. Stom om haar navigatiesysteem te vergeten.

De peilloze blauwe lucht was verdwenen en grote wolken schermden de zon af. Er hing zelfs een onheilspellende gele zweem. Onweer? Er was voor gewaarschuwd.

Eindelijk borden. Zierikzee was de enige plaats die erop stond. Zierikzee, dacht Rona verward. Daar moest ze helemaal niet zijn. Ze keerde haar auto en reed dezelfde weg terug. Waar was ze verkeerd gereden?

Ze stopte bij een grote boerderij, waar een stel ganzen onbeschoft naar haar gakte en rondwaggelde, alsof zij de eigenaars waren. Rona interesseerde zich niet voor de ganzen. Kende ze de boerderij? Het was zo'n karakteristieke hoeve dat ze zich niet voor kon stellen dat ze hem nog nooit eerder gezien had. Ze probeerde zich te herinneren aan welke weg deze kon liggen, maar geen enkel aanknopingspunt kwam in haar op. Ze vervolgde de weg die nu met een bocht langs een rij afgetopte bomen liep. Een sloot, die een dikke meter lager dan de weg lag, leek op een lichtende pijl. Was dat de richting waarin ze moest rijden?

Een felle flits schoot opeens over het landschap en even later volgde een ver gerommel. De bomen die nog door de zon verlicht werden, leken onnatuurlijk groen tegen de zwarte achtergrond. Normaal kon ze genieten van deze natuurwisselingen, maar nu zag het er vooral sinister uit.

Toen de eerste regendruppels vielen deed ze haar ruitenwissers aan. Haar ruit was vettig en het zicht werd eerst vooral slechter. Rona tuurde zo geconcentreerd door de voorruit dat ze schrok van de plotselinge bliksemschicht die het landschap stotterend als een discolamp verlichtte. De klap volgde snel.

Waar was ze? Ze herkende echt niets. Ze dwaalde rond in haar eigen Zeeland. Nu de zon totaal verdwenen was achter de dreigende lucht, kon ze niet eens meer bepalen of ze wel naar het zuiden reed. De verwarring in haar hoofd nam toe. Net alsof ze niet meer gestructureerd na kon denken. Alsof er watten in haar hoofd zaten die de prikkels van buitenaf dempten. Watten of iets anders?

Van Damme had zich naar zijn werkkamer gesleept. De trap die hem eerst een onoverkomelijke drempel had geleken had hij trede voor trede beklommen. Hij moest zijn mail raadplegen, maar het leek vooral op een extra boetedoening.

Zo rustig mogelijk las Van Damme de tekst van de mail.

> *Je hebt niet betaald! Dat zal je berouwen. Een enorme uitstoot ongezuiverd water is op dit moment al geloosd. De metingen zullen het wel uitwijzen. Deze vervuiling zal langer naijlen dan de vorige.*

Hij voelde zich machteloos. Die man had vuil water geloosd, wilde hem bang maken, in elkaar slaan en... Van Damme durfde niet verder te denken.

Voor die lozing was hij niet zo bang. De meeste vervuiling loste vanzelf op, zeker in de onderdelen die hij onder zijn milieubeheer had: geluid, lucht en water. Een voorzichtige glimlach trok pijnlijk aan zijn gezwollen lip. Natuurlijk zou er een tijdelijke verhoging te zien zijn, maar die moffelde hij wel weg. Hij wist hoe hij dat aan moest pakken.

Onder de email stond een link naar een veilingsite. Antiquariaten was een van de woorden die erin voorkwam. Vreemd. Hij klikte erop.

Toen de tekst verscheen bleef hij verbijsterd naar het scherm kijken.

> *Aangeboden organen, tegen ieder aannemelijk bod, uit het lichaam van een overleden man van achtenveertig jaar, waarvan het gezicht iets geschonden is. De nieren en het hart zijn echter intact.*

Overleden? Iets geschonden gezicht? Dat was hij, dat kon niet anders. Wat...? Hoe kon iemand zomaar een lichaam aanbieden op een veilingsite? Dat moest toch strafbaar zijn? Het e-mailadres dat erbij stond verbaasde hem niet eens.

Wat moest hij doen? De politie waarschuwen? Het IP-adres van de registratie laten achterhalen? Maar wat konden ze daarmee? Bovendien wilde hij de politie helemaal niet in zijn buurt hebben. Als die gingen graven...

Hij zette zijn reservebril af. Het ding drukte pijnlijk op zijn neus. Maar nog pijnlijker was het verborgen dreigement. De waarschuwing was duidelijk. Maar waarom hadden ze het geld niet meegenomen? Het lag voor het grijpen in de auto.

Gedachteloos legde hij zijn hoofd in zijn handen, wat hem een nieuwe pijnscheut opleverde.

De ringtone van zijn telefoon klonk. Van Delden, zag hij aan het nummer, de afgevaardigde van het bestuur. Hij ging rechtop zitten. Natuurlijk, het rapport.

'Ja, nee, dat begrijp ik,' Hij knikte ijverig terwijl hij de telefoon in zijn andere hand overnam. Hij deed zijn best de woorden zorgvuldig uit te spreken, wat met die dikke lip niet eenvoudig was.

'Het rapport is bijna af.' Even hield hij de hoorn van zich af. De stem bleef doortetteren. 'Ik ben er druk mee bezig. Ik rond het deze week nog af. Het heeft de hoogste prioriteit.' Bij sommige woorden merkte hij dat hij sliste.

Nadat het contact verbroken was, dacht hij aan de uitdaging in deze zaak. Natuurlijk had hij de cijfers aangepast, maar hij kon er niet omheen dat hij de geurnorm van 1,9 Ge/m3 niet zou halen. Die moest hij dus met nog meer cijfergegoochel zien te omzeilen. Dat zou niet makkelijk worden. Aan beide zijden zat hij in de tang.

Moeizaam stond hij op. Hij had zin in koffie. De eerste passen waren stram, zijn spieren verzetten zich tegen elke beweging. Beneden viste hij een oud filter uit zijn koffiezetapparaat. Een kweek van groenige schimmel sierde de ingedroogde koffie. Het droge papier scheurde.

Hij reageerde automatisch toen het filter op de grond dreigde te vallen. Een schreeuw schoot door de keuken. Het aanrechtblad gaf steun, terwijl hij zijn handen tegen zijn borstkast drukte alsof hij de pijn tegen kon houden. Schoksgewijs ijlde de pijn na.

Verdomme, had hij maar kunnen betalen. Hij wilde niets liever. Weg met die klote problemen. Het enige dat hij wilde was dat ze hem eindelijk eens met rust zouden laten.

Hij ruimde de troep op en even later pruttelde het koffiezetapparaat zichzelf schoon, het warme water op de vers ruikende koffiepoeder lozend. Filterkoffie vond hij nog steeds lekkerder, ook al twijfelde hij dit keer voor het eerst.

Hij keek door het keukenraam naar buiten. Na de felle zon van die ochtend was het erg donker geworden. De opeenvolging van bliksemschichten die de landerijen kortdurend verlichtten was prachtig te volgen. De donder klonk rustgevend ver weg. Misschien zou het allemaal wel meevallen, dacht hij, terwijl het apparaat zijn laatste druppels in het filter sputterde. De muffige lucht rook hij toch niet.

11

Uitgeput opende Rona haar voordeur en klom vermoeid de trap op. Haar horloge gaf aan dat ze twee uur onderweg was geweest. Twee uur, bedacht Rona onthutst. Het was onvoorstelbaar dat ze er zo lang over gereden had. Ze had ook geen idee waar ze geweest was. Uiteindelijk had iemand haar de weg kunnen wijzen.

Net toen ze zich op de bank liet zakken, ging de telefoon. Line, schoot het door haar hoofd. Maar ze wuifde die gedachte meteen weg.

Toen ze Frits' naam hoorde, bedacht ze dat ze hem wat had willen vragen. Wat was dat ook weer? Ze moest die dingen op gaan schrijven.

Frits had enthousiaste verhalen over de duik die ze in de Grevelingen hadden gemaakt. Hij was dus gewoon met Beer meegegaan.

'Waar zit jij?'

'Thuis, natuurlijk. Daar bel je me toch?'

'Ik dacht dat ik je mobiele nummer had gebeld?'

Rona ging rechtop zitten. Ze wist weer wat ze had willen vragen, maar voordat ze iets kon zeggen hoorde ze de stem van Beer.

'Kom je gezellig wat drinken?'

'Waar zitten jullie?'

'Op ons terrasje. Het is hier lekker rustig, nadat het onweer de mensen heeft weggespoeld.'

Het idee om direct weer weg te moeten, sprak haar totaal niet aan. Toch wilde ze Frits spreken.

'Hé, waarom geef je geen antwoord?' Beer klonk ongeduldig. 'We moeten je wat vertellen.'

'Kan dat niet over de telefoon?'

'Liever niet.'

'Oké. Ik kom eraan. Waar zitten jullie?'

'Dat heb ik toch net gezegd?' Beer gromde.

'Bij het duikcentrum? Dan ben ik er over tien minuten.' Als ik het tenminste kan vinden, voegde ze er in gedachten aan toe.

Tot haar opluchting vond Rona het café zonder problemen. De lucht was enorm opgefrist door het onweer, hoewel de warmte nog steeds aanwezig was. Het fietstochtje had haar goed gedaan. Ze zag dat Frits opstond en naar haar toe kwam lopen, zijn hoofd als altijd tussen zijn schouders getrokken. Ze plantte haar omafiets tegen de lantaarnpaal, die de scherpe hoek van de weg markeerde en legde haar kettingslot eromheen.

'Ha, meisje,' begroette Frits haar enthousiast. 'Fijn dat je er bent.'

'Ik had eerst niet veel zin.' Ze worstelde om het sleuteltje uit het slot te krijgen.

'Het is best gezellig, we zijn met een hele groep.'

Het sleuteltje schoot los.

'Hoe is het met jou?' Ze keek hem aan en zag een reactie die ze niet had verwacht. Zijn normaal stralende ogen vertoonden opeens een pijnlijke trek.

'Het gaat wel. Weet je, ik mis mijn zoontje. Ik zie hem zo weinig.' Hij stopte even. Normaal ratelde hij maar door, dus Rona wist even niet hoe ze moest reageren. Net toen ze iets wilde zeggen, ging Frits verder. 'De scheiding is wel een goede beslissing. Het kon echt niet meer. We maakten elkaar het leven zo zuur. Het geeft wel rust om daar weg te zijn. Soms een beetje te veel misschien. Het lijkt wel alsof mijn hoofd al die rust niet aankan. Een raar geborrel in mijn hoofd maakt me nerveus.'

Rona zweeg. Frits praatte niet veel over zijn scheiding. Nu had ze echter het idee dat er twee dingen door elkaar speelden. Ze keek naar zijn onderarmen, de zweertjes waren rood en open.

'Hoe gaat het verder met je gezondheid.' Ze knikte naar zijn armen.

'Goed,' antwoordde hij te snel. Hij deed zijn armen achter zijn rug.

'Hoe lang heb je die al?'

'Wat bedoel je?'

'Er is iets vreemds aan de hand. Je bent heus niet de enige.' Ze vertelde over de zoon van Line en tipte ook haar eigen problemen aan.

Frits leunde nu tegen de paal. 'Het zijn nare wondjes. Ik dacht dat ik me ergens aan opengehaald had, maar deze krengen helen niet. Integendeel, ik lijk er steeds meer te krijgen. En ze jeuken als de ziekte.'

'Heb je enig idee hoe je eraan komt?'

'Nee, dat zeg ik toch,' antwoordde Frits kriegelig. 'Ik kan me ook helemaal niet herinneren dat ik me ergens aan bezeerd heb of zo.'

'Dat is het andere probleem,' zei Rona. 'Daar heb ik ook last van, mijn geheugen is opeens enorm slecht geworden. Het ene moment neem ik me iets voor, het volgende moment ben ik het helemaal kwijt. Ik kan me zelfs niet goed meer oriënteren. Ik ben vandaag totaal verdwaald.'

'Verdwaald? Maar je rijdt hier dagelijks rond. Hoe kun je dan in vredesnaam verdwalen?'

Rona knikte. 'Daarom vind ik het ook zo beangstigend. Het is net alsof je stukken van je leven opeens kwijt bent, ook al is het nog maar kort daarvoor gebeurd. Alsof je harde schijf vol zit en er *ad random* informatie wordt gewist.'

'Een computervirus? Misschien moeten we naar de dokter.'

'Ben ik al geweest. Ik heb een verwijzing naar een neuroloog.'

'Neuroloog?' De blik waarmee Frits haar aankeek gaf aan dat eindelijk de ernst van de situatie tot hem doordrong.

'Misschien zit er iets in het water dat ons ziek maakt,' bracht Rona haar angst eindelijk onder woorden.

'Maar hoe verklaar je dan die wondjes?'

'Geen idee. Maar ik moet erachteraan nu ik nog redelijk mijn gedachten op een rijtje kan houden. Hoewel...' Ze hield een notitieboekje omhoog. 'Hier loop ik nu al mee rond, als een demente bejaarde.' Ze sloeg het open om de aantekeningen te laten zien die ze thuis snel gemaakt had. 'O ja, jullie wilden me iets vertellen?'

'Ruud heeft vanmorgen gebeld. Langs de dijken van de Oosterschelde worden de laatste dagen veel dode vissen gevonden. Hij klonk nogal ongerust.' Frits stopte abrupt en keek haar aan. 'Zou dat ook...?'

Rona haalde haar schouders op. 'Misschien zijn we nu wel erg paranoia. Door de hittegolf is het water natuurlijk ook veel warmer dan normaal, en dus zit er minder zuurstof in. Vissen kunnen daar niet zo goed tegen. Kom, laten we maar bij de anderen gaan zitten. Zeg voorlopig maar niets tegen Beer. Hij maakt zich toch al zorgen over me.' Ze stak haar arm door die van Frits, waarna ze in de richting van het terras liepen.

'Ik wilde je even laten weten dat ik een paar dagen weg ben.' De leugen kwam Eugène van Damme gemakkelijk over de lippen. 'Ik moet naar een bijeenkomst voor mijn werk. Niets opzienbarends, maar ik vond het wel netjes om het je te melden.'

'Ik wil je nog bedanken voor dat lekkere etentje. Ik heb zelden zo lekker gegeten.' Haar stem klonk een beetje onzeker, dat maakte haar juist zo aantrekkelijk. Het was gemakkelijk om haar te verwennen. Als ze nu ook nog lichamelijk toeschietelijker zou worden, dan was een relatie niet uitgesloten.

'Geen dank, lieverd.' Hij likte over zijn droge lippen. Dorst. Hij baalde ervan dat hij geen bier meer in huis had.

'Je stem klinkt een beetje vreemd. Ben je verkouden?'

'Een beetje keelpijn. Ik hoop dat ik jou niet aangestoken heb?' Hij probeerde zo duidelijk mogelijk te praten, ondanks zijn gezwollen lip.

'Met mij gaat het goed, ik heb wel wat problemen met Tom.'

'Ach ja, kinderen.' Hij keek op zijn horloge, nog een half uurtje voordat de winkel zou sluiten. Hij liep al pratend naar zijn werkkamer om zijn portefeuille te zoeken.

'Het lijkt toch ernstiger te zijn dan ik eerst dacht. Hij heeft wat wondjes op zijn benen en...'

Eugène trok zijn lade open. Waar had hij die portefeuille toch gelaten? Hij humde in de hoorn. Line praatte gewoon verder. Haar zachte stem had een sensuele klank, dacht hij tevreden. Hij sloot de lade en liep naar zijn colbert. Hij graaide in de binnenzak van zijn jasje. Gelukkig, daar voelde hij zijn portefeuille.

'Die gaat naar een neuroloog. Denk je dat ik Tom ook maar opnieuw moet laten onderzoeken?' hoorde hij toen Line vragen.

'Een neuroloog? Alleen maar voor een paar wondjes?'

'Juist niet alleen maar wondjes. Ik vertelde je net...'

'Ik moet nog even naar een afspraak,' onderbrak hij haar. Als je vrouwen hun gang liet gaan konden ze uren zwetsen over dit soort onbenullige onderwerpen. 'Als ik jou was, zou ik het maar even aanzien. Jongens kunnen wel een stootje hebben. Ik bel je snel weer.'

Hij hoorde nog net een korte groet op het moment dat hij zijn telefoontje dichtklapte. Nou moest hij nog opschieten ook, dacht hij geïrriteerd.

De telefoon rinkelde opnieuw. Line aarzelde om hem op te nemen. Stel dat het Eugène weer was. Even geen zin. Nadat hij drie keer was overgegaan, nam ze toch maar op.

De heldere stem van Rona klonk in haar oren. Ze kon een zucht van opluchting niet tegenhouden.

'Hé, wat is er?

'O, niks,' antwoordde ze snel.

'En nu eerlijk.'

'Nou ja, ik maak me zorgen om Tom, maar dat is mijn probleem.'

'Problemen die je deelt, lijken daardoor al minder erg. Dus barst los. Is er nieuws?'

De bezorgde aandacht deed Line goed. Hoe anders liep dit gesprek. Hadden mannen maar vaker wat vrouwelijke trekjes. Ze vertelde over de driftbui die Tom had gehad en over zijn geïrriteerde reacties, hij was zo anders dan normaal. Dat konden niet alleen maar pubertijdsperikelen zijn.

'Ik heb een vriend die op dit moment ook van die buien heeft,' vertelde Rona. 'Het is niet leuk om zo'n storm over je heen te krijgen, en al helemaal niet als er geen aanleiding voor is. Je kent je kind door en door, dan is het vast moeilijk te accepteren.'

'Ik weet soms echt niet wat ik met hem aanmoet.' Line dacht terug aan de scheldende Tom.

'Neemt je man de zorg ook wel eens over?'

'Mijn man? Ik heb geen man.' Het kwam er zo overtuigd uit dat ze even verbaasd was. Natuurlijk was ze alleen met Tom, maar de laatste tijd was Eugène er toch? Na het laatste telefoontje was ze daar niet meer zo zeker van. 'Ik ben al alleen sinds de geboorte van Tom. Hij heeft zijn vader zelfs nooit gekend,' legde ze uit.

'Dus je bent alleen?'

'Ja.' Het deed haar goed om het zo expliciet aan te geven.

'Ik had het niet verwacht... ik wist het niet...'

Het verbaasde Line dat Rona opeens stotterde. Ze vond het ook wel een beetje stom van zichzelf dat ze alleen over haar eigen problemen praatte.

'Weet je al meer uit Utrecht?'

'Nee, dat zou wel erg snel zijn. Ik wilde eigenlijk alleen maar even weten hoe het met je ging.'

'O.'

Even was het stil. Line wist niet zo goed wat ze moest zeggen. Gelukkig ging Rona verder.

'Ik zal de universiteit wel even bellen, maar verwacht er geen wonderen van. Die bruinvis was al een tijdje dood toen ze hem op het lab kregen en het is maar de vraag of ze dan nog allerlei kweken kunnen inzetten.'

'Heb je zin om morgen een kop koffie te komen drinken? Ik ben deze week nog vrij. Ik vind het wel gezellig. En misschien weet je dan al meer.'

Rona reageerde erg enthousiast en Line had een warm gevoel toen ze het contact verbrak.

Van Damme was bijna thuis. Ook al was het nog licht, hij voelde zich niet helemaal op zijn gemak. Het geld was nog niet weggebracht, omdat hij nog geen nieuwe leverplaats had doorgekregen en het zat al de hele dag als een dikke prop in de binnenzak van zijn jasje. Hij ging alleen voor de hoogstnoodzakelijke boodschappen naar buiten. Zijn gezicht zag er nog niet best uit.

Achter hem zat een motor. Het geluid kwam hem veel te bekend voor. Het ongeluk waarvan Donar slachtoffer was geworden en hijzelf net niet, maar er was ook een motor op het bedrijventerrein geweest, die nacht dat hij geld afgeleverd had. Hij rilde.

In zijn achteruitkijkspiegel zag hij dat de motor dichterbij was gekomen. Hij achtervolgde hem, dacht hij opeens panisch. Hij wilde toch betalen? Waarom gaven ze dan niet door waar hij heen moest? Of zou hij nu gewoon stoppen en het direct afhandelen?

Hij duwde echter zijn gaspedaal dieper in en schoot zijn eigen huis voorbij. Een vrouw achter een kinderwagen keek verstoord en hij zag nog net dat ze hoofdschuddend haar weg vervolgde.

De motorrijder bleef hem volgen, totaal onherkenbaar door de zwarte integraalhelm met het donkere gezichtsscherm. Wie was het? Hoe kon hij hem afschudden?

Van Damme stoof een hoek om en hield zijn achteruitkijkspiegel daarna angstvallig in de gaten. In zijn ooghoek een plotselinge beweging. In een reflex trapte hij op de rem. Piepend kwam hij tot stilstand. Een vrouw achter een rollator keek hem geschrokken aan en stak toen op haar dooie gemak de straat over. Bijna aan de overkant hief ze haar benige vuist op.

Krijg de klere, oud wijf. Dit oponthoud zou me wel eens fataal kunnen worden. Toch was hij ook geschrokken van de consequenties die zijn vluchtgedrag kon hebben. Stel dat hij de vrouw had aangereden? Maar veel tijd om daar bij stil te staan had hij niet. De motorrijder dook op. Bij het kruispunt gaf hij een dot gas. Zijn wagen schoot gehoorzaam vooruit. Eerst die woonwijk uit. Op de grote weg kon hij hem wel afschudden.

Van Damme reed als een bezetene, kwam op de hoofdweg en duwde zijn gaspedaal in. Angstvallig hield hij de weg achter zich in de gaten. Nog steeds geen motorrijder te zien. Zou hij hem kwijt zijn?

Een dikke zucht kwam over zijn lippen en de pijn drong opeens weer door vanuit zijn ribbenkast. Het was bijna een welkome pijn, alsof het een deel van hem geworden was.

Geen motor. Hij temperde zijn snelheid. Een zweetdruppel kroop in zijn linkeroog. Het prikte. Hij zette de airconditioning iets hoger en algauw voelde hij zich kalmer worden. Nu hij met een rustig vaartje op de grote weg reed, leek het hem absurd dat iemand hem achtervolgd zou hebben. Zag hij spoken? Was hij onnodig in de stress geschoten? Tegen de acceleratiesnelheid van een motor kon hij toch nooit op? Was het puur bangmakerij? Hij streek zijn dikke haar naar achteren en voelde de harde korsten op zijn hoofdhuid. Het resultaat van de vorige ontmoeting.

Het harde gelach galmde door de kantine. Samuel zag hoe een aantal hoofden naar hen toegedraaid werd.

'Het zijn natuurlijk alleen maar speculaties,' zwakte Samuel zijn beschrijving wat af. 'Maar de goden lijken ons verhoord te hebben. Soms moeten die goden een handje geholpen worden, nietwaar, Willem?' Samuel gaf een vette knipoog naar zijn maatje.

'Daar zijn het goden voor.'

'Hoe weten jullie eigenlijk dat hij in elkaar is geslagen?' vroeg Truus. Ze zat als een vent achterstevoren op een kantine stoel.

'Sabine is bij hem geweest om wat papieren te brengen. Alle afzspraken moeszten verzet worzden,' sliste Samuel op een overdreven manier.

Het groepje bulderde van het lachen.

'Het is wel eens goed als hem inderdaad de waarheid gezegd is,' riep Truus nog nahikkend uit. Samuel zag dat ze nu helemaal over de leuning heenhing.

'De waarheid gezegd? Maar dan niet met de tandjes in het mondje maar met de handjes op het mondje.' Willem lachte het hardst om zijn eigen grap.

'Lelijker kon hij toch niet worden,' bracht Truus in.

'Als ik de beschrijving van Sabine mag geloven... Maar misschien moet jij je neus maar eens in zijn zaken steken,' raadde Samuel aan.

Zelfs Truus moest hierom lachen. Samuel keek hoe ze haar hoofd met beide handen ondersteunde. Haar opvallende neus was een heel nauwkeurig meetinstrument. Zij rook dingen voordat ze gemeten konden worden. Het verbaasde iedereen steeds weer.

'Ik weet niet wat ik dan allemaal tegenkom. Hoewel,' Truus was opeens serieus. 'Wat ik nu weer gehoord heb.'

'Zijn die roddels waar?' vroeg Samuel.

'Mijn neus heeft me nog nooit bedrogen. Ik weet zeker dat zijn rapportwaarden stinken.'

'Dat kunnen we toch niet accepteren?' zei Willem, nu ook serieus.

'Waar komen die roddels dan vandaan?' Jan had nog niet veel gezegd, maar zijn gelach had overal bovenuit geklonken.

'Ik heb geen idee. De verhalen steken steeds weer de kop op. Ik heb gehoord dat hij in het verleden ook al eens bij een onfrisse zaak betrokken was. Er schijnen nogal wat lozingen verzwegen te zijn. Of getallen waarvan de komma verschoven is. Meneer wil natuurlijk niet zijn dikke bonus tussen zijn vette vingers door laten glippen.'

'Op zich is zo'n bonus wel een mooi systeem, alleen moet je het wel verdienen. Iedereen heeft er dan evenveel recht op,' zei Willem. 'Dus het kan er bij mij niet in dat alleen meneer de vette manager dat geld zou moeten krijgen.'

'Ik zou het geld ook goed kunnen gebruiken,' beaamde Jan.

'Ik ook. Dan kan ik een keer een verre reis maken met Sabine in plaats van die camping in Noordwijk.' Samuel wreef zich al in de handen.

'Laatst was het vochtgehalte van biofilter twee erg laag,' vervolgde Truus. 'Hij had zeker al een week eerder besproeid moeten worden, maar de installatie werkte niet goed. Toch leidden ze de lucht er gewoon nog doorheen. Mijn neus maakte overuren. Bovendien gaf het een enorme klachtenregen uit de omgeving. Daar hoor je later ook nooit meer iets van. Binnen de norm, wordt er dan gezegd.'

'Bij ons zijn de meetwaarden wel erg constant. Toch, Jan?'

Jan knikte als antwoord. 'Ik hou de cijfers goed in de gaten.'

'Bij jullie kan er ook niet zoveel misgaan,' zei Truus. 'Maar als de kadaverwagens in deze hitte iets te lang op het terrein staan voordat ze gelost worden, hebben wij al een probleem. De telefoon staat roodgloeiend.'

'We zijn nu in ieder geval even van het probleem Van Damme verlost. En Sabine ook.' Dat was het voornaamste, bedacht Samuel. Ze was zijn meissie.

Een luide toeter deed Line opschrikken. De koffie schoot over haar krant.

'Shit,' schold ze hartgrondig.

'Ha, schoonheid,' begroette Harvey haar. 'Hoe staat het leven van jou en je prachtige zoon?'

Line wilde antwoorden, maar Harvey ging al verder. 'Vertel maar eens wat er aan de hand is, die rimpel tussen die mooie bruine ogen zit er niet voor niets.'

Line trok haar wenkbrauwen op. Ze had niet in de gaten dat haar zorgen om Tom zo duidelijk van haar gezicht af te lezen waren.

'Is er iets waarmee ik je kan helpen? Een klemmende deur, lekkende kraan, of krakende trap?'

'Was het maar zoiets simpels. Je hebt toch die wondjes op Toms benen gezien?'

'Je bedoelt die zweertjes? Zijn die nog niet weg dan?'

Ze vertelde van haar bezoek aan de huisarts. Tot haar verbazing begon Harvey te lachen. Het irriteerde haar mateloos.

'Je moet je niet op je kop laten zitten.'

'Die dokter was verschrikkelijk. Hij luisterde niet eens,' reageerde ze kwaad.

'Je moet ze láten luisteren.'

'Hoe dan? Die vent heeft een enorme plank voor zijn kop.'

'Daar heb je misschien wel een man voor nodig.' Het gezicht van Harvey vertoonde enige arrogantie. Dat kende ze helemaal niet van hem.

'Ik heb helemaal geen man nodig,' mopperde ze. Ze dacht weer aan

Eugène. 'Bovendien helpen die je niet als je ze nodig hebt.'

'Natuurlijk wel.'

Line ergerde zich dood. Mannen waren er niet, hadden geen tijd of lieten je in de steek.

Opeens vertelde ze Harvey over Eugène. Ze gaf aan hoe hij gereageerd had toen ze zijn advies gevraagd had over Tom, maar ze liet ook de mooie cadeaus en gezellige uitstapjes niet weg. Ze voelde zelfs weer wat van de oude aantrekkingskracht toen ze aan zijn lieve ogen dacht.

'Je hebt dus een vriend,' stelde Harvey simpel vast. 'Maar dat is toch mooi?'

Natuurlijk was dat zo, maar waarom had hij dan zo kortaf gedaan toen ze met hem over Tom had willen praten?

'Misschien belde je op een ongelegen moment?'

'Hij belde mij,' gaf Line aan. 'Het maakt niet uit, ik kan mijn zaakjes zelf wel regelen, dat heb ik altijd al gedaan. Ik heb geen man nodig.'

'Misschien niet zo'n man.'

'Ik had niet zo moeten zeuren. Hij moest nog weg, dus hij had op dat moment vast geen tijd voor me,' zei Line. Waarom verdedigde ze Eugène?

'Ik ga wel met je mee naar de huisarts,' stelde Harvey spontaan voor. 'Hoewel, soms luisteren ze ook niet naar een Surinamer.'

'Het heeft geen zin. Hij heeft me gezegd dat het vanzelf wel weg zou trekken.'

'Denk jíj dat het vanzelf weggaat? Daar gaat het om.' Hij keek haar nu onderzoekend aan.

Ze sloeg haar ogen neer. Dat was het nou net, ze had gezien dat de zweertjes nog vuriger waren geworden.

12

Een paar honderd meter voor de plek waar Line woonde zette Rona haar bestelauto aan de kant van de weg. Haar handen voelden klam aan en haar hart bonsde in haar keel. Ze keek in haar spiegeltje. De overbekende blauwe ogen in het smalle gezicht keken gespannen terug. Ze duwde haar geblondeerde stekelhaar wat overeind, ook al had dat weinig effect. Dan maar haar pet op, dat voelde tenminste vertrouwd. Belachelijk eigenlijk dat ze haar ogen had opgemaakt, dat deed ze maar zelden. Nu leken haar ogen nog groter en haar wangen meer ingevallen dan anders. Met wat spuug probeerde ze haar ogen schoon te maken, wat als resultaat had dat er brede zwarte vegen ontstonden. Een spook, dat was ze. Ze stak haar tong uit naar haar spiegelbeeld.

Waarom was ze toch zo nerveus? Ze ging alleen maar op de koffie bij een vriendin, probeerde ze haar angst te relativeren. Dat was het nou net, gaf ze zichzelf antwoord. Line had iets in haar losgemaakt. Aan die gevoelens kon ze echter niet toegeven. Ze zuchtte diep, rekte zich uit en reed toen weer de weg op.

Even later parkeerde ze haar auto voor het knusse huisje dat in de bescherming lag van een immense boerderij. Wat een heerlijk plekje om te wonen. De zon speelde krijgertje met de groene bladeren van de appelboom, die hen de vorige keer van een luxueuze schaduw had voorzien. Ze zette haar baseballpet recht en bukte voor wat lage takken.

'Kom verder.'

Rona zag Line op zich afkomen, haar hand uitgestrekt. Haar gezicht straalde en de loshangende haren glansden sluik om haar gezicht. Haar hand was koel waardoor Rona zich zorgen maakte over haar eigen klamme vingers.

'Hoe is het met je?' Lines ogen namen haar belangstellend op.

'Goed. Ja, goed,' mompelde Rona. Ze voelde een dommige glimlach over haar gezicht trekken, maar ze leek niet in staat om normaal te reageren.

'Vind je het erg als ik dit even afmaak?' Line wees naar de wasmand iets verderop.

'Geen probleem. Maak het rustig af.' Rona bekeek de vrouw terwijl ze terugliep naar de waslijn. Lines lichte huidskleur stak sterk af tegen de donkerblauwe stof van haar T-shirt. Haar lichaam was verder gehuld in een lichte broek waarvan de soepele stof meedeinde op haar bewegingen. Bewegingen die bijna gracieus waren, zoals ze zich bukte en daarna uitstrekte naar de lijn boven zich.

Ze wendde zich met een ruk af. Doe niet zo belachelijk, Rona van Baren, sprak ze zichzelf in gedachten toe. Dit is een vrouw die gewoon haar was aan het ophangen is.

'Nu kan het lekker drogen. Wil je koffie of liever wat anders?'

'Liever wat fris.' Rona liep dom achter Line aan. Ze keek naar haar billen die bij elke stap haar shirt iets opduwden, waarna het bij een volgende stap weer over de soepele broek dwarrelde. Alsof Line haar ogen voelde prikken, trok ze opeens haar shirt naar beneden. Bijna beschaamd keek Rona weg.

Even later zaten ze in de schaduw op het kleine terras. Line hield haar een pakje stroopwafels voor.

'Deze heb ik verborgen kunnen houden voor Tom. Hij eet alles op wat los en vast zit,' lachte ze.

'Dat klinkt in ieder geval gezond,' antwoordde Rona, denkend aan haar eigen eetgewoontes.

'Ben je al bij de neuroloog geweest?'

'Nee, nog niet. Ik ben voorlopig mezelf aan het testen.'

'Hoe bedoel je?'

'Ik test of mijn geheugen me af en toe echt in de steek laat door bijvoorbeeld naar het nieuws te kijken en dan na afloop de behandelde onderwerpen op te noemen.' Nu ze over iets tastbaars aan het praten was, voelde Rona haar nervositeit wegebben.

'Dat zou mij nooit lukken. Toch is er volgens mij niets mis met mijn geheugen. Hoe kom je op dat idee?'

'Ik zocht iets dat daarna ook gecontroleerd kon worden, dat doe ik via mijn dvd-recorder. Maar ik ben er niet erg goed in. Ik ben de helft van de onderwerpen alweer kwijt als het journaal is afgelopen.' Ze nam een slok vruchtensap en knabbelde op een stroopwafel terwijl ze terugdacht aan haar test van de avond ervoor. Het was haar zo tegengevallen. Zou dat eerder ook zo geweest zijn? Misschien had ze altijd al wel een slecht geheugen gehad. Alleen nu het zo expliciet door haarzelf bewezen werd, was het meteen ook extra pijnlijk. Alsof je een deel van je leven net zo goed niet kon leven. Wat had het voor zin als je het toch direct weer vergat. Frustrerend.

'Heb je nog naar Utrecht gebeld?'

'Ja, zoals beloofd. Ze hadden echter nog niet veel te melden. Het enige dat ze me verteld hebben, was dat ze dachten dat het vetweefsel van de bruinvis opgelost leek te zijn door iets. Dat geeft die zweertjes.'

'Door iets?'

'Ze weten nog niet waardoor. Er staan nu allerlei testen in. Natuurlijk kan het ook zo zijn dat het dier gewoon aangevreten is, of een ziekte onder de leden had.'

'Ziekte?'

Line leek alles te herhalen.

'Ja, een ziekte of iets anders. Maar wat het ook is, het lijkt me goed als Tom doorgestuurd wordt naar een specialist. Dit is geen zaak voor een huisarts. En zeker niet voor die huisarts van jou, want van die vent word je echt niet wijzer.' Ze duwde de klep van haar pet wat omhoog.

'Het zijn geen gewone wondjes.' Rona zag dat Line in de verte tuurde, alsof ze de woorden alleen voor zichzelf uitsprak. Daarna keek ze haar recht aan. 'Ik heb mijn moeder gebeld. Ze woont sinds kort helemaal in Groningen, maar ze wilde direct in de auto stappen. Ze maakt zich grote zorgen. Tom is volledig van mij afhankelijk. Hij heeft alleen maar mij.' De wanhopige blik in Lines ogen deed haar bijna lijfelijk pijn. 'Ik moet terug naar de huisarts voor een verwijzing.'

Rona overwoog om aan te bieden mee te gaan, maar bedacht zich. Dat ging veel te ver. Ze mocht zich niet opdringen, ze kon haar hooguit steunen.

'Als jij ervan overtuigd bent dat Tom naar een specialist moet, dan moet je hem dat ook duidelijk kunnen maken. Iedereen heeft toch recht op goede medische zorg? Daar betaal je voor.'

'Ja, ik móet het hem duidelijk maken.' Line leek zichzelf op te peppen. 'Denk je echt dat die wondjes van Tom te maken hebben met de dood van de bruinvis?'

In de vraag zat meer verborgen. Rona worstelde met dezelfde vraag en ze durfde Line niet aan te kijken toen ze knikte.

Samuel liet zijn tong door haar mond dwalen. Het was er warm en vochtig. Het zachte gekreun van Sabine wond hem op. Zijn handen streelden het zachte haar en eindigden in haar warme nek.

'Ik heb je gemist,' fluisterde ze in zijn oor. Haar adem kriebelde.

'Ik jou ook, schatje. Zeker nu ik weet dat je baas zijn handjes niet thuis kan houden.'

Sabine ging rechtop zitten.

'Bemoei je *nicht* daarmee. Ik zal dat allemaal zelf regelen. Dat heb ik je toch gezegd?' Haar donkere ogen fonkelden onder haar krullende pony.

'Ik doe niets,' verweerde Samuel zich meteen. 'Maar het blijft wel in mijn gedachten.' Hij boog zich weer naar haar toe. Hij verlangde naar haar. Ze weerde hem echter af en stond op.

'Ik doe niets. Ik doe niets,' herhaalde ze spottend zijn woorden. 'Hoe heeft hij dan dat blauwe oog gekregen, hè? Kun je me dat vertellen?' Ze keek hem kwaad aan.

'Kom op,' probeerde Samuel haar te kalmeren. 'Iemand had kennelijk een appeltje met hem te schillen.'

Ze had zich van hem afgedraaid en stond bij het raam van haar kleine woonkamer. Haar strakke heupbroek liet aan de achterkant de rand van haar string zien. Hij stond op en legde zijn handen om haar smalle taille.

'Waarom doe je nou zo boos? Wat kan jou dat blauwe oog van Van Damme schelen? Als ik hoor hoe hij tegen jou doet, dan verdient die man nog veel meer blauwe ogen.'

Als een furie draaide ze zich om.

'Ik hoop dat jij er niet voor verantwoordelijk bent. Eugène maakt het me al moeilijk genoeg.'

'Eugène?' Hij deinsde achteruit. 'Sinds wanneer noem je hem Eugène? Wat is er tussen jullie?' Samuel voelde een onberedeneerbare woede opwellen. Verdomme, had ze hem wel alles verteld?

'Het is toch heel normaal dat je degene met wie je intensief samenwerkt bij zijn voornaam noemt?' Sabine liep tergend langzaam van hem weg.

'Niet als zo iemand je baas is. Die Van Damme is een echte arrogante manager. Eentje die niet zomaar zal toestaan dat je hem bij zijn voornaam noemt. Wat hebben jullie samen? Is het dan toch meer dan wat opmerkingen en een speels tikje op je billen?' Terwijl hij op haar afliep, voelde hij zijn hart bonzen.

'Rustig maar, Sammie.' Ze sloeg haar armen om zijn nek. 'Laten we nou toch geen ruzie maken. Ik heb je gemist.'

Even wilde hij toegeven aan de zachte omhelzing. Haar handen lagen op zijn schouders en een sliertje parfumlucht streek zacht langs zijn neus. Hij sloot zijn ogen maar het enige dat hij zag was de tronie van die vetzak. Wat deed die vent allemaal met haar? Samuel sloeg haar armen van zich af en greep zijn motorjack van de bank.

'Als je me niet alles wilt vertellen dan is het afgelopen tussen ons. Ik kan niet accepteren dat een ander met zijn handen aan mijn meisje komt.'

'Afgelopen? Maar er is echt niets gebeurd. Hij maakt alleen maar opmerkingen, dat heb ik je toch verteld. Doe nou niet zo boos en kom terug.'

Samuel draaide zich naar haar toe. Haar zwarte haar zat in de war en haar ogen keken hem verwachtingsvol aan. Haar heerlijke lichaam nodigde hem uit, maar hij kon het niet accepteren. Hij moest zeker weten dat ze alleen van hem was. Hij draaide zich om en sloeg de deur met een klap achter zich dicht.

Van Damme tuurde door de voorruit van zijn auto. De zon stond zo laag dat het zonnescherm totaal nutteloos was geworden. Het felle licht scheen gemeen in zijn ogen.

Het had tot halverwege de middag geduurd voordat hij eindelijk een mailtje had ontvangen. Daarna had hij het bestudeerd alsof het een belangrijk rapport was geweest. De tekst kende hij uit zijn hoofd.

Je zit in de problemen, maat! Doordat je weer niet betaald hebt, is de vervuiling al ver doorgedrongen. Je zult moeten dokken om een nieuwe uitbraak tegen te houden. Leg het geld bij de populier bij de achterste vijver van de waterzuiveringsinstallatie. En dan wegwezen! Anders word je geveild.

De zinnen liepen als een reclametekst voor zijn ogen langs. Onafwendbaar en zonder onderbrekingen.

Hij keek in zijn achteruitkijkspiegel. Een witte Renault reed al een tijdje achter hem. Zelfs als hij langzamer ging rijden, remde de witte auto ook af.

'Haal dan in, sukkel,' mopperde hij, maar er gebeurde niets.

De tegenliggers op dit drukke stuk weg doken als schietschijven voor de felle zon op. Die Renault kon zo nooit inhalen. Geen wonder dat de auto achter hem bleef rijden. Hij gaf wat meer gas, maar bleef de witte auto goed in de gaten houden.

Daar was zijn afslag. Hij schoot op het laatste moment naar rechts en zag tot zijn opluchting dat de witte auto doorreed.

Een zwaar getoeter voor zich. Een grote vrachtwagen kwam recht op hem af. Een snelle ruk aan het stuur. Hij slipte net langs de wagen. Zijn wielen glipten van de weg af en hij raakte een grijze vuilcontainer die als een rijpe puist opensprong en zijn vuil over de weg spoot. Hij remde uit alle macht.

Hij zette zijn auto langs de kant van de weg. Ondanks de airconditioning brak het zweet hem uit. Hij klipte de gordel los, liet zijn raam openzoeven en ademde de warme lucht diep in. Zijn zakdoek maakte korte metten met de irritante zweetdruppels op zijn voorhoofd. Trillend diepte hij zijn sigaretten op en stak er een op. Hij blies de rook omhoog waar die onmiddellijk door de aircolucht verdreven werd.

De trekjes van zijn sigaret maakten hem rustiger. Het was veel te warm voor dit soort acties. De zon brandde op het donkere dak van zijn auto. Aan de overkant van het kanaal stonden de huizen in tweetallen bij elkaar. De donkere zijstukken aan weerszijden leken op later aangebouwde schuren, netjes overkapt door het doorlopende oranje gepande dak. Het water van het kanaal leek zwart, alsof er een dikke drek was gevormd. Vuil water.

Snel verder. Hij moest het geld dumpen. Hij mikte zijn halfopgerookte sigaret uit het raam en reed naar de ouderwetse ophaalbrug die even verderop over het kanaal lag. Vanaf dat moment lag het water aan zijn rechterhand en flitsten de zonnestralen scherp in zijn ogen, telkens onderbroken door de bomenrij langs de weg. Er was weinig verkeer en tot zijn tevredenheid reed er niemand achter hem. Het ging eindelijk goed.

In de verte zag hij de masten van de zeiljachten bij het Goese Sas al opdoemen en even later reed hij langs de oude sluis die nu dienst deed als jachthaven. Het laatste gebouwtje dat hij passeerde was een café waarvan het terras zwaar in de schaduw lag.

Voor de dijk zwenkte hij naar links, waardoor hij op de weg achter het bedrijf uitkwam. De geur van rottende kadavers drong via het ventilatiesysteem zijn auto binnen. Hij kende de weg hier goed en reed doelgericht op de achterste vijver af. Er stond een aantal bomen aan het water. Het zweet brak hem opnieuw uit toen hij bedacht dat hij geen idee had hoe een populier eruit zag. Hij bestudeerde de bomen die volgens hem akelig op elkaar leken. Populieren waren hoog, dat wist hij nog wel. Het moest dus die achterste boom zijn.

Hij zette de auto aan de kant. De stilte werd slechts onderbroken door het geschreeuw van een groep brutale meeuwen. Hij stapte pas uit nadat hij gecontroleerd had of hij alleen was. Mooi op tijd, zelfs een

minuut of tien te vroeg. Als hij dit afgehandeld had kon hij tot rust komen tijdens een etentje met Line. Goed dat hij dat had afgesproken.

De dikke envelop met geld stopte hij in de plastic zak. Het hekje
dat tussen de populier en de vijver stond leek de enorme boom te be-
hoeden voor een val in het water. Hij keek om zich heen. Geen mens
te zien. Snel stopte hij de zak diep weg in het hoge gras. Een kleverig
spinnenweb bleef aan zijn vingers plakken.

Wegwezen, dacht hij. Hij had totaal geen behoefte meer om te blijven wachten om te zien wie het geld ophaalde. Ze mochten het geld
hebben. Graag zelfs. Als hij dan eindelijk van alles verlost zou zijn en
ze hem met rust zouden laten. Zonder om te kijken reed hij weg.

13

Line keek vanaf de haar toegewezen tafel het restaurant rond. De tafeltjes stonden op regelmatige afstand gerangschikt. Kunstig gevouwen servetten stonden klaar tussen het bestek en drie verschillende glazen maakten het plaatje compleet. In zo'n chique tent had ze nog niet vaak gegeten.

'Wilt u vast wat te drinken bestellen, mevrouw?' De ober, gekleed in een zwart pak, boog gedienstig.

Wat zou ze bestellen, bedacht Line nerveus. 'Een sinaasappelsap, graag,' antwoordde ze toen.

'Wilt u verse jus d'orange?'

Ze bloosde. Jus d'orange, natuurlijk. Ze knikte snel.

De ober liep weg en liet haar alleen. Ze gluurde op haar horloge. Kwart voor acht. Waar bleef Eugène? Een knagend gevoel trok door haar maag. Ze was niet gewend om zo laat te eten. Ze had wat pannenkoeken voor Tom gebakken maar zelf niets genomen.

De ober stond bij de bar en wachtte op de barman die het bestelde drinken klaarmaakte. Hij keek met getuite lippen de zaak rond. Zijn plat achterover gekamde haar glom in het weinige licht. Het was net een pinguïn, dacht Line, terwijl ze in gedachten het zwarte jasje omzette in een stel vleugels. Wat een stijve toestand.

'Sorry dat ik zo laat ben, maar ik moest nog even wat afhandelen.' Ze schrok van de plotselinge stem achter zich. Het zwarte pak met het witte overhemd van Eugène viel haar direct op. Toen zag ze in het schemerlicht de paarse kleur onder zijn oog, nog benadrukt door de schaduwen van zijn zware wenkbrauwen. Zijn opgezette lip trok scheef toen hij naar haar lachte.

'Wat is er met jou gebeurd?'

'Kleine aanvaring gehad. Niets om je druk over te maken.' Het lichte geslis klonk dwaas.

Vandaar zijn vervormde stem. Een dikke lip in plaats van een verkoudheid. Ze was op dat moment ook zo bezorgd geweest over Tom dat ze er verder niet op ingegaan was. 'Was je daarom een paar dagen de stad uit?' kon ze niet nalaten om te vragen.

'Heb je al wat besteld, lieverd?' Hij wenkte de ober.

Ze knikte.

'Een port graag.' De ober boog stijf en overhandigde de menukaarten.

Ze bestudeerde de menukaart. Ze vond het vreemd dat hij niet over zijn gehavende gezicht wilde praten.

Nadat ze besteld hadden begon hij heel geïnteresseerd vragen over haar werk te stellen. Ze praatte makkelijk over het kappersvak en begon zich steeds meer op haar gemak te voelen.

Het hoofdgerecht werd geserveerd en de pinguïn liet zien dat hij een gedegen opleiding had gehad. Kunstig manoeuvreerde hij met lepel en vork tussen de kleine porties gebakken aardappeltjes en groenten. Ze vond het maar een overdreven gedoe. Alsof ze zelf niet in staat was eten op te scheppen, dacht ze. Maar ze bedankte de man met een knikje waarbij ze bedacht dat ze de deftige kunstjes al aardig onder de knie begon te krijgen.

'Hoe is het met je dochter?' Tom zat bij Lotte in de klas en vond haar een trutje van de bovenste plank. Dat hield ze natuurlijk wijselijk voor zich.

'Heel goed. Volgend weekend is ze een dagje bij me. Ze praat over niets anders dan haar paardrijlessen.' Zijn gezicht ontspande zichtbaar toen hij over haar praatte. Line zag de trekjes van een trotse vader. Ze dacht aan Tom en het pijnlijke gevoel dat hij een vader moest missen. Een zoon wilde vast graag met zijn vader naar het voetbalveld.

'Alles met Tom in orde?'

De vraag verbaasde haar. Ze had hem toch verteld over Toms wondjes? Ze vertelde alles opnieuw.

'Prikkelbaar? Tom wordt zeker al een echte puber. Lotte heeft ook zo haar buien.'

'Ik heb niet het gevoel dat het daaraan ligt. Soms is hij onberedeneerbaar driftig.'

'Dat is toch altijd in de pubertijd?' Een groot stuk vlees verdween in zijn mond.

Ze wilde dat hij begreep wat ze bedoelde en ze begon over de bevindingen van de Utrechtse universiteit over het aangevreten vetweefsel van de bruinvis. 'Misschien is er iets mis met het water van de Oosterschelde, daar weet jij toch alles van als milieumanager? Kan er geen ziekte in het water zitten?' Verwachtingsvol keek ze hem aan.

'Kom op, Line. Het water wordt gecontroleerd. Reken maar dat dat heel nauwkeurig gebeurt. Als er een dode bruinvis wordt gevonden, betekent het nog niet meteen dat er een ziekte in het water zit. Misschien heeft dat beest wel wat verkeerds gegeten.'

Line prikte een rond worteltje aan haar vork. Het zat haar dwars dat Eugène de gezondheidsproblemen van Tom weer niet serieus nam.

'Er moet toch iets zijn met dat milieu van je,' antwoordde ze geërgerd. 'Tom is namelijk niet de enige die er last van heeft.' Het worteltje verdween in haar mond, maar de zoete smaak kwam haar enigszins wrang over.

'Het is niet míjn milieu. En ik denk dat je je een beetje te veel zorgen maakt om Tom. Dat is moeders' eigen. Ik heb bovendien geen behoefte om tijdens ons etentje over milieuproblemen te praten. Dat moet ik op mijn werk al vaak genoeg en ik heb daarbij genoeg gedonder aan mijn hoofd.' Hij nam een grote slok van de rode wijn en schonk zichzelf nog een glas in.

Lines eetlust was bedorven. Ze had totaal geen zin om hem naar zijn problemen te vragen. Hij luisterde toch ook niet naar de hare? Het was duidelijk dat ze er alleen voor stond. Al jaren. Ze speelde wat met haar vlees. Ze baalde ervan dat het een negatieve invloed op hun etentje had. Ze kon toch zelf wel haar eigen problemen oplossen?

Ze nam een slok wijn. En nog een. Het verwarmde haar. Ze moest zich niet laten kennen. Ze verwachtte vast te veel van hem. Eugène vulde haar glas bij. Met een scheve grijns proostte ze en ze merkte dat ze het prettig vond dat hij haar hand vastpakte.

Dik een uur later zat ze naast hem in de auto. Haar zware gedachten waren door de vele wijn weggespoeld. Ze voelde zich rozig. Totaal niet gewend aan alcohol. Haar maag voelde vol aan en ze vroeg zich af wat de weegschaal haar morgen zou vertellen. Het kon haar niets schelen. Ze lachte onbeheerst om een grapje dat hij maakte en zag de bomen in een noodvaart langs de autoramen flitsen. Al haar zorgen waren slechts vage schimmen op de achtergrond.

De bel ging. Rona schrok op van de krant. Ze liep naar beneden en keek door het raampje van de voordeur. Ze herkende de smalle gestalte van Frits, zijn hoofd tussen zijn schouders getrokken, net alsof hij een continue last op zijn schouders droeg. De vrolijke ogen straalden echter.

'Ben je niet wat vroeg voor de eerste duik van vandaag?' Ze bukte zich om een pet op te rapen.

'Daar kom ik niet voor. Heb je een bakkie voor me?' Hij liep brutaal langs haar heen en klom de trap op naar de woonkamer.

'Kom binnen,' mompelde Rona quasi-verontwaardigd.

'Ik hoop dat hij nog te drinken is, want hij is al een uurtje oud,' zei ze toen ze even later de mok voor hem neerzette.

'Maakt niet uit. Koffie is koffie, zeg ik altijd maar. Hij moet gewoon zwart en sterk zijn.' Hij nam een slok en trok toen een gezicht. 'Zwart, sterk en niet te oud,' vulde hij zichzelf toen aan. 'Heb je een beetje suiker?'

Rona wees naar de suikerpot die toch duidelijk zichtbaar voor hem op het tafeltje stond.

'Hoe bevalt het jou om alleen te wonen?'

Zo direct kon alleen Frits zijn. Ze kon het wel waarderen. 'Het heeft ook voordelen,' antwoordde ze ontwijkend.

'Dat weet ik, maar ik mis wel iets. De liefde, de aandacht, de seks. Is die nieuwe instructrice niets voor jou? Dat is nou wat je noemt een lekker stuk. Mij ziet ze niet zitten.'

Rona moest lachen. 'Dat heb je dus al geprobeerd. Je hebt gelijk, een mooie vrouw. Helaas is ze zo hetero als de pest.'

'Gewoon een lekker duikmaatje dan maar.'

'Maar vertel nou eens waaraan ik de eer te danken heb dat je mij op dit vroege uur opzoekt.'

'Niet zo sarcastisch. Je doet net alsof ik nooit bij je kom.' Frits roerde driftig in zijn mok, waardoor een fikse scheut over de rand golfde.

'Als je de koffie echt smerig vindt, laat hem dan gewoon staan.'

'Sorry, sorry,' verontschuldigde Frits zich, terwijl hij zijn handen ophief. Hij veegde met zijn blote hand over de tafel, waardoor de koffievlek alleen maar erger werd.

'Waar ik voor kwam,' zei Frits toen eindelijk. 'Er zijn een paar zeehonden gevonden.'

'Een paar?'

'Nou ja. Twee dode en eentje die nog leefde. En ook nog twee bruinvissen.' Het gezicht van Frits streed dapper met een nieuwe slok.

'Hier bij de Oosterschelde?'

Frits knikte alleen maar.

Weer bruinvissen en nu ook zeehonden. Elk seizoen werden er zeehonden gevonden, maar zoveel in zo'n korte tijd nog nooit.

'Waar zijn ze gevonden?'

'Ergens langs de dijk bij Kattendijke.'

'Hadden ze ook van die wondjes?' Ze keek naar de armen van Frits, die nu bedekt werden door zijn lange mouwen.

'Weet ik veel, dat heeft hij niet gezegd.' Frits klonk verongelijkt.

'Hij? Wie is hij? Wie heb je gesproken? Waarom hebben ze mij niet gebeld?'

Frits nam een laatste slok en de strijd leek gestreden. 'Wacht even, ik ben zo terug.' Hij liep met zijn kopje naar de keuken en Rona hoorde in de keuken een hoop watergekletter. Ze dronk met kleine slokjes haar eigen mok leeg en stond net op het punt om te kijken waar Frits bleef toen hij met een glas water terugkwam.

'Ik had dorst.'

Bedaard ging hij zitten en keek haar peinzend aan. Rona wachtte ongeduldig af.

'Ga je straks nog mee duiken? Beer wilde naar Zuidbout gaan, daar is het niet zo druk en toch wel mooi. Bij hoog water kunnen we daar makkelijk te water gaan.'

Even wist Rona niet hoe ze moest reageren. Wat interesseerde haar die duikstek op dit moment?

'Hé, hallo.' Ze zwaaide even demonstratief voor zijn gezicht alsof ze wilde aangeven dat zij er ook nog was. 'Ik had je wat gevraagd. Waarom ben ik niet gebeld?'

Ze zag een verwonderde blik over Frits' gezicht trekken. Hij wreef met beide handen over zijn kale kop alsof hij zijn hersenen wilde stimuleren.

'Gebeld? Waarover?'

'Die dode bruinvissen en die zeehonden.'

'Hoe weet jij dat? Heeft Beer je al gebeld? Hij had nog wel zo beloofd dat hij dat niet zou doen. Shit, wat een zak!'

'Frits, je zit het me net zelf te vertellen.' Ze zag dat hij zijn hersens pijnigde. 'Weet je dat niet meer?' Ze praatte nu zacht tegen hem, alsof ze het tegen een klein kind had. 'Kun je me wat meer over die nog levende zeehond vertellen?'

'Ik was het even kwijt, sorry.' Hij masseerde zijn slapen. 'Die levende zeehond? Twee zijn er dood, die zijn naar Naturalis. Gelukkig waren ze er net op tijd bij voor de derde. Die heeft Ruud naar Neeltje Jans laten brengen. Toch? Daar gaan ze toch altijd heen?' Frits leek diep in zijn geheugen te graven.

Rona maakte snel een paar aantekeningen in haar boekje. Ze durfde niet verder te vragen. Hoewel ze eerst had gedacht dat Frits weer eens een van zijn geintjes uithaalde, realiseerde ze zich nu de beangstigende waarheid.

'Is het niet verstandig om eens naar de dokter te gaan? Ik ben zelf doorgestuurd naar...'

'Wat een onzin. Ik voel me prima.' Hij keek stuurs voor zich uit. 'Ieder mens vergeet wel eens iets.'

'Line?' Zacht klopte Rona op de deur. Ze voelde zich erg ongemakkelijk. In een opwelling had ze besloten naar Line te rijden om haar onrust te delen, maar nu ze voor het kleine huisje stond en alles stil aantrof voelde ze zich niet op haar gemak.

'Line,' riep ze nu wat harder. Ze klopte opnieuw op de deur. Alles bleef stil. Ze was vast niet thuis, dacht ze. Ze wilde zich net omdraaien toen ze zag dat het gordijn voor het keukenraam opzijgeschoven werd. Het gezicht van Line werd zichtbaar, maar verdween ook meteen weer.

Zou Line haar gezien hebben? Ze had geen enkel teken van herkenning gegeven en gewoon het gordijn weer dichtgeschoven. Het enige dat Rona hoorde was het geblaat van wat schapen. Misschien wilde Line haar niet zien? Of was ze ziek? De vragen wervelden rond in haar hoofd. Zou ze maar gewoon weggaan?

Opeens hoorde ze geluiden achter de deur. Een sleutel werd omgedraaid en het hoofd van Line verscheen om de hoek. Onder haar verwarde haren kneep ze haar ogen samen. Ze zag intens bleek.

'Zo te zien kom ik niet erg gelegen,' zei Rona zacht.

'Hoi,' was het enige antwoord.

'Ben je ziek?'

'Uhuh, zoiets... denk ik.'

Rona griste haar pet van haar hoofd en staarde naar haar voeten, die ze snel in een stel onaantrekkelijke sandalen gestoken had. Daar stond ze dan.

'Kan ik je ergens mee helpen?' vroeg ze eindelijk. Maar Line stond er niet meer. Rona duwde de deur wat verder open en liep naar binnen. De keuken was schemerig, alle gordijnen zaten dicht. Van Line was geen spoor te bekennen.

'Line? Waar ben je?' Ze voelde zich een indringer.

'In de woonkamer,' klonk het zacht. Rona liep verder en zag Line ineengedoken op de bank zitten. Haar wijde T-shirt viel rommelig om haar heen.

'Ben je ziek?' vroeg Rona nu opnieuw en ze ging naast Line zitten. Er hing een ongewassen geur om haar heen.

'Het bonkt allemaal. Ik voel me zo ellendig.'

'Wat is er gebeurd?' Rona sloeg een arm om haar heen.

'Het is mijn eigen stomme schuld. Ik denk dat ik een doodordinaire kater heb,' kreunde Line nu gedempt op haar schouder.

'Een kater?' Rona had van alles verwacht, maar niet dit.

'Een kater, en niet alleen van de drank. Ik voel me zo beroerd.' Line begon zacht te snikken.

'Wil je me vertellen wat er is gebeurd?'

Line richtte zich op. Ze pakte een papieren zakdoekje uit een pakje dat omsingeld werd door een lading verfrommelde resten. Ze snoot haar neus en zuchtte diep voordat ze aan haar verhaal begon.

Rona hoorde de gebeurtenissen van de vorige avond stil aan. In haar binnenste gingen medelijden en afkeer een strijd aan. Ze walgde van de vent die Line eerst dronken had gevoerd en daarna gebruikt had. Een vent van wiens bestaan ze niets had geweten. Sterker nog, ze dacht dat er geen man was in Lines leven. Hoe stom en naïef.

'Het was vreselijk. Die man die met zijn dikke lichaam op mijn lijf zwoegde. Het voelde zo totaal niet goed. Hoe kan dat nou? Het is verder zo'n aardige man. Waarom kan ik dat dan niet voor hem opbrengen?' Line begon weer zacht te snikken.

Rona vroeg zich af of ze wel een eerlijke reactie kon geven? Ze streelde Line dus alleen maar over haar rug, waarbij de warmte van haar lichaam diep in haar hand doordrong.

'Ik voel me zo vies,' zei Line uiteindelijk.

'Kom, jij gaat douchen en ik zet intussen een bak koffie. Je moet niet je hele dag hierdoor laten vergallen.' Ze hielp Line overeind en gaf haar een duwtje in de richting waar ze de badkamer verwachtte.

'Maar...'

'Geen gemaar. Ik vind het wel. Je zult zien dat je je zometeen beter voelt.'

Rona zag dat Line gehoorzaam naar de gang liep, haar schouders hangend, maar haar hoofd al wat meer opgericht.

Het water liep warm over Lines lichaam. De vermoeidheid spoelde van haar af, maar het vieze gevoel raakte ze niet kwijt. Het water kletterde hard op haar hoofd, terwijl allerlei beelden door haar hoofd flitsten. De zweterige Eugène die geile zinnen spuide. Rona die haar streelde. Zonder verwijten, vol begrip. Het hoofd van Eugène boven het hare, zijn trillende onderkin. Het smalle gezicht met de geblondeerde stekels. Het verwarde haar. Begrijpen vrouwen elkaar altijd zoveel beter? Ze kon niet helder nadenken. In haar hoofd woedde een bonkende tweestrijd.

Ze draaide de warmwaterkraan uit. De koude straal deed bijna pijn op haar huid, maar masochistisch draaide ze zich om en om totdat haar huid aan alle kanten tintelde. Toen pas zette ze hem uit. Even bleef ze druipend staan en voelde hoe de warmte langzaam terugkeerde in haar lijf. Nu voelde het goed. Ze was schoon.

In de woonkamer waren de gordijnen open en het geluid van een zacht vioolconcert speelde met de zonnestralen.

'Opgeknapt?' Het licht viel prachtig in Rona's helderblauwe ogen.

Line voelde zich bijna een vreemde in haar eigen woonkamer. Ze hoorde hoe Rona met koffie in de weer was en liet zich in de luie leunstoel zakken. Als dit eens zo kon blijven. Ze schrok van haar eigen gedachten. Rona kwam binnen en zette een mok voor haar neer.

'Waar is Tom?' vroeg Rona

'Bij Luc.'

'Hoe is het met hem?'

'Ik heb een verwijzing kunnen regelen voor een neuroloog.' Ze had precies gedaan wat Harvey en Rona haar hadden aangeraden. Het voldane gevoel dat ze had gehad toen ze de spreekkamer verlaten had, kwam nu weer terug.

'Het is niet alleen goed voor Tom, maar ook voor jou, zo te zien,' zei Rona lachend. 'Je ziet er opeens een stuk beter uit.'

Line dook met haar gezicht in de mok koffie, zodat Rona haar rode wangen niet zou zien. Ze zou er heel wat voor over hebben als ze dat stomme blozen eens kwijt kon raken.

'Ik kwam eigenlijk hierheen om jullie op te halen,' vervolgde Rona onverstoorbaar. 'Ik wil jullie wat laten zien.'

14

Kritisch monsterde Van Damme zijn gezicht in de spiegel. Zijn lip was duidelijk aan het slinken. Doordat hij zijn gerepareerde bril weer op zijn neus had viel de blauwe kring onder zijn oog ook minder op. Line had gelukkig weinig opmerkingen over zijn uiterlijk gemaakt, dus het viel vast allemaal mee. Het had hem alleen behoorlijk geërgerd dat ze over milieuproblemen was begonnen. Ze kon zich maar beter niet met zijn zaken bemoeien. Voor de rest was de avond een succes geweest. Hij verlangde nu alweer naar haar. Het was lang geleden dat hij een vrouw zo dichtbij had laten komen, maar Line was anders. Ze had iets ontwapenends. Hij vertrouwde haar, en dat voelde goed. Stel dat hun kinderen het ook nog goed zouden vinden, dan kon zijn oogappeltje in de toekomst misschien ook weer wat vaker bij hem zijn.

Hij liep neuriënd door de kamer vol restanten van de voorgaande avond. Het was een heerlijke vrijpartij geweest. Line was een aantrekkelijke vrouw. Het was lang geleden dat hij zich zo ontspannen had gevoeld.

In zijn werkkamer scheen de zon door het grote tuimelraam naar binnen en vormde een onregelmatig licht vierkant op het beige hoogpolige tapijt. Zijn strakke flatscreen contrasteerde mooi met zijn antieke bureau.

Het enige dat hem nog dwars zat was de vraag of hij nu verlost zou zijn van verdere dreigementen. Zijn mail gaf hem die duidelijkheid, alleen anders dan hij had gehoopt. De populier. Shit. Toch misgegokt? Hij moest snel zijn.

Met piepende remmen zette Van Damme zijn grote zwarte wagen stil. Het drietal bomen stond fier overeind alsof het bewakers waren. De hoogste boom wiegde heen en weer en liet zijn handvormige bladeren zwaaien. Was dat geen populier? De boom was toch hoog?

Een eindje verderop stond een man, leunend op een grote spade. Hij keek zijn kant op.

Kon hij nu wel in zijn nette pak tussen het hoge gras gaan zoeken? Stel je voor dat het geld er niet meer lag, wat dan?

Hoe durf je deze betalingskans alweer te negeren? De volgende stap is nu in werking gezet.

De zinnen uit de mail bleven zijn gedachten bezig houden. Hij had de afperser niet genegeerd. Verdomme. In ieder geval niet expres. Stomme populier! Of hoe het stomme kreng van een boom dan wel heette.

Hij stapte uit de auto en stak in alle rust een sigaret op, terwijl zijn hart in zijn borst bonsde. Diep inhaleerde hij de kruidige lucht en tikte wat denkbeeldige as op de grond. Zijn andere hand balde zich tot een vuist. Waarom ging die vent niet gewoon door met zijn werk?

Het was moeilijk om langzaam naar de boom te kuieren, terwijl hij de neiging om er heen te rennen met moeite kon onderdrukken. Het ging om zoveel geld. Als het er nog maar lag? Alsof hij een interessante bloem had gezien, bukte hij zich naast het hekje. Zijn ogen groeven tussen het hoge gras. De plastic zak was warm en klam. Langzaam liet hij zijn adem ontsnappen uit zijn volgepompte longen. Met gespannen nonchalance ging hij terug naar de auto, gooide de zak achterin en schoof achter het stuur. Daarna keek hij pas weer naar de man. Die had echter geen aandacht meer voor hem en duwde zijn spade met kracht de grond in.

Steels keek Rona opzij terwijl ze haar bestelwagen soepel door het landschap stuurde. De haren van Line wapperden in de warme wind die door het autoraampje naar binnen gleed. Haar vriendin. Kon het maar altijd zo goed blijven voelen, ook al was ze niet meer dan een vriendin.

'Waarom wil je eigenlijk zo graag dat we meegaan?'

De vraag van Line kwam onverwachts. Het antwoord dat direct bij haar opkwam hield ze nog net op tijd binnen.

'Het leek me wel leuk voor jullie om te zien hoe een zieke zeehond opgevangen wordt.'

'Het is echt chill dat ik zo'n zeehond van dichtbij kan zien.' Tom zat op het bankje dat achter in het bestelbusje was gemonteerd.

Rona zag een glimlach over het gezicht van Line glijden.

'Je weet wat ik gezegd heb?' klonk toen de moederlijke waarschuwing.

'Ja, mam. Ik zal hem niet aanraken.'

Rona voelde dat haar wangen opgetild werden door een glimlach. Ze reden langs de vier windturbines die bij de Zeelandbrug hun eindeloze rondjes stonden te draaien. De zon was ongenaakbaar aanwezig. Ze hadden beide ramen open om de temperatuur in de auto een beetje te temperen, maar zelfs de naar binnen waaiende wind was verschroeiend warm.

'Ik vind het beangstigend als er echt iets met het water aan de hand is,' verstoorde Line opeens de stilte.

'Alles wijst daarop. Er zijn nog nooit zoveel zeehonden aangespoeld.'

'En een bruinvis,' vulde Tom van achteren aan.

Die had zijn oortjes ook gespitst, bedacht Rona.

'Je hebt gelijk, ook bruinvissen. Er zijn er nog meer gevonden. Ik verwacht dat die zeehond ook zweertjes heeft. Verder drijven er enorm veel dode vissen rond, echt een gruwelijk gezicht. Het is stom dat ik er niet eerder aan heb gedacht.'

'Jouw hoofd werkte niet goed, daar kun je toch niets aan doen?'

'Het stomme is dat de problemen met mijn concentratie en geheugen minder zijn geworden sinds ik niet meer mee ben gaan duiken. Zie jij hetzelfde bij Tom?'

'Wat is er nu weer met mij?'

'Hoe is het met de wondjes aan jouw benen?' Rona keek door het spiegeltje naar achteren.

'O, goed hoor.' Het klonk onverschillig.

'Met die wondjes is het goed, wil je zeker zeggen,' vulde Line haar zoon aan. 'Ze zijn er nog steeds, maar ze zijn inderdaad wel iets rustiger. Ik smeer er elke dag een aantal keren wat zalf op die ik van de huisarts heb gekregen. Maar ik denk dat je wel gelijk hebt.'

'Wat bedoel je?'

'Dat het aan het water kan liggen. Hij heeft al een tijdje niet gesurft.'

'Ja, dat is vet klote,' mopperde Tom achterin.

Rona ving een blik van verstandhouding van Line op, die haar een warme kriebel in haar onderbuik bezorgde.

Het was niet druk op de weg. Iedereen zat vast lekker aan het water. Shit. Ze moest erachter zien te komen wat er aan de hand was. Juist met deze hittegolf zochten veel mensen de verkoeling van het water op. Dat kon behoorlijke problemen opleveren.

Ze sloeg rechtsaf in de richting van Delta Expo. Het landschap was vlak en een hele rits windturbines wees de weg naar de dam van de stormvloedkering en het werkeiland Neeltje Jans. Witte pijlers stonden als schoorstenen op de vierkanten bouwwerken, die hun werk deden als bescherming tegen een te hoge zee. Ze zag witte kruinen op de golven, zeilboten hingen daar scheef tegenaan.

Rona parkeerde haar auto naast het gebouw van Delta Expo. Het was er druk. Gedrieën liepen ze naar de ingang van het waterpark. Het gebouw was geheel vernieuwd nadat een brand het oude gebouw in de as had gelegd. Ze had niet veel zin om achteraan de rij aan te sluiten, dus toen ze een vrouw met een T-shirt met het logo van Neeltje Jans zag lopen, liep ze op haar af.

'Ik ben Rona van Baren, marien biologe, en ik ben benaderd door Ruud Kerkhoven van het EHBZ. Er zou een zieke zeehond bij jullie binnen zijn gebracht om verzorgd te worden. Ik wilde graag even bij hem kijken.'

'Zieke zeehond? Daar weet ik niets van,' zei de vrouw en wilde verder lopen.

'Maar dat moet. Dat is de informatie die ze mij gegeven hebben.' Rona hield haar tegen.

De vrouw keek verstoord naar Rona's hand die haar arm vasthield. 'Dan klopt die informatie niet.'

'Kunt u het misschien voor me navragen. Het is belangrijk.' Rona haalde haar hand weg, maar bleef voor haar staan.

De vrouw zuchtte en knikte toen. 'Wacht u hier maar even.'

Rona keek waar Line en Tom waren. Ze glimlachte toen ze zag dat die bij een tentoonstellingsbord stonden te kijken. Prima, die vermaakten zich wel.

'Het spijt me, maar wij vangen geen zieke dieren meer op. Dat hebben we in het verleden wel gedaan, misschien dat u daarmee in de war bent.'

Rona zocht naar haar notitieboekje maar besefte opeens dat ze die in de auto had laten liggen. Had Frits niet tegen haar gezegd dat die zeehond hierheen gebracht was? Ze twijfelde nu. Ze was er zo van overtuigd geweest. O, dat verdomde geheugen.

'Waarom worden ze hier niet meer opgevangen?'

'Het drijvende bassin moest gerepareerd worden, maar Rijkswaterstaat heeft de subsidie ingetrokken. Zelf konden wij het niet betalen,' besloot de vrouw. Ze groette Rona vriendelijk en liep weg.

'Kom, we gaan,' zei Rona kortaf tegen Line.

'Wat is er? Mogen we er niet bij?'

'De zeehond is hier niet.' Rona baalde stevig.

'Kunnen we niet naar binnen, mam?'

Rona hoorde hoe Line haar best deed om haar zoon zonder protest mee te krijgen. Verdomme, die stomme Frits ook! Of zou ze het zelf vergeten zijn? Nee, ze was ervan overtuigd dat hij Neeltje Jans had genoemd.

Nu ze er zelf over nadacht wist ze ook wel dat de opvang verplaatst was naar de zeehondencrèche in Pieterburen. Gewoon stom dus. Ze voelde zich de eerste de beste amateur en dat net nu ze Line bij zich had. Shit! Ze probeerde rustig te blijven, maar ze voelde zich belachelijk opgefokt.

Ze trok haar pet diep over haar voorhoofd en liep in hoog tempo naar haar auto terug. Ze stapte in en pakte haar notitieboekje. Neeltje Jans, zie je wel. Stomme Frits. Wat nu? Ze moest contact opnemen met Ruud. Die zou wel meer weten. Ze zocht in het dashboardkastje naar haar mobiele telefoon. Voordat ze het kastje helemaal doorzocht had, wist ze het eigenlijk al. Het woord "vergeten" drong zich voor de zoveelste keer op.

'Hé, je moet het jezelf niet kwalijk nemen. Jij kunt er toch niets aan doen?' Ze voelde de hand van Line op haar arm en voelde de verontwaardiging wegebben.

'Ik wilde jullie een leuk uitje bezorgen. Echt waardeloos dat het mislukt. Ik kan Ruud wel bellen, maar ik ben mijn mobiel vergeten.'

'Hier.' Line duwde haar een mobiele telefoon in haar handen.

'Pas op voor de ijsblokjes,' hoorde ze wijs van achteren.

Ze begreep niet wat Tom bedoelde en keek vragend naar Line.

'Het is niet eens het nieuwste model koelkast,' zei Tom toen lachend.

'Als hij maar belt,' zei Line een beetje verlegen.

Rona was blij dat ze zowaar het nummer van Ruud uit haar hoofd wist en al snel hoorde ze de donkere stem. Hij vertelde dat de zeehond inderdaad overgebracht was naar Pieterburen, waar ze er op dat moment alles aan deden om het dier te redden.

'Heb je ook gezien of die zeehond wondjes had? Zoals bij dode bruinvis die we laatst van de slikken hebben gehaald?'

'Ik heb eigenlijk geen idee. Zo goed hebben we de zeehond niet bekeken op dat moment. Het dier moest met spoed vervoerd worden. Is dat belangrijk dan?'

Ze kon zich niet voorstellen dat mensen die beroepsmatig met strandingen van deze dieren te maken hadden, zo weinig opmerkzaam waren. Dat soort dingen zag je toch? Maar ze hield zich in.

'Ik ben bang dat er iets met het water aan de hand is.'

'Wat bedoel je? Welk water?' vroeg Ruud.

'Het water van de Oosterschelde is vervuild of besmet. Er is iets heel erg mis en mensen zouden gevaar kunnen lopen.'

'Meisje, je fantasie gaat met je op de loop. Het is gewoon erg warm deze zomer. Je weet toch ook wel dat dit soort problemen dan kunnen ontstaan?'

'Kunnen er geen extra metingen gedaan worden?' vroeg ze hoopvol.

'Er worden al meer metingen gedaan. Het kost handen vol geld en wie betaalt dat? Overal moet bezuinigd worden. Denk je dat ze dan nog meer controles gaan uitvoeren?'

'Je hebt geen idee...' begon Rona weer, maar ze werd onderbroken.

'Sorry, pas als je echt aanwijzingen hebt dat er iets aan de hand is kan ik wat doen.'

Voordat Rona kon reageren had hij opgehangen.

'Het zit vandaag niet mee,' zei ze tegen Line.

'Wat nu?'

'Ik laat het er niet bij zitten. Er is echt iets mis.'

Als een bezetene gingen de vingers van Van Damme over het toetsenbord. Hij moest de afperser zijn stomme fout doorgeven. Hij moest zien te voorkomen dat de man met beschuldigingen naar buiten zou treden. Geen negatieve publiciteit, dat was het belangrijkste.

Hij drukte weer op de backspaceknop. Op deze agressieve toon zou hij niets bereiken. Hij dacht aan de veilingsite.

Populier. Verdomme, die naam zou hij nooit meer vergeten. Hij keek naar de plastic zak met het geld die naast hem op de grond lag.

Uiteindelijk was hij tevreden over de manier waarop hij zijn excuus onder woorden had gebracht. Het geld had er toch gelegen? Als de man maar wat extra tijd had genomen om het te zoeken, was alles goed gegaan. Het belangrijkste was de vraag waar de overhandiging nu plaats zou moeten vinden. Hij twijfelde niet meer of hij wel wilde betalen. Hij mocht niet weer negatief in het nieuws komen, dat zou echt het einde van zijn loopbaan betekenen.

Het was druk in de sportschool, zag Samuel toen hij de trap opkwam. De lucht was zwanger van het zweet en een paar open ramen konden niet voorkomen dat het er erg benauwd was.

Hij ging op een hometrainer zitten, zette de weerstand op een lekkere stand en trapte zijn benen in een paar minuten warm. Zijn gedachten draaiden in hetzelfde tempo mee. Het was al meer dan een week geleden dat hij Sabine voor het laatst had gezien, tenminste als hij die keer in de kantine op het werk niet meerekende. Ze had net gedaan of ze hem niet gezien had en was met een blad eten weer verdwenen. Waar zou ze lunchen? Achter haar bureau? In de buurt van *hem*. Het zat hem helemaal niet lekker. Maar misschien was er wel helemaal niets aan de hand en zag hij gigantische spoken. Moest hij haar niet wat meer vertrouwen?

'Ben je al begonnen?' Willems kop hing opeens voor zijn gezicht. Hij had zijn hoofd nu geheel glad geschoren en zijn huid glom dusdanig, dat het gouden ringetje in zijn oor er jaloers op kon zijn.

'Ik ben er net,' bromde Samuel.

Willem klom op de hometrainer naast hem en begon als een razende tekeer te gaan.

'Sabine nog gezien?'

'Nee.' Samuel zette de weerstand wat hoger. Hij voelde bij elke omwenteling zijn spieren aanspannen.

'Volgens mij moet je eens rustig met haar praten. Misschien is er wel wat anders aan de hand. Weet jij veel. Misschien is ze wel doodsbenauwd voor Van Damme.'

Hij keek even naar Willem die zijn benen als een razende rond liet gaan en daarbij rustig een gesprek kon voeren. Onvoorstelbaar, wat een conditie had die vent.

'Misschien heb je wel gelijk.' Hij trapte in zijn eigen tempo door en voelde de zweetdruppels over zijn gezicht lopen.

'Van Damme is de hele week al niet gesignaleerd op het werk, dus dat scheelt weer,' constateerde Willem.

'Ik ben benieuwd of hij wat geleerd heeft.' Samuel kon een grijns niet onderdrukken. Hij zette de weerstand van zijn fiets weer een stukje hoger. 'Heb jij trouwens die geruchten gehoord?'

'Geruchten? Nee, ik weet van niets.' Willem tilde nu zijn achterwerk van het zadel en trapte staande op de trappers onverminderd door.

'Jan vertelde dat er weer een reorganisatieronde aankomt.'

'Waarom hebben we dan ons salaris laten bevriezen? Dat was toch juist om een volgende inkrimping tegen te gaan?'

'Dat hebben ze ons laten geloven. Maar als dit soort roddels de kop opsteken zit er altijd wel een grond van waarheid in, ben ik bang.'

'Shit, dit valt me wel rauw op mijn dak.'

De spieren van Samuel begonnen te protesteren, maar hij wilde niet stoppen met trappen nu Willem nog steeds als een dolle stier op de trappers stond te stoten.

'Misschien wordt onze afdeling wel gespaard. We zijn in de vorige ronde al een aantal mensen kwijtgeraakt.' Terwijl Samuel dit zei, vroeg hij zich af of die hoge managers daar wel naar zouden kijken.

'Zit Van Damme hier ook weer achter?'

'Vast, ook al hoop ik het niet voor hem.' Samuel liet het vliegwiel uitdraaien, en pakte zijn bidon. Terwijl hij het vocht naar binnen zoog, zag hij dat Willem ook stopte.

'Tijd om mijn biceps even te kietelen.' Willem liet zich van de hometrainer glijden.

'Zal ik je even helpen?' Samuel zag dat Willem zich opmaakte om een extra schijf op zijn normale hefgewicht te schuiven.

'Graag. Ik ga een nieuw record vestigen. Tenminste, voor mezelf dan.'

'Hey, man. Ik dacht al dat ik jullie hier zou kunnen vinden. Zijn jullie allang met die gewichten aan het stoeien?' hoorde Samuel de donkere stem van Harvey achter zich.

'We zijn er net. Voor jou een tijd geleden?'

'Het leek me goed om dat ielige lijf van me weer eens te pesten. Die spieren zien alleen maar dooien, daar worden ze stijf en stram van.'

'Jij hoeft in ieder geval geen geld voor de zonnebank uit te geven,' zei Samuel lachend. 'Kun je even helpen?'

Willem ging op zijn rug liggen en samen tilden ze het enorme gewicht op zijn uitgestrekte armen. Hij pufte luid en nam een enorme hap lucht. Samuel zag de aderen op zijn spierballen opzwellen toen hij zijn armen steeds meer boog om het gewicht naar zijn borst te brengen.

'Ik kwam Sabine net tegen,' zei Harvey over de steunende Willem heen.

'Sabine? Waar?'

'Ze heeft toch zo'n fel groen Fordje?'

'Klopt. Zeg op man, waar heb je haar gezien? Was ze alleen?'

'Ze reed door die sjieke wijk bij het Goese meer. Je weet wel, vlak bij de golfbaan.'

'Verdomme.' Samuel greep zijn handdoek en snelde naar de kleedkamer. Hij moest naar haar toe. Hij moest haar spreken, dit kon zo niet langer.

'Wat is er?' Harvey kwam achter hem aan de kleedkamer binnen.

Samuel friste zich snel op met een washand en schoot in zijn zwarte leren broek. Hij zag dat Harvey hem aan stond te staren, terwijl hij zijn laarzen aantrok.

'Zeg eens wat, Samuel. Wat is er mis met de golfbaan?'

'Die wijk. Daar woont Van Damme.'

Sabine, verdomme. Hij wierp zijn sportspullen in zijn tas en wilde weglopen, maar Harvey greep hem bij zijn arm.

'Met agressie los je niets op.'

Samuel keek in de goeiige ogen. Harvey had gelijk. Natuurlijk had hij gelijk. Maar hoe raakte hij dit opgefokte gevoel kwijt? Hij knikte en liep toen de kleedkamer uit. Net voordat de deur dichtviel hoorde hij Harvey roepen: 'Hey, ik kan in mijn eentje Willem niet helpen.'

Samuel zette zijn integraalhelm af en zette zijn motor op de standaard. De zon brandde op zijn zwarte pak en het leer kleefde aan zijn lijf. Hij maakte het grote kettingslot vast en ritste zijn jack open.

Door het rijden was hij rustiger geworden. Vooral het snelle accelereren bij de stoplichten waarbij hij voor de auto's uitstoof bezorgde hem een kick. Met het jack nonchalant over zijn schouder liep hij over het parkeerterrein van de golfbaan. Als Harvey gelijk had, zou Sabine hier zijn. Hij baalde van die stomme ruzie. Hij moest het uitpraten, hij miste haar enorm. Vooral haar heerlijke lichaam.

Rij na rij liep hij de auto's langs en uiteindelijk zag hij hem staan. Op de enige plek die wat schaduw had, stond haar felgroene monstertje, zoals ze haar Ford pleegde te noemen. Wat deed Sabine op een golf-baan? Hij had haar er nog nooit over horen praten. Zou ze dan toch...?

Hij keek uit over een enorm landschap met lichtgroene golvende grasvelden. Kwam daar het woord golf vandaan? Er liepen groepjes mensen met een karretje achter zich aan over het veld. Iets verderop stond iemand klaar om een enorme klap uit te delen. Agressie kwijt-raken? Maar waar was Sabine? Hij was er zeker van dat hij het sexy fi-guurtje van Sabine uit duizenden zou herkennen.

Nadat hij een tijdje langs de velden gelopen had, besloot hij naar het restaurant te gaan dat iets verderop lag. Zou Sabine gewoon op het terras zitten kijken? Meestal waren het gezapige mannen en truttige vrouwen die aan deze sport deden. Niet het aanzien waard, vond hij zelf. Voor mooie lijven kon je beter naar een sportschool gaan.

Resoluut stapte hij het terras op. Wat zou hij doen als hij Sabine aan-trof met Van Damme. Zou hij zich dan in kunnen houden? Of zou hij hem over zo'n terrastafel heentrekken en...

Zijn ogen gleden over de vrouwen die in te kleine topjes in de zon zaten. De zonnebankkleur probeerden ze ijverig te verdiepen. Weinig truttigs hier.

Toen zag hij haar. Haar hoofd met de zwarte krullen was gebogen over een tijdschrift en tot zijn grote opluchting zat ze alleen.

Haar glimlach verdween toen ze hem zag.

'Mag ik bij je komen zitten?'

Ze keek snel om zich heen voordat ze knikte.

'Of verwacht je iemand anders?' Hij kon de vraag die hem op de lip-pen brandde niet binnenhouden.

'Nee,' haastte ze zich te zeggen.

Hij ging in de schaduw van de parasol zitten. Ze zwegen. Samuel be-studeerde geforceerd de mensen om zich heen. Hoe moest hij het ge-sprek beginnen? Hij wilde de naam niet noemen en toch wist hij dat het uitgesproken moest worden.

'Sorry,' zei hij toen plompverloren.

Sabine keek hem aan. Haar ogen waren verborgen achter een zonnebril, waardoor hij geen enkele uitdrukking kon peilen. Hij zette zijn eigen zonnebril af.

'Ik moet gewoon weten dat er niets tussen jou en die... die man is.' Hij spuugde de woorden er uit.

'Je gelooft me toch niet.' De hoge stem klonk verontwaardigd.

'Ik wil je zo graag geloven, maar...' Hij wist niet wat hij ter verdediging kon opvoeren. Waarom geloofde hij haar eigenlijk niet?

'Maar wat, Sammie?'

'Alles lijkt erop te wijzen dat er meer gebeurt dan je mij zegt.'

'Je moet me vertrouwen. Als je me niet vertrouwt, kan het inderdaad beter afgelopen zijn tussen ons.' Sabine zette nu ook haar zonnebril af en hij zag de pijn in haar ogen.

'Is er dan echt niets tussen jou en...' Hij kon de naam niet uitspreken.

'Ik geef niets om hem.' Ze nam een slok van haar tonic.

'Maar waarom zit je dan hier op de golfbaan. Hij woont hier vlakbij. Ik dacht...' Samuel wist niet hoe hij zijn twijfels onder woorden moest brengen.

'Dacht je dat ik hier met hem...? O, lieve Sammie.' Ze streelde hem in zijn nek. De hierdoor opgewekte tintelingen werden door de warmte in zijn leren broek nog versterkt. Wat had hij haar gemist. Haar zachte handen, die hem zo heerlijk naar een hoogtepunt konden voeren. Maar opeens dacht hij weer aan Van Damme. Ze had niet gezegd dat ze hier niet met hem was.

'Waarom ben je dan uitgerekend op deze golfbaan?'

'Mijn vriendin Rosa is lid van deze club. Zij heeft mij gevraagd om met haar mee te gaan. We willen daarna samen gaan winkelen.'

De opluchting was kennelijk van zijn gezicht te lezen, want voor hij wist wat er gebeurde voelde hij haar lippen op de zijne. Die heerlijke stevige maar toch zachte lippen, dacht hij toen hij zijn ogen sloot en ongegeneerd zijn handen hun gang liet gaan. Even plotseling duwde ze hem weer van zich af. Ze keek op haar horloge. 'Zal ik vanavond bij je langskomen? Ik heb zometeen met Rosa afgesproken. Dus als je het niet erg vindt..?'

'Oké, ik begrijp het. Ik ben vanavond thuis.' Samuel stond op. 'Dag, lekkere meid van me. Ik wacht op je.' Hij liep terug naar de parkeer-plaats, maar kon het niet nalaten om nog even achterom te kijken. Sabine keek hem na en stak haar arm op. Zou ze echt met die vrien-din hebben afgesproken? Of was hij nu als een lastige jongen wegge-stuurd?

15

'Hoe gaan we het aanpakken?' vroeg Line toen ze weer op de grote weg zaten. Het had even geduurd voordat ze de vraag durfde te stellen.

Rona was opeens erg in zichzelf gekeerd, een gesloten gezicht in de schaduw van de klep van haar pet. 'We moeten Ruud duidelijk maken hoe ernstig de situatie is. Het water moet gewoon onderzocht worden.'

'Tom is ons levende bewijs.' Line wierp een glimlach naar achteren, maar Tom staarde stuurs voor zich uit.

'Dat is zo. Ruud is de kwaadste niet. Hij leeft voor zijn natuurpark, dus als we hem aan zijn verstand kunnen peuteren dat de dieren gevaar lopen...'

'En mensen,' vulde Line aan.

'En mensen,' herhaalde Rona. 'Ja, ook de mensen.'

Rona remde af toen ze het dorp binnenreed, waar een witte molen fier naast de weg stond. Even later parkeerde ze haar auto voor een wit gebouw. Binnen kwam hun de geur van koffie tegemoet.

Ruud zat aan zijn bureau, een man met warrig grijs haar en een mok koffie in zijn hand.

'Line, wat een mooie naam.' Ze kreeg een stevige hand. Ruud keek haar met twinkelende pretogen aan. Ze voelde een blos over haar wangen trekken.

'Ha, Tom. Je hebt mij niet verteld dat je zo'n mooie moeder hebt.'

'Natuurlijk,' zei Rona, terwijl ze op haar voorhoofd sloeg. 'Je kent Tom nog van de gevonden bruinvis.'

'Ja ja, zo'n slimme vent vergeet ik niet zo snel.' Line zag dat hij Tom een vette knipoog gaf. 'Kom binnen allemaal. Ga lekker zitten.'

'Ik vertelde je al over de telefoon dat het probleem volgens mij veel groter is dan een enkele zeehond of bruinvis die aanspoelt,' begon Rona. 'Kun je je nog herinneren dat die bruinvis allemaal wondjes had?'

Ruud knikte, maar bleef Line aanstaren. Het voelde verre van comfortabel.

'Die bruinvis wordt nu onderzocht aan de universiteit van Utrecht en ze vermoeden dat hij door een ziekte is doodgegaan.'

'Een ziekte?' Ruud schrok zichtbaar.

'Ze hebben allerlei testen ingezet om die ziekte te achterhalen. Het lijkt me een ernstige situatie.'

'Ik heb je over de telefoon al verteld dat ik niet zomaar extra metingen kan aanvragen.'

'Dit is toch met een gegronde reden? Een ziekte in het water van de Oosterschelde, dat kan enorme consequenties hebben.' De stem van Rona klonk fel.

'Ik weet het niet. Wat denk jij ervan, Line?' vroeg Ruud en hij schoof wat dichter naar haar toe.

Het zweet brak haar uit. 'Het lijkt me heel ernstig. Tom heeft ook last van wondjes aan zijn benen.'

'Het zijn volgens mij exact dezelfde zweertjes die de dode bruinvis ook had,' vulde Rona aan.

Ruud sloeg zijn armen over elkaar. 'Je draaft wel een beetje door, Rona.'

'En al die dode vissen dan? Beer vertelde dat de vissterfte ongewoon hoog is in de Oosterschelde.'

'Da's waar, maar dat kan ook te maken hebben met de hittegolf. Dat weet jij ook wel. Ik zal eerst eens wat te drinken halen. Waar heb je zin in, Line?'

'O, uh... iets fris of zo,' stotterde ze.

'Voor mij ook graag,' zei Rona.

'Tom, kun jij me even helpen?' Ruud stond op en liep met Tom de deur uit.

Zodra hij verdwenen was, liet Line een zucht van opluchting ontsnappen. 'Wat een griezel. Wat wil hij van me?'

'Ik lach me rot. Hij valt op je. Zo heb ik Ruud nog nooit gezien.'

'Ik voel me er helemaal niet prettig bij.' En dat was nog zwak uitgedrukt, dacht Line.

Rona keek haar echter opgetogen aan. 'Ik weet hoe we extra onderzoek van het water kunnen krijgen.'

Line had direct door wat Rona bedoelde. 'O nee, dat kan ik niet, hoor.' Ze stond op en schudde haar hoofd.

'Het is onze enige kans. Misschien dat het lukt als jíj het vraagt...'

'Zo ben ik niet. Dat kan ik niet!' Line stond op en liep heen en weer door het kleine kamertje.

'Ik weet dat je niet zo bent. Maar soms moet je dingen gebruiken. Doe het voor Tom. Net als bij de huisarts, dat is je toch ook gelukt?' Rona was voor haar gaan staan en ze voelde haar handen op haar schouders.

Opnieuw schudde Line haar hoofd. 'Het gaat me te ver.'

'Wat gaat je te ver?'

Line schrok van de diepe stem achter zich. Ze pakte het glas fris van Ruud aan. 'Dankjewel, daar had ik zin in.' Ze nam een grote slok, die als een koude waterval door haar gloeiende keel spoelde. Misschien moest ze het toch proberen, dacht ze toen. Wat kon haar gebeuren?

'Weet je, Ruud.' Ze probeerde er verontrust uit te zien. 'Ik zei net tegen Rona dat ik de situatie levensbedreigend vind. Ik maak me zoveel zorgen om Tom. Kan er echt niets aan gedaan worden?'

'Heb je enig idee hoeveel zo'n onderzoek kost?' Ruud leunde naar haar toe.

Line onderdrukte de neiging om van hem weg te schuiven. 'Geen flauw benul, maar er gaat me niets boven de gezondheid van mijn zoon. Dat kun je je waarschijnlijk wel voorstellen.'

'Maar loopt de gezondheid van Tom dan gevaar?'

'Heb je die wondjes al gezien?' Ze boog voor hem langs naar Tom die haar met een vreemde blik aankeek. 'Laat je benen eens zien.'

'Mam!' Tom wilde protesteren, maar Rona duwde hem naar voren.

Ruud bekeek de zweertjes nauwkeurig en streek er zelfs met zijn vingers overheen. Direct daarop trok Tom zijn broekspijpen weer omlaag. Hij wendde zich verongelijkt van haar af.

'Ik moet toegeven dat die wondjes wel heel erg overeenkomen met de zweertjes die we op die dode bruinvis hebben gezien.' Ruud leek enigszins onder de indruk.

'Kun je je nu voorstellen dat ik me zorgen maak?' zei ze met een gemaakt wanhopig stemmetje. Ze vroeg zich af of ze niet te veel overdreef. Ze wapperde zichzelf wat frisse lucht toe. 'Ik snap ook wel dat het geld van de overheid niet zomaar ingezet kan worden. Maar in dit geval...'

'Misschien kan ik toch wel wat regelen.' Ruud streek over zijn kin.

Een triomferend gevoel begon in haar maag te borrelen.

'We kunnen maar beter proberen uit te sluiten dat er sprake is van een ernstige vervuiling. Misschien kan Rona de gegevens uit Utrecht doorgeven?'

'Ja, natuurlijk,' zei Rona direct. 'Ik zal straks meteen bellen. Misschien hebben ze al wat uitslagen binnen.'

'Als ik die heb, sta ik natuurlijk sterker. Dan kan ik direct actie ondernemen.'

Even later liepen ze giechelend terug naar de auto. 'Dat liep beter dan verwacht.'

'Ik kreeg er bijna plezier in,' zei Line.

'Nou mam, ik vond het echt achterlijk. Waarom deed je zo debiel?' Tom sjokte pruilend achter hen aan.

Rona ging naast hem lopen. 'Door zo debiel te doen, zoals jij het noemt, heeft je moeder het voor elkaar gekregen dat het water onderzocht wordt. Ik vind dat niet achterlijk, maar juist slim. Je hebt zelf gezien dat die bruinvis ziek was geweest.'

'Hmm,' bromde Tom, die met zijn handen in zijn broekzakken naast haar slenterde.

'Wij zijn allebei ook ziek, maar gelukkig is het nog niet zo erg. Er zit iets gevaarlijks in dat water en we moeten erachter zien te komen wat het is. Snap je dat?'

Tom gaf geen antwoord, maar Rona ging gewoon verder.

'Door dat toneelstukje van je moeder zijn we weer een stap verder.'

'Ik niet, want ik mag nog steeds niet surfen,' zei Tom hard.

'En terecht, anders word je misschien nog wel zieker.'

'Nou, ik vind het goed klote!'

Rona liet hem met rust. Zinloos.

Het was drukkend warm en Rona voelde dat haar shirt aan haar rug plakte. De bomen die aan weerszijden van de geplaveide straat stonden vormden strakke schaduwen, terwijl de punt van de klokkentoren naar een helblauwe hemel wees. Toen Rona de deur van haar bestelwagen opende, leek het alsof er binnen een kachel had gebrand. Ze zette beide deuren open en een verzengende hitte stroomde naar buiten.

'Een stoof is er niets bij,' verzuchtte ze. Ze pakte haar notitieboekje om op te schrijven dat ze naar Utrecht moest bellen om de gegevens op te vragen. Toen zag ze de vorige notitie staan. Ze had beloofd om met Beer te gaan duiken bij Zuidbout. Snel keek ze op haar horloge. Nog niet te laat. Maar was het niet ongelooflijk stom om het water in te gaan?

Rona parkeerde haar bestelwagen, pakte haar rugzakje, zette haar pet op en liep langs de rij geparkeerde auto's totdat ze ergens achteraan de bestelbus van *Intense Diving* ontdekte. Ze zag dat een groep duikers al bezig was met omkleden. Beer stond als een machtige reus de duikspullen uit te delen. Zodra hij haar zag begroette hij haar enthousiast.

'Ha Petje, fijn dat je er ook bent. Je spullen liggen achterin de bus.'

'Ik ga niet mee onder water.'

'Ga je echt niet mee duiken?' Frits leek moeite te hebben om de woorden te vormen.

Rona schudde haar hoofd. 'Ik vertrouw het water niet. Het zou beter zijn als jullie ook uit het water zouden blijven.' Ze wist dat het geen zin had zoiets te zeggen, Frits had al eerder aangegeven dat ze onzin uitkraamde. En naar een dokter? *No way*!

'Je bent gek,' zei Frits dan ook. Hij draaide zich van haar af en pakte zijn duikmes dat hij om zijn onderbeen vastgespte.

'Wat is er met het water? Waarom zouden wij het water niet in kunnen?' Beer keek haar verbaasd aan.

'Ik vertrouw het niet. Het water is vervuild of besmet. Wat dacht je van al die dode vissen, zeehonden en bruinvissen? Dat is toch niet normaal? Het water wordt waarschijnlijk binnenkort onderzocht. Ik wacht die metingen af, eerder ga ik het water niet in.'

'Vervuild? Het water van de Oosterschelde is misschien wel het schoonste van heel Nederland.'

'Is of was?' Ze wist dat ze misschien een beetje doordraafde, maar dat kon haar niets schelen. 'Kijk dan naar Frits. Heb je gekeken naar die wondjes op zijn armen? Merk je niet dat hij moeite heeft met zijn geheugen, met praten?'

'Je stelt je aan. En volgens mij weet je het zelf ook,' stelde Beer met een bijtende stem vast. Zijn stevige lichaam, nu gevangen in een neopreen pak, richtte zich in volle lengte op. Daarna draaide hij zich om en liep naar de andere duikers, die al klaar stonden om over de dijk naar de duikstek te lopen.

Boven de dijk hingen stapelwolken, een voorbode van naderend onweer. Niet eens zo vreemd met deze drukkende hitte, bedacht Rona, terwijl ze achter de groep duikers aan begon te lopen. Op de pier blies een warme wind in haar nek. Ze ging op de stenen zitten en zag dat Beer terug kwam lopen.

'Ik wil alleen maar zeggen dat ik dat vervuilde water een belachelijk idee van je vind. Maar het lijkt me goed om er straks verder over te praten. Ik wil wel horen wat er allemaal in dat koppie van je omgaat. Fijn dat je toch blijft.'

Rona knikte alleen maar.

'Ik hoop dat je je telefoon niet vergeten bent,' riep hij over zijn schouder. Daarna liep hij terug naar de duikers die voor een deel al in het water stonden.

Ze liet de opmerkingen van Beer van zich afglijden. Wel prettig dat hij aan had gegeven open te staan voor haar ideeën.

Frits ging te water samen met Fiona en een beginnende duikster. Na de vorige duik met Fiona was Rona haar anders gaan bekijken. De wat oudere vrouw kwam misschien wel nerveus over, ze had echter ook laten zien dat ze niet snel in paniek raakte. Een voor een gingen de duikers onder water en algauw waren de luchtbellen die aan het wateroppervlak uit elkaar plopten het enige waaraan je kon zien dat er mensen onder water waren.

Rona keek op haar horloge en strekte zich toen uit. Ze maakte het zich zo gemakkelijk mogelijk op de oncomfortabele stenen, gebruikte haar rugzakje als kussen en de klep van haar pet als gordijn. Het kon wel even duren. Ze sloot haar ogen en liet de gebeurtenissen van die dag door haar hoofd gaan. De gevonden zeehonden, het bezoek aan Line en haar acteerprestaties tegenover Ruud. Het verlegen vogeltje leek zich te ontplooien, dacht ze tevreden. De warmte van de zon maakte haar loom. Het gekwaak van de eenden, vermengd met de schreeuwerige roep van de altijd aanwezige scholeksters, vervaagde.

Als in een waas hoorde ze haar naam. Een glimlach schoof over haar gezicht. Was het Line? Maar wat klonk haar stem vreemd.

'Rona! Kom snel.'

Rona schoot overeind. De zon was verdwenen en dreigende wolken hingen zwaar boven het water. Haar ogen schoten als zoeklichten over het water.

Een zwaaiende arm trok haar aandacht. Het noodsignaal. Ze sprong op, trok de rugzak mee en liep zo snel mogelijk over de oneffen stenen naar hen toe. Er was iets helemaal mis. Frits sleepte een roerloze gestalte achter zich aan, terwijl hij allerlei kreten uitte tegen de derde persoon die verdwaasd achter hem aansjokte.

'Rona! Snel, help me alsjeblieft. Ik..' Frits struikelde. Hij leek bijna geen kracht meer te hebben. Rona liet haar spullen op de stenen achter en liep zo snel mogelijk het water in om te helpen.

'Wat is er gebeurd?'

'Help me, alsjeblieft,' huilde Frits nu met lange uithalen. Zijn adem ging raspend. Fiona lag bewegingloos naast hem in het water. In plaats van te helpen staarde de andere duikster verdwaasd voor zich uit. Rona schoot Frits te hulp, greep het lichaam van Fiona en samen trokken ze haar uit het water. Snel controleerde Rona de ademhaling van Fiona. Niets. Vanuit haar ooghoeken zag ze hoe Frits zich uitgeput op zijn knieën liet vallen.

'Bel het alarmnummer,' riep ze.

Rona ritste het pak van Fiona open. Ze boog zich over haar heen en begon met de beademing. Ze tilde Fiona's kin op, nam een grote hap lucht en blies die met kracht in de longen van Fiona. De lippen waren koud en week. Niet denken. Nog een keer. Rona draaide haar hoofd opzij en zag Fiona's borstkas gedwee omhoog gaan en weer dalen. Verder geen reactie. Snel zocht ze met haar vingers in Fiona's hals. Geen hartslag. Verdomme, dat mocht niet. Snel pakte ze haar pols en wachtte op een kloppende ader. Tevergeefs.

'Frits, bel 112!' Toen hoorde ze hoe Frits een paar meter van haar af kokhalzend overgaf.

Rona ritste het pak verder open en zocht de onderkant van het borstbeen, plaatste haar handen op de juiste plaats en stootte de borstkas met kracht naar beneden. En weer beademen.

'Bel 112!' riep ze tussen twee ademteugen door naar de andere duikster. 'Mijn mobiel zit in het voorvakje van mijn rugzak!' Maar de jonge vrouw liep als een slaapwandelaar rond, de paniek om zich heen niet registrerend. Rona boog zich weer over Fiona, die als een levenloze oefenpop naast haar lag.

'Frits, je moet me helpen. Bel een ambulance! Ik red het niet!' Weer nam ze een volle hap lucht en blies die met kracht door de geopende lippen van Fiona. En weer hartmassage. Het gezette lichaam van Fiona deinde op en neer, maar verder kwam er totaal geen reactie. Achter zich hoorde ze de stem van Frits die happend naar lucht een alarmoproep deed. Ze controleerde tegen beter weten in de halsslagader. Niets. Geconcentreerd wisselde ze de handelingen steeds af. Hartmassage en beademen. En opnieuw. Maar niets leek te helpen. Een machteloos gevoel kwam over haar heen.

'Kom op, Fiona!' schreeuwde ze. 'Kom terug!" Even gaf ze zich over aan haar wanhoop en ze legde snikkend haar hoofd op de borst van Fiona. Maar al even snel herstelde ze zich. Ze moest doorgaan. Als zij het opgaf, wist ze zeker dat ... Ze wilde de woorden niet toelaten in haar gedachten. Dat mocht niet!

Ze zette zich opnieuw aan haar taak. Duwen en blazen. Duwen en blazen. Het ritme nam bezit van haar. Het was alsof er geen wereld meer om haar heen bestond. Geen meeuwen die haar aanmoedigden, geen Frits die zijn lege maag kotsend op de stenen pier loosde en geen jonge duikster die in cirkels om hen heensopte. Niets was er meer, alleen Fiona.

'Ik neem het over. Kom maar,' hoorde ze opeens achter zich.

Verbaasd keek ze om. Twee ziekenbroeders hurkten naast het lichaam van Fiona en bevestigden een mondkapje op haar gezicht. Rona voelde opeens hoe uitgeput ze was en liet zich achterover zakken. Ze zag hoe de andere ziekenbroeder een koffertje opende en een defibrillator tevoorschijn haalde. Het pak van Fiona werd nu helemaal opengeritst. Rona kon het niet meer aanzien. De worsteling om Fiona terug te brengen leek opeens niet meer belangrijk. Zij kon niets meer voor haar doen.

Ze liep naar Frits, in elkaar gedoken, zijn gezicht in zijn handen. Zijn kale hoofd was dof en tot haar verbazing zag ze dat er regendruppels op terechtkwamen. Regende het?

'Frits?'

Een grauw gezicht werd naar haar opgeheven. Zijn bleke lippen prevelden wat en zijn ademhaling ging piepend. Zwijgend zeeg ze naast hem neer en sloeg haar armen om hem heen. Opeens werd het haar teveel. Ze had het overweldigende gevoel tekort geschoten te zijn.

'Ik kon het niet. Ze reageerde niet. Ik...' Toen snikte ze zacht en drukte haar gezicht tegen het kille neopreen. Ze dacht terug aan de keer dat ze bewusteloos was geraakt onder water en dat Beer haar had gered. Nu had zij Fiona moeten redden. Daar waren ze toch op getraind? Maar ze had gefaald. Ze voelde hoe ook de schouders van Frits begonnen te schokken. Een hees gefluister werd op haar borst gedempt, terwijl de wanhoop diep doordrong. Samen keken ze naar de ambulancebroeders die vochten voor het leven van Fiona.

16

'Meneer van Damme, vergeet u uw afspraak *nicht*?'

Hij schrok op uit zijn gedachten en zag dat Sabine haar zwart krullen om de hoek van de deur stak.

'Wat? Welke afspraak?'

'Is alles in orde?' Sabine keek hem onderzoekend aan. 'U ziet er moe uit.'

Hij deed zijn bril af en streek met zijn hand over zijn ogen. Hij voelde zich inderdaad moe. Hij had die nacht geen oog dichtgedaan. De tekst van de nieuwe mail hield hem wakker.

'Kan ik u misschien helpen?'

'Sabine, dat is heel lief van je.' Hij voelde de kloppende pijn bij zijn slapen. 'Ik ben echter bang dat je niets voor me kunt doen.'

'Ik zal een kopje koffie brengen,' besloot ze en hij zag dat ze kwiek de deur uitliep.

Zodra ze verdwenen was kwamen de zwarte gedachten terug. Wat een onmens zat achter de dreigende mailtjes. Wat een eisen vanwege een kleine creatieve speling met de milieucijfers. Hij deed toch zijn uiterste best om aan de meeste eisen te voldoen? Waarom liet hij hem dan niet met rust? Als dit achter de rug was zou hij zich wel tien keer bedenken met dat creatieve cijfergedrag. Had die vent dat dan niet in de gaten?

Het geld was niet eens meer het belangrijkste. Er was iets anders bijgekomen. Iets dat maar rond bleef spoken in zijn hoofd. Hoe kon zo'n onmens dreigen zijn meest geliefde persoon op te zoeken. Zijn dochter Lotte. Hij moest actie ondernemen.

'Een kop koffie zal u goed doen,' onderbrak Sabine zijn gedachten.

Hij forceerde een dankbare glimlach. 'Misschien heb je wel gelijk.'

'U hebt nog wel een kwartiertje voordat u bij de vergadering zijn moet.'

'O ja, de vergadering.' Hij zuchtte diep en roerde in het kopje dat Sabine voor hem had neergezet. Sabine was veranderd. Zeker sinds hun afspraak laatst op de golfbaan. Hij voelde een glimlach over zijn gezicht trekken. Wat een belofte tot salarisverhoging al niet kon doen. Tot zijn verrassing merkte hij dat Sabine achter hem kwam staan. Ze begon zijn schouders te masseren. Hij sloot zijn ogen en gaf zich over aan de zachte maar toch knedende handen. Langzaam zakte de spanning weg. De vingers die eerst met de pijnlijke knobbels in zijn spieren speelden om ze te ontwarren, veroorzaakten nu een soepele warmte. Hij bewoog langzaam mee op de wiegende beweging. Een zachte kreun drong vanuit zijn keel op.

'Dat is beter, *nicht*?' Haar stem klonk zacht.

'Je bent een onvoorstelbare meid,' zei hij, terwijl hij loom zijn ogen opende. 'Sommige mensen zijn werkelijk onmisbaar.'

'Gaat de vergadering over wie onmisbaar is en wie kan vertrekken?' vroeg ze, terwijl ze nog steeds over zijn schouders streek.

'Ja, een nieuwe bezuinigingsronde is niet tegen te houden. We moeten het bedrijf gezond houden,' dreunde hij zijn standaardverhaaltje op.

'Is al bekend op welke afdeling mensen weg moeten?' Hij hoorde een vage angst in haar stem.

'Als je zo je best blijft doen, hoef jij niet bang te zijn. Je functioneren is sterk verbeterd.' Hij pakte haar handen en trok haar op zijn schoot. Zijn hand lag nu om haar smalle taille en hij keek in de donkere ogen die nu wijd opengesperd waren.

'Op welke afdeling moeten er wel mensen weg?'

'Daar is een lijst van samengesteld, maar je hoeft je geen zorgen te maken. Geef me maar eens een lekkere zoen.' Hij pakte haar kin en bracht zijn mond naar voren. Net toen haar lippen de zijne raakten trok ze terug.

'Is die lijst al klaar?'

Hij keek naar haar bewegende lippen. Zijn gedachten die de hele ochtend alleen maar bij zijn dochter geweest waren, tolden nu wellustig om Sabine. Haar mond nodigde uit tot meer. Een sappig samenzijn, daar had hij behoefte aan. Een totale ontspanning van zijn gespannen zenuwen. Haar lichaam leek open te staan om hem dat te geven.

'Kan ik u misschien helpen met die lijst?'

'Hij is bijna klaar. Er moeten alleen nog wat gegevens van de betrokken medewerkers aangevuld worden.' Hij probeerde haar opnieuw te zoenen, maar ze hield hem plagerig tegen.

'Zal ik dat voor u doen?'

Hij keek naar de halfgeopende lippen die hem uitnodigden. Hij wilde ze voelen. Hij wilde haar spitse tong plagend rond de zijne voelen.

'Ja, straks. Kom Sabine, je daagt me uit.'

Haar ogen waren nu verleidelijk dichtbij. Donkere ogen net als die van Line. Toen sloten de warme lippen wellustig om de zijne en vergat hij zijn problemen.

Terug van de vergadering leek de computer hem uitnodigend aan te staren. Hoe eerder hij wist waar hij het geld achter moest laten, des te sneller zou hij van alles verlost zijn. Bovendien zou ook zijn dochter geen gevaar meer lopen.

'Fijn dat die vergadering zo snel afgelopen is.'

Verstoord keek hij op. Sabine kwam zijn kantoor binnen.

'Later, Sabine. Nu even niet.'

'Maar ik wil u graag helpen. Als u de lijst met namen aan mij geeft zal ik de benodigde gegevens opzoeken.'

Het was wel verleidelijk. Dat scheelde hem een hoop werk. Hij opende het bestand van het concept van de personeelslijst die zonder wijzigingen geaccepteerd was door de vergadering. De printer zoemde.

'Verzamel alle gegevens maar. Ik zal er vanmiddag wel naar kijken,' zei hij. Sabine wiegde uitdagend zijn werkkamer uit. Hij pakte een sigaret en stak hem tussen zijn lippen. Maar toen hij hem aan wilde steken weigerde zijn aansteker. Kribbig mikte hij hem weg.

Natuurlijk was er mail.

145

Heel stom van je om weer geen geld achter te laten. Dat
zwakke excuus van die populier geloof ik natuurlijk niet. De
milieucijfers moeten dit jaar kloppend zijn in het jaarverslag.
En hoe langer je wacht met betalen, hoe slechter die cijfers
zullen worden. Besef je wel dat er een enorm milieuschandaal
dreigt? Morgen volgt weer een nieuwe uitstoot.
Dit keer kun je de cijfers onmogelijk zo verdraaien dat je die
onverdiende bonus alsnog binnenhaalt. Zelfs een exitpremie
kun je dit keer op je buik schrijven. Dit milieuprobleem valt
niet in een doofpot te stoppen, zoals in je smerige verleden wel
gebeurde.
Dit is echt je laatste kans!
Het bedrag wordt weer verdubbeld, morgen 23 uur op de plaats
van de eerste overdracht: de plastic bak bij de noordelijke
schoorsteen.
PS Je hebt een leuke school uitgekozen voor je dochter...

Hij staarde naar de zinnen die nu door elkaar over het scherm dans-
ten. Een nieuwe uitstoot. Dubbel bedrag. Milieuschandaal. De school
van Lotte. Hij moest zijn ex-vrouw te pakken zien te krijgen. Ze moest
Lotte van school halen. Hoe moest hij dat uitleggen?

Snel toetste hij het nummer in. Hij hoorde de schelle stem van zijn
ex door de hoorn. Na een kort beleefdheidsgesprek vroeg hij naar Lotte. Hij hoorde de holle klap waarmee de hoorn neer werd gelegd. Ongeduldig wachtte hij. Hij tekende met zijn pen kringetjes op het gele
memoblokje. Toen het velletje voor de helft vol was, hoorde hij Lotte.

'Papa? Wat is er aan de hand? Gaat het komend weekend niet door?'

De opluchting borrelde omhoog. 'Ha, lieverd. Is alles goed?'

'Ik ben vanmiddag weer naar paardrijles geweest. Heerlijk. Maar
waarom bel je?' De verbazing in haar stem was vermengd met onge-
duld.

'Er is niets bijzonders. Gaat alles goed op school?'

'Net als anders.'

'Geen gekke dingen gebeurd?'

'Gekke dingen? Doe niet zo stom. O, mag ik dit weekend een vriendinnetje uitnodigen? Haar ouders gaan een weekend naar haar opa en oma, maar ze heeft helemaal geen zin om mee te gaan. Kan ze dan meekomen naar jou?'

'Natuurlijk, schatje. Spreek maar af.' Hij voelde zich gerustgesteld. Het leek alsof het een loos dreigement was geweest. Er was niets gebeurd. Toch moest hij zijn ex inlichten. Zij moest een oogje in het zeil houden.

'Geef mama nog maar even.'

'Oké.' Hij hoorde haar roepen. Toen kwam ze nog weer even teug aan de lijn. 'O ja, papa. Nog bedankt voor dat ijsje.'

'IJsje? Wat bedoel je?' De onrust schoot hard door zijn lijf.

'Hier is mama. Doei!'

Hij liep gebogen achter de schoonmaakmachine. Sinds hij mank liep klonken zijn stappen onregelmatig in de lege gang. Nu hoorde hij ze echter niet, het gegons van zijn machine absorbeerde al het geluid. De frisse geur van het krachtige schoonmaakmiddel vermengde zich met de lucht van dood vlees. Soms kon hij de lucht niet goed verdragen en deed hij een extra scheut chloor in de machine, maar vandaag ging het goed. Ondanks de warmte van de afgelopen weken, was de kadaverlucht vandaag niet zo doordringend. Hij vroeg zich af hoe dat kwam. Het leek net of de aanvoer minder was. Gelukkig hoefde hij zich daarover geen zorgen te maken. Hij hoefde er alleen maar voor te zorgen dat de gangen schoon waren.

Aan het eind van de gang gekomen zette hij zijn machine uit. Boven de plotselinge stilte klonk nu alleen maar het voortdurende gekletter van water. Meestal als hij in dit gedeelte dienst had ging hij even een kijkje nemen bij de enorme tanks. Hier spoot het water in een krachtige fontein omhoog waarna het neerkletterde in het bassin. Hij had een keer een korte rondleiding gehad van een monteur die 's avonds bezig was geweest met een reparatie. Die had hem het een en ander verteld over de afsluitkranen op het bedieningspaneel. Machtig interessant had hij het gevonden.

Hij deed de deur open en liep de betonnen trap op. Hij hield van water. Water was net als vuur. Als je ernaar keek bleef het je aandacht vasthouden. Waarschijnlijk omdat het voortdurend in beweging was.

Hé, wat was dat? Het leek alsof hij een schim zag wegduiken achter het immense bedieningspaneel. Even bleef hij staan kijken, maar algauw zoog de schuimende waterpartij zijn aandacht weer geheel op. Toen de fontein stopte, leek de stilte heel intens, totdat de normale achtergrondgeluiden van de fabriek weer doordrongen.

Hij liep naar het paneel waar hij dacht iemand gezien te hebben. Hier zaten alle afsluitkranen. Vreemd dat daar iemand was. En nog vreemder dat die persoon niet even groette. Iedereen kende hem. Ze namen meestal ook de tijd om een babbeltje te maken. Dus waarom dan nu niet?

Dichterbij gekomen zag hij dat bij een van de leidingen een rood alarmlicht knipperde. Verbaasd keek hij om zich heen. Waar was die persoon nu gebleven? Die kon hem vast wel helpen om het probleem op te lossen. Het rode lampje knipperde naast een van de afsluiters. Die kon hij beter dichtzetten, dacht hij. Omdat de afsluiter akelig dicht bij de rand van het bassin zat, moest hij ver over de betonnen rand leunen. Het ging zwaar. Er was nauwelijks beweging in te krijgen. Hij spuugde in beide handen en boog zich opnieuw over de kraan.

Er klonken schuifelende geluiden achter hem. Gelukkig, daar was iemand. Maar voordat hij zich op kon richten, kreeg hij een harde tik op zijn hoofd. Hij vocht tegen de duizeligheid die echter steeds intenser werd. Hij graaide naar de betonnen rand, maar die was nergens te bekennen. Daarna werd het donker om hem heen.

17

Voordat Rona uit haar bestelwagen stapte, raadpleegde ze haar notitie-blokje. Ze had de laatste paar dagen echt alles opgeschreven. Ze mocht niets vergeten. Mevrouw van Kipse, zag ze staan. De naam die aan haar was doorgegeven door de universiteit van Utrecht.

Er lag een zwaar gevoel in haar lijf, veroorzaakt door de dood van Fiona. Er zou een onderzoek volgen, dat was zeker. Ze wilde echter haar eigen onderzoek doen en voelde zich vastberadener dan ooit.

Toen ze uitstapte merkte ze dat de warmte buiten zo mogelijk nog erger was dan in haar auto. Vanavond onweer. Het was nu al zo be-nauwd. Haar shirt kleefde aan haar rug. Ze wapperde er even mee, maar het bleef natuurlijk net zo vochtig.

In het universiteitsgebouw was het koeler. Een vreemde lucht die ze niet thuis kon brengen drong in haar neus. Ze klopte op een glazen schuifraam waarachter een secretaresse achter een groot beeldscherm zat te werken. Een paar nieuwsgierige ogen keken over een leesbril met een gouden montuur heen.

'Kan ik u helpen?' vroeg de vrouw vriendelijk.

'Ik heb een afspraak met...' Ze diepte haar notitieblokje weer op. 'Mevrouw van Kipse.'

De secretaresse wees haar de weg en Rona liep door een lange gang. Bijna alle deuren in de gang stonden open en gunden haar een blik in verschillende werkkamers. Elke kamer leek volgebouwd met bureaus en kasten. In een laboratoriumruimte was een aantal mensen in witte jassen bezig. Ze dacht terug aan haar studententijd. Het leek een eeu-wigheid geleden dat ze experimenten op het lab uitgevoerd had.

Bij de bewuste kamer aarzelde ze, binnen zaten twee vrouwen te praten. Ze keken beiden op toen Rona op de openstaande deur klopte.

'Mevrouw van Kipse?'

Een vrouw met donker haar stond direct op en gaf haar een stevige hand. 'U bent Mevrouw van Baren?'

'Zeg maar Rona,' stelde ze zich voor.

'Ik ben Lara. Je kwam toch voor de uitslag van het bruinvis onderzoek? Kom, dan lopen we even naar een rustigere ruimte.'

Rona liep achter Lara aan, die gekleed was in een sportieve capribroek met allerlei grappige ritsaccenten. Aan haar knalrode T-shirt was te zien dat zij het ook warm had.

'We krijgen niet zo vaak weefsel van een aangespoeld zeezoogdier opgestuurd. En als we al wat krijgen zijn de uitslagen van onze experimenten meestal zo laag dat we er geen conclusies aan kunnen verbinden.'

'Is het dit keer dan anders?'

'Het is nog niet helemaal duidelijk. Het dier is wel aan een ziekte doodgegaan. Ik heb je over de telefoon al verteld dat die zweertjes wel aangevreten plekken lijken. Net alsof er iets in het water zit dat het vetweefsel verteert.' Lara ging haar voor naar een kamer met een grote vergadertafel. 'Ik vind het wel enorm interessant, dus ik heb vandaag al een aantal microbiologische testen ingezet, maar het duurt een aantal dagen voordat ik daar resultaten van heb. Weet je misschien of er watersamples zijn genomen?'

'Je bedoelt om het water te testen?' Rona dacht aan Ruud.

'Ja, het kan natuurlijk heel goed zijn dat een bruinvis doodgaat doordat het water ernstig vervuild is. Deze dieren zijn erg gevoelig voor allerlei chemische verontreinigingen, bijvoorbeeld pcb's.'

'Voeren jullie die testen uit?'

'Ik doe dat niet zelf, maar ik kan het wel hier op de universiteit uit laten voeren. Geen probleem. Als je mij de watersamples maar levert.'

Rona dacht na. Als zij nou zelf eens... Maar nee, ze kon Ruud niet passeren. Ze moest eerst contact met hem opnemen, ook al zou dat mogelijk vertraging met zich meebrengen.

'Daar kan ik wel voor zorgen.'

'Kun je die op verschillende plaatsen laten nemen?'

'Vast wel. Wat kun je me verder nog vertellen over die ziekte?'

'Niet veel, ik wacht liever de resultaten af voordat ik daar een uitspraak over doe.' Lara stond op. 'Ik ben volgende week een paar dagen vrij, de kinderen hebben vakantie. Dus als ik de samples deze week nog zou kunnen krijgen, dan zal ik alvast regelen dat ze gemeten kunnen worden.'

'Fijn, dank je wel voor je medewerking,' zei Rona.

'Als je bijna zeker weet dat er iets uit moet komen, zoals in dit geval, vind ik het wel interessant om meer onderzoek te doen. Helaas kun je meestal alleen maar een negatieve uitkomst doorgeven.'

Interessant, dacht Rona, toen ze weer naar de uitgang liep. Ze zag de dode bruinvis weer voor zich zoals ze hem van het slik gehaald hadden. Het was zeker interessant om te weten wat de doodsoorzaak was. Ziekte, vervuiling, besmetting, er was zoveel mogelijk.

Nog onder de indruk van het nieuws dat even daarvoor door de woordvoerder van het bedrijf bekend was gemaakt, zat Samuel bij zijn collega's aan tafel. Hij nam een slok van zijn vergeten koffie. Het koude vocht smaakte vies, maar toch gooide hij het in een paar slokken naar binnen. Hij keek naar de anderen die bij hem aan het tafeltje zaten. Jan zat stil en bleek voor zich uit te staren. Willem zat onafgebroken aan het ringetje in zijn oor te draaien. En Truus wreef peinzend met haar vinger langs haar neus. Iedereen was duidelijk onder de indruk. In de kantine gonsde het aan alle kanten. Iedereen leek zijn kant van de zaak te willen vertellen. En iedereen leek meer informatie te hebben dan degene die naast hem zat.

'Die arme man,' zuchtte Truus. Samuel zag de verslagenheid op haar gezicht.

'Hoe kan hij nou in het bassin terechtkomen?' Willem verwoordde wat iedereen dacht. Wat deed de oude schoonmaker bij de bezinkbassins?

'Misschien is hij gestruikeld? Hij was natuurlijk niet erg vast ter been,' opperde Truus.

Samuel voelde zich kwaad worden. 'Wat deed hij daar? Hij had er niets te zoeken.' Hij mocht de schoonmaker graag. Hij maakte vaak een praatje met hem. Ondanks zijn handicap had hij altijd goede zin gehad. Gehad, dacht hij wrang. Hij dacht al in de verleden tijd over hem.

'Hoe oud was hij eigenlijk?' Willem keek hem aan.

Samuel haalde zijn schouders op. 'Ik weet het niet precies, maar volgens mij was hij de zestig al gepasseerd.'

'Misschien stond hij wel op de lijst om afgevoerd te worden,' zei Jan. Even was het stil. 'Ik bedoel natuurlijk vanwege de bezuinigingen.'

Samuel zag dat er een blos over de bleke wangen van Jan gleed. 'Ja, dat krijgen we ook nog.'

'Is daar al wat meer over bekend?' vroeg Truus.

'Sabine vertelde me dat er een lijst met namen is.'

'Waarom wordt die dan niet bekendgemaakt? Waarom moeten we dan nog langer in onzekerheid zitten? Dat is toch ongelooflijk. Waarom halen die hoge heren altijd van die vuile truukjes met ons uit?' De stem van Jan klonk steeds harder en eindigde met een schrille uithaal. Daarna schraapte hij zijn keel. 'Sorry, ik zou alleen wel willen weten waar ik aan toe ben.'

'Ik weet er ook niet veel van. Sabine wilde niets vertellen. Ze heeft alleen gezegd dat er een lijst is en dat zij allerlei gegevens moest opzoeken.' Samuel had het gevoel dat hij al meer had gezegd dan eigenlijk mocht.

'Als Sabine die lijst heeft, zit die smerige Van Damme er weer achter. Keihard ons de laan uitsturen terwijl hij op zijn pluche stoel blijft zitten. Het doet hem helemaal niets. Verdomme, die vent moet gestopt worden!' Willem sloeg met zijn vuist op tafel.

Binnen een paar minuten veranderde de sfeer. Samuel zag allerlei collega's verstoord hun kant opkijken.

'We moeten maar eens zien,' zei hij. Hij stootte Willem aan en fluisterde hem wat in zijn oor. Er vloog een scheve glimlach over Willems gezicht.

'Kan Sabine niet iets regelen?' vroeg Truus.

'Iets regelen?' Samuel wist niet meteen wat ze bedoelde. Hij zat met zijn gedachten bij andere zaken.

'Ja, dat zou top zijn,' reageerde Willem al. 'Een frauderende secretaresse bij een oplichter van een manager, geweldig!' Willem leek zijn agressie in een klap vergeten.

Samuel zag drie paar ogen op zich gericht.

'Jullie verwachten toch niet van mij...?'

Niemand gaf antwoord.

'Heb je nou een lijst met namen gekregen of niet?' Samuel had Sabine uitgenodigd voor de lunch en boog zich naar haar toe. Ze knabbelde ondertussen zuinig aan haar broodje gezond.

'Ja,' antwoordde ze toen.

'Wie staan erop?'

'Die lijst is vertrouwelijk.' Haar donkere ogen keken hem heel even aan, waarna ze ze weer neersloeg.

'Aan wiens kant sta je eigenlijk?'

'Sammie, doe niet zo boos. Natuurlijk sta ik aan jouw kant, maar jij hoeft je geen zorgen te maken.'

'Betekent dat...?'

'Ja, jij staat niet op die lijst. Niemand van jouw afdeling trouwens. De meeste ontslagen vallen bij de geurafdeling. Waarom weet ik ook niet.'

'Niemand van mijn afdeling? Weet je dat heel zeker?'

Sabine pakte een plakje tomaat dat uit haar broodje dreigde te glijden.

'Natuurlijk weet ik dat zeker. Dat was toch het eerste waar ik naar keek,' zei ze een beetje pruilend.

'Kom, geef me eens een zoen.' Hij boog zich naar haar toe en zoog haar lippen naar binnen. De smaak van lippenstift drong zijn mond binnen. Zacht liet hij zijn tong bij haar naar binnengaan, maar ze sloot haar lippen.

'Niet hier, Sammie.'

'Ik verlang naar je. Zullen we vanavond naar de film gaan?' Hij had geen idee wat er op het moment draaide, maar daar ging het hem ook niet om. Hij schoof wat dichter naar haar toe en streelde met zijn hand over haar been.

'Niet doen, Samuel. Iedereen kijkt.'

Samuel keek om zich heen. Een stukje verderop in de stampvolle kantine zaten zijn collega's. Hij zag dat hun gezichten zorgelijk stonden. Er kon geen lachje af. Hij zou ze straks vertellen dat ze zich geen zorgen hoefden te maken. Dat vooruitzicht gaf hem een gevoel alsof hij verliefd was. Maar net als bij verliefdheid kwam opeens de onzekerheid om de hoek kijken.

'Sabine, hoe kan het eigenlijk dat een hele afdeling ontzien wordt? Wij presteren heus niet beter dan de anderen. Staat er niet ergens een opmerking bij of zo.

'*Nein, Dummerchen*. Wees nu maar gewoon blij. De ontslagen gaan onze deur voorbij.' Ze stopte het laatste kontje van haar broodje in haar mond.

Hij nam een paar happen van zijn soep, die intussen lauw was geworden. De onzekerheid bleef aan hem knagen. 'Ik wil het wel zeker weten.'

'Ik zal er straks wel naar vragen.'

'Het is erg belangrijk voor me, lieverd. Als we zeker weten dat we geen gevaar lopen, gaan we vanavond de bloemetjes buiten zetten. Er draait vast een mooie film.'

Van Damme raakte het benauwde gevoel maar niet kwijt dat zich diep in zijn binnenste had genesteld. Wat een rottig ongeluk. Een dode in zijn bedrijf. Maar was het wel een ongeluk geweest? Of was het een waarschuwing? Hij kon de gedachte niet kwijtraken dat iemand hem wel heel dicht op de huid zat.

Hij wilde er niet bij stil blijven staan. Er waren andere zaken die zijn aandacht vroegen. Spannende zaken. Hij keek naar het pakje dat voor hem op zijn bureau lag en drukte toen daadkrachtig op het knopje van de interkom.

'Sabine, wil je de post even brengen?'

De deur ging open en hij zag zijn secretaresse binnenkomen. Ze zag er zeer aantrekkelijk uit in een roze bloesje.

'Er was geen post deze *mittag*, meneer van Damme,' zei Sabine met haar verleidelijke accent.

'Geen post? Wat vreemd. Gisteren ook al niet. Ik verwacht een belangrijke offerte. Niets aan te doen. Ik heb hier echter wel een pakje voor jou. En niet van de postbode.'

Sabine keek hem vragend aan.

'Je levert de laatste tijd erg goed werk af.'

Hij zag dat Sabine met grote glansogen naar het pakje bleef kijken.

'Maak maar open,' moedigde hij haar aan.

Ze opende het pakje en liet het rode lingeriesetje bewonderend door haar vingers glijden.

'Eugène, wat mooi,' stamelde ze verlegen.

'Pas het maar even aan.'

'Dat kan toch niet?'

'Natuurlijk wel, hier komt niemand ongevraagd binnen.' Hij kon bijna niet wachten om dat schitterende lichaam in het secuur uitgezochte setje te zien. Hij liep naar zijn deur en sloot hem af.

'Maar ik kan toch *nicht* zomaar... hier...'

'Niet zo verlegen. Ik zei net nog dat ik zo tevreden over je was, dat hoef ik toch niet terug te nemen?'

Tot zijn genoegen zag hij dat ze na een korte aarzeling langzaam de knoopjes van haar blouse los begon te maken.

'Ik wilde eigenlijk nog iets vragen over die personeelslijst,' zei ze toen.

Hij volgde haar bewegingen en voelde dat zijn lichaam reageerde. Wat een prachtige vrouw was ze toch.

'Ik vind het vreemd dat de afdeling waterzuivering niet op de lijst genoemd wordt,' ging ze verder.

Hij ergerde zich aan haar gepraat. Die lijst was op dit moment totaal niet belangrijk. 'Jij hoeft je geen zorgen te maken. Als je je blijft inzetten zoals je nu doet...' Hij kon zich opeens niet meer inhouden. Hij wilde haar aanraken, voelen. Hij ging dicht bij haar staan. Haar zoete geur drong zijn neus binnen. Maar ze duwde hem zacht van zich af.

'Wacht even, Eugène.'

Hij zag dat ze haar blouse helemaal los had. Haar rondingen glommen in het zachte licht.

'Waarom stop je?' vroeg hij verstoord

'Waarom komt de afdeling waterzuivering niet op de lijst voor?'

Ze ritste nu haar rok open. Nog even, dacht hij en ze stond in haar, overigens ook zeer smaakvolle, witte onderkleding. Hij voelde zich geil worden.

'Waterzuivering?' Zijn gedachten waren totaal afgeleid. 'Ik geloof dat iemand van het bestuurscentrum dat zou afhandelen. Er moest nog verder onderzoek gedaan worden naar die afdeling. Ik heb gezegd dat ik daar echt geen tijd voor had.'

Hij zag dat ze plotseling stopte. 'Dus het is helemaal niet zeker dat op die afdeling geen ontslagen vallen?'

'Laat eens zien of hij past.' Hij wees op het rode setje dat achteloos op de leuning van de stoel lag.

'Zou je me een plezier willen doen?' Ze liep op hem af en draaide haar rug naar hem toe. De gladde huid van haar rug, enkel onderbroken door het smalle witte bandje van haar bh, glansde hem tegemoet. Hij wilde de sluiting losmaken. Maar op dat moment draaide ze zich om en keek hem van onder haar wimpers sexy aan.

'Zorg dat jíj die lijst mag samenstellen. Ik kan je helpen.' Ze streelde met haar vingers over zijn wang. Een tinteling schoot door zijn lichaam. 'Ik zal jou helpen,' herhaalde ze, 'als jij mij helpt.' Toen draaide ze haar rug weer naar hem toe, maar keek nog even over haar schouder. 'Oké?'

'Ja, ja, natuurlijk. Ik zal straks direct even bellen. Zoveel werk is het nou ook weer niet.' Hij prutste aan de sluiting. Ondanks het onhandige gefrunnik schoot haar bh open.

Ze vroeg hem zich om te draaien. Hij wipte van de ene op de andere voet. Hij wilde haar zien. Haar bewonderen.

Op haar teken draaide hij zich langzaam om. Het doorzichtige bh'tje sloot schitterend om haar stevige borsten, waarbij de tepels duidelijk zichtbaar waren. Hij keek naar de string en voelde dat zijn lichaam heel tevreden was met zijn eigen keus.

'Mmm, Sabine. Wat ben je mooi.' Hij liep op haar toe en streelde over haar schouders en liet zijn vingers over de kanten stof glijden.

'Eugène, ik...' Ze greep zijn hand.

'Stil, Sabine.' Hij voelde haar weerstand. 'Ontspan je maar.'

'Mag ik dan helpen met die lijst?'

'Natuurlijk,' zei hij snel. Met zijn vingers gleed hij langs de stof naar binnen. Hij voelde haar tepel en merkte dat die hard en stijf was. Even hield hij haar borsten gevangen in zijn knedende handen. 'Je bent mooi.'

Hij zag dat haar gezicht ontspannen was, haar lippen strak en smal.

Na een paar heerlijke seconden draaide ze zich van hem af. 'Dankjewel. Het is een mooi cadeau.' Terwijl hij toekeek begon ze haar kleren weer aan te trekken.

Een sigaret. Bevredigd zoog hij de warme lucht naar binnen. Elke keer een stapje verder, dacht hij. De volgende keer misschien wel bij hem thuis.

Sabine stopte haar witte onderkleding in het doosje dat nog geopend op het bureau stond.

'Eugène, wil je nu even bellen?'

Na nog een diepe trek drukte hij het restant van de sigaret uit in de asbak. Hij had geen idee waar ze het over had.

'Rona, je moet komen. Ik word gek van Ruud.'

Eindelijk had ze Rona te pakken gekregen. Line hoorde haar aan de andere kant van de lijn lachen.

'Ja, lach maar. Ik zit ermee. Hij wil langskomen, vraagt of ik mee uit wil en zegt dat hij een verrassing voor me heeft. Het gaat maar door. In die korte tijd heeft hij misschien al wel tien keer gebeld.' Line voelde zich opgelaten. Had ze zich maar nooit zo idioot aangesteld. 'Het is dat hij me nog net niet stalkt. Of is dit ook al stalken?'

'Rustig maar. Dat zal zo'n vaart niet lopen. Bovendien hebben we hem nog wel even nodig.'

Line hoorde op de achtergrond papier ritselen, daarna begon Rona de bevindingen van de universiteit voor te lezen.

'Goed, ik begrijp het al. We hebben Ruud nodig om die watermonsters te nemen.'

'Ja, probeer maar een afspraak te maken, dan kunnen we hem er direct naar vragen.'

'Ben je gek! Ik wil die man hier niet over de vloer hebben. Ik ben al die mannen spuugzat!'

'Kom op, geef mij maar door wanneer hij komt, dan zorg ik dat ik er ook ben.'

Line dacht even na. Misschien was dat zo gek nog niet. Daarna kon ze tenminste aan deze hele zaak een eind maken.

'Ik heb alleen over een half uur een afspraak voor een CT-scan, verder kan ik de hele dag,' hoorde ze Rona nog zeggen.

'CT-scan? Ga je zometeen naar de neuroloog?'

'Ja, maar dat zal wel niet zo lang duren.'

'Het is wel spannend. Ik hoop maar dat het niets ernstigs is.'

'Er zal wel even overheen gaan voor ik de uitslag hoor.'

Line hoorde Rona zuchten.

'Ben je zenuwachtig?'

'Niet voor het onderzoek zelf.'

'Ik heb geen idee hoe dat in zijn werk gaat. Ik zal Ruud meteen bellen, dan zie ik je vanmiddag wel verschijnen.' Line hing op, verzamelde moed en draaide toen doelbewust het nummer van Ruud.

Het gesprek bij Line thuis verliep zonder problemen. Rona voelde zich voldaan. Ze was verbaasd dat Ruud al actie had ondernomen. Hij had er zelfs al voor gezorgd dat er een brief gestuurd was naar verschillende bedrijven in de buurt om extra controlesamples te leveren. Bovendien zou het water van de Oosterschelde op verschillende plaatsen bemonsterd worden. De actie van Line was zeker zinvol geweest. Ze keek Line na toen die Ruud uit ging laten

Voor Ruud er was, hadden ze nog even kunnen praten over de CT-scan. Natuurlijk wist ze nog net zo weinig als voor het onderzoek, toch had ze nu het idee dat er iets gedaan werd. Het onderzoek was een peulenschil geweest. Ze moest gewoon gaan liggen met haar hoofd in een grote magneet en ze werd vanzelf telkens een stukje opgeschoven. Dat had Line ook weer gerustgesteld. Die was erg bezorgd over Tom. Logisch natuurlijk.

Rona keek de gezellige kamer van Line rond. Op de grond naast de televisie stond een vaas met veldbloemen. Vast uit haar eigen tuin. De gordijnen wapperden voor het openstaande raam in het ritme van de muziek. De warmte binnen viel mee.

Ze liep naar de keuken en schonk zichzelf een groot glas water in. Toen ze zich omdraaide zag ze dat Line in de deuropening stond. Ze had haar hoofd gebogen en haar schouders schokten.

'Wat is er aan de hand?' Ze liep op haar af en sloeg haar armen om haar heen. Zacht wiegde ze haar heen en weer alsof ze een klein kind was.

'Wat een rotte toestand,' snotterde Line. 'Hij was er helemaal van overtuigd dat we wat af zouden spreken en...' Ze haalde haar neus op. 'Ik moest hem wel zeggen dat ik verder niets wilde.' Het kwam er wanhopig uit.

Nu Line in haar armen lag, duizelde het Rona een beetje. Ze rook zo lekker. Wat een goed gevoel om haar zo vast te mogen houden, ook al was het omdat ze verdriet had.

'Eerst die toestand met Eugène. En nu dit weer. Het ligt vast aan mij.'

'Hier, droog je tranen.' Rona pakte een velletje van de keukenrol en gaf het aan Line, die krachtig haar neus snoot. De vertwijfelde blik in de rooddoorlopen ogen van Line deed haar beseffen dat ze misschien wat te ver was gegaan met het spel dat ze met Ruud hadden gespeeld.

Ze sloeg haar arm om Line heen. Haar blote hals kwam onverwachts tegen haar mond aan en voor ze er erg in had drukte ze haar lippen op de huid. Haar handen streelden over Lines rug en ze fluisterde onzinnige woordjes.

Line reageerde door haar lichaam tegen Rona aan te duwen. Wat een overweldigend gevoel om haar zo dicht bij zich te hebben en om haar te voelen reageren. Rona hield haar wat van zich af en duwde haar kin zacht omhoog. De vochtige lippen waren half geopend. Haar roodomrande ogen waren gesloten en haar warme adem gleed over Rona's gezicht.

'Line. O, Line,' fluisterde Rona. Daarna drukte ze heel teder haar lippen op die van haar vriendin. Vochtige lippen op haar eigen superdroge mond. Tintelingen die ze in lange tijd niet meer gevoeld had liepen door haar lichaam

'Wat doen jullie?'

Ze voelde het lichaam van Line verstrakken. Geschrokken lieten ze elkaar los.

'Tom.' Het was slechts een vaststelling.

De stilte die er hing was niet om door te komen. Tom liep naar de koelkast en schonk zichzelf een glas fris in. In een paar grote teugen dronk hij zijn glas leeg.

'Heb je gehuild?' vroeg Tom daarna achteloos aan zijn moeder. Rona zag dat Line zich van hem afgedraaid had en nog een tissue pakte om haar neus te snuiten.

'Mag ik een koekje?' was zijn volgende vraag.

Line knikte slechts. Het was voor Tom voldoende.

Daarna liep hij, zonder verder nog iets te zeggen, de keuken uit.

'Sorry,' zei Rona zacht. 'Ik liet me gaan. Het was niet mijn bedoeling...'

'Ben je lesbisch?' onderbrak Line haar.

'Ja,' gaf ze toe. Wat kon ze er verder van zeggen?

'Wil je nog wat drinken?' Line volgde haar zoons voorbeeld en opende de koelkast.

Rona keek naar de vrouw die ze zonet nog in haar armen had gehad en verbaasde zich over de geringe reactie.

18

Het gaf hem een trots gevoel om naast Sabine te lopen. Ze zag er weer kek uit vandaag, met die lage heupbroek met gekleurde riem. Haar mooie buik piepte net onder haar bloesje uit. Toen Sabine hem had verzekerd dat de lijst compleet was en dat zijn afdeling geen ontslag hoefde te vrezen, hadden ze een mooie film uitgezocht om het te vieren.

'Dus mijn afdeling staat niet op de lijst?' Hij wilde het nog een keer horen.

'Nee, de lijst is nu echt compleet. Je kunt echt *ganz* gerust zijn.'

Hij voelde zich inderdaad helemaal ontspannen. Geen dreigend ontslag. Hij was bang geweest dat Van Damme hem als een opruiende werknemer had gezien. Of hem herkend had.

Ze liepen de hoek om en Samuel zag de bioscoop al liggen. Het was nog vroeg. De vale neonlampen probeerden het daglicht te verdringen en hun aandacht op te eisen.

'Ik heb ook nog naar die Trudy gekeken. Die heb ik ook niet zien staan, wel ene Troes. Of hoe spreek je dat uit? Ik vind het wel exotisch klinken.'

'Truus? Stond Truus wel op de lijst? Jezus. Dat is echt klote.'

'Wat is er, Sammie?'

'Truus werkt op de geurafdeling. Zij...' Hoe kon hij haar uitleggen dat Truus eigenlijk geen vrouw was, maar ook een maatje.

Hij ging in de rij voor de kassa van de bioscoop staan. Verdomme. Truus was een van de beste krachten van de geurafdeling, hoe konden ze zo'n moordwijf nou ontslaan? Ze zouden die neus van haar missen, dat was wel zeker.

Even later schoven ze op de achterste rij van de zaal. Het was niet erg druk. Te warm?

'Wat ben je stil? Je kent die Truus goed, zeker?' Sabine leunde tegen hem aan.

'Laten we het maar over wat anders hebben.' Hij drukte een kus op haar mond en drong wild met zijn tong naar binnen. Hij streelde haar schouder en trok even speels aan haar rode bh-bandje. 'Wij gaan er een lekkere avond van maken, schatje.' Als die film niet best was, zou hij haar wel eerder de zaal uit loodsen.

Toen de lichten langzaam doofden, schoof hij zijn hand tussen haar benen. Er heerste een zwoele warmte. Hij merkte dat ze haar benen iets uit elkaar deed. Zou ze weer zo'n sexy setje aanhebben? Deze rode kende hij nog niet. Wat wist ze toch goed waarmee ze hem kon verwennen.

Een enorm onweer denderde als een schietende tank over het terrein. De sinistere lucht werd verlicht door bliksemflitsen, gevolgd door voortrollende donder. Maar het meest onheilspellende was eigenlijk dat het niet regende. Het leek alsof de aarde smeekte om water.

Van Damme staarde door de voorruit van zijn auto naar de dreigende lucht, die akelige schaduwen wierp over het terrein. Zijn horloge gaf aan dat het tijd was. Hij aarzelde geen moment. Het was voor hem totaal geen vraag meer of hij het geld achter zou laten of niet. De man die hierachter zat was bloedserieus, dat was na dat ongeluk met de schoonmaker wel duidelijk. Gestraft vanwege zijn nieuwsgierigheid. De volgende zou hij zelf zijn, was hem nog even lekker voorgehouden. Bovendien wist hij dat de afperser hem kon raken op zijn meest kwetsbare plek, zijn enige kind.

Hij liep met het geld naar de noordelijke schoorsteen. De lucht schitterde van de flitsen tussen de wolken. Allemaal ontlading. Het vreemde licht zorgde voor diepe schaduwen op het parkeerterrein. Schichtig keek hij om zich heen. Zou die vent hem weer in de gaten houden?

De kadaverlucht hing als een zware mist onder de overkapte hal. De geur drong in dode slierten zijn neus binnen. Toen hij de hoek omsloeg blies de wind hem stevig in zijn gezicht. Hij stopte en keek naar boven. De lugubere gele kleur was verdwenen. De lucht was grauw. Nu zal de regen ook wel snel komen, dacht hij. Net als de eerste keer dat hij hier had gelopen met losgeld. De stampende fabrieksgeluiden waren al vertrouwd. Het onweer was het enige dat dreigde.

De vuilnisbak stond op dezelfde plek als de vorige keer en zonder op of om te kijken mikte hij de zak er in. Hoe bedacht die zieke geest het? Weggegooid geld.

Nu zou die gek toch wel tevredengesteld zijn? Hij draaide zich om en begon terug te lopen. In zijn hoofd bleef het gevecht aan de gang. Wel of niet blijven om te zien wie er verscheen. Nee, besloot hij laf. Hij mocht niet alleen aan zichzelf denken. Niet alleen zijn verleden was belangrijk, ook de toekomst. De toekomst van zijn dochter Lotte. Hij moest weggaan, het kon niet anders.

Hij trok zijn portier hard achter zich dicht en startte de motor. Toen hij het terrein verliet, brak het onweer los. De regen spetterde met harde vlagen op zijn voorruit. Hij keek niet meer om. De dreiging was verdwenen.

De man die tegenover Rona op de bank zat, was één brok ellende. Frits zat helemaal in elkaar gedoken en staarde naar zijn voeten. Van de normaal gesproken zo enthousiaste vriend was niet veel meer over.

'Ze hebben het duikcentrum gesloten,' zei hij langzaam.

'Zijn ze al met het onderzoek begonnen? Ik heb nog helemaal niets gehoord.'

'Ze hebben al uitgebreid...' hij wachtte even met praten, '... met mij gepraat. Ik heb alles verteld. Over de plotselinge paniek, waardoor Fiona met haar armen wild om zich heen sloeg.' Het verhaal kwam er hortend en stotend uit. 'De jonge duikster die mee was en die alleen maar met wijd opengesperde ogen bleef kijken en...' Hij streek over zijn kale hoofd. '... en hoe ik geprobeerd heb Fiona kalm te krijgen. Hoe ze mijn ademautomaat uit mijn mond sloeg en direct daarna haar eigen. Ik moest eerst zelf weer lucht hebben. Daarna kon ik haar pas helpen. En dan die paniek!'

Frits richtte zich op. De wenkbrauwen boven zijn bruine ogen waren wanhopig vertrokken.

'Fiona was altijd onrustig onder water. Dat waren we allemaal van haar gewend.' Hij zuchtte weer diep. 'Vandaar dat ik er te weinig aandacht aan heb geschonken. Bovendien was die andere duikster totaal afwezig. Ze trimde niet goed uit. Ik moest haar steeds weer helpen.'

Hij maakte het allemaal opnieuw door. Ze had het op de dag zelf al een keer gehoord, maar wist dat het goed was als hij alles van zich af praatte.

'Toen zij eindelijk gestabiliseerd was, begon Fiona. Ze blies teveel lucht in haar trimvest en...' Rona kon zich precies voorstellen wat zich had afgespeeld onder water. Fiona die omhoog schoot, terwijl Frits net zijn andere buddy had weten te stabiliseren. Ze voelde zich zelfs schuldig dat ze niet mee was gaan duiken. Op die manier hadden ze elk gewoon een buddy gehad. Dan was er misschien niets gebeurd. Hoewel? Ze bleef zichzelf steeds maar hetzelfde afvragen. Zou Fiona ook de benauwdheidsaanval hebben gekregen die zijzelf had gehad? Ze kon het haar niet meer vragen.

'Jij kan er niets aan doen, Frits. Je hebt je best gedaan. Jij hebt haar uit het water gekregen. Dat moet je niet vergeten,' zei Rona opbeurend.

'Ja, maar wel te laat. Ik had geen idee welke kant ik op moest. Ik zocht naar herkenningspunten, maar niets kwam me bekend voor.'

Rona zweeg, het kwam haar wel bekend voor.

'Je had gelijk. We hadden niet onder water moeten gaan.' Hij zei het zacht. 'Beer vindt het onzin. Hij zegt dat het niet aan het water kan liggen. Maar ik...' Hij zakte weer in elkaar.

'Anderen moeten maar onderzoeken hoe dit kon gebeuren. Maar geef jezelf er niet de schuld van, daar help je Fiona niet meer mee. En jezelf zeker niet. Het had niet voorkomen kunnen worden. Het was een ongeluk.' Rona zei het meer tegen zichzelf dan tegen Frits.

'Er zijn twee zaken die ik met je moet bespreken,' bulderde de stem van de afgevaardigde van het bestuur door de telefoon. Van Damme hield automatisch de hoorn iets van zijn oor af. Waarom was Van Delden zo opgefokt?

'Ten eerste heb je me een rapport beloofd. Al weken geleden!'

'Dat rapport is klaar. Ik heb het van de week via de interne post verstuurd.'

'Ik heb niets gekregen!' De zware stem klonk echt boos.

'Dat kan niet,' gaf hij rustig aan. 'Ik weet zeker dat het weggegaan is.' Hij diepte met zijn vrije hand een sigaret uit het pakje dat op zijn bureau lag, stak hem aan en ademde de rook diep in. Niemand verbood hem om in zijn eigen werkkamer te roken.

'Van Damme, je wilt toch niet zeggen dat ik hier uit mijn nek sta te kletsen?'

Als Joop van Delden hem bij zijn achternaam aansprak moest hij oppassen.

'Natuurlijk niet. Ik zal ervoor zorgen dat er zo snel mogelijk een duplicaat wordt bezorgd. Vandaag nog.'

'Nu meteen!'

'Nu meteen. Ik ga het nu in orde maken. Tot ziens.' Hij wilde de hoorn neerleggen, maar werd door een overduidelijk geluid uit de hoorn daarvan weerhouden. 'Ja, ik ben er nog,' zei hij snel. Hij nam opnieuw een trekje.

'Er waren twee zaken die ik met je wilde bespreken. Wat denk je te doen met dat verzoek om extra watersamples?'

'Extra watersamples?'

'Ik heb een cc'tje van de brief gekregen die aan jou gericht was. Er schijnen problemen te zijn met het oppervlaktewater en ze willen gewoon een extra controle.'

Hij kreeg het plotseling warm. 'Ik heb geen brief gehad. Wat voor waterproblemen zijn er dan?'

'Verdomme, Van Damme. Je moet die brief gehad hebben. Dat kan niet anders. Houd je soms problemen voo r me verborgen? Ik wil alleen weten of je aan hun verzoek gaat voldoen of niet?'

'Ik wil eerst zelf dat verzoek hebben, voordat ik ook maar iets extra's ga doen,' zei hij flinker dan hij zich voelde. Hij drukte zijn sigaret uit.

'Ik zal een kopie van de brief sturen. Je moet natuurlijk meewerken. We hebben toch niets te verbergen?'

'Nee, natuurlijk niet. Ik denk dat dat inderdaad het verstandigste is.' Hij waakte er wel voor om Van Delden tegen zijn haren in te strijken, zeker niet nu hij weer rustiger klonk.

Toen hij opgelegd had, riep hij Sabine bij zich.

'Sabine, dat rapport over de geurnormen, dat is toch weggegaan deze week?'

'Ja, *natürlich*, meneer van Damme.' Ze liep naar het raam en zette dat demonstratief open.

'Gewoon met de interne post?'

'Ja, ik kwam een collega tegen die toch die kant op moest en die heeft het meegenomen. Ik wist dat er haast mee was en dacht dat het er dan nog sneller zou zijn.' Ze zag er voldaan uit.

'Het is daar niet aangekomen. Of die blaaskaak van een Van Delden heeft gewoon niet goed gekeken, dat kan natuurlijk ook. Zou je een nieuw exemplaar willen printen en persoonlijk aan hem willen brengen?'

'*Natürlich*. Is dat alles?'

'En vraag daar even naar een brief. Hij zou hem voor me klaarleggen.'

Hij keek haar na. Het maakte dat hij aan Line moest denken. Lieve verlegen Line. Hij moest haar snel weer eens uitnodigen.

Het was bijna lunchtijd. Samuel liep gehaast over het bedrijfsterrein op weg naar zijn afspraak met Sabine.

'Wacht even, ik moet je iets laten zien.' Er glinsterden kleine zweetdruppels op Willems hoofd.

'Staat je zoon soms in de krant met zijn nieuwe voetbalelftal?'

'Nee, even iets heel anders. Ik zag net iets geinigs staan. Iets dat we volgens mij wel kunnen gebruiken.' Willem vouwde de krant open en wees hem op een kort bericht.

Samuel las de advertentie. 'Goed man, dat is een strak plan,' grijnsde hij, nadat hij het belangrijkste deel had gelezen.

Willem straalde. 'Op die manier zit hij direct in de shit, zou ik zeggen.' Hij begon bulderend te lachen.

'Hoe kun je dat regelen?' Samuel keek weer naar het artikel.

'Makkie. Er staat een internetsite bij. Dat gaat wel lukken. Je bestelt het gewoon en dan wordt het via de pakketpost afgeleverd.'

'Wil jij dat regelen?'

'Tuurlijk. Ik hoop dat het een beetje op korte termijn kan.'

'Ik hoor het wel. Ik wil nog even bij Sabine langs.'

'Oké. *See you.*'

Samuel keek Willem na, die als een typische bodybuilder wegliep, zijn armen wijd heen en weer zwaaiend.

'Wanneer krijg je de uitslag van de neuroloog?' Line was nieuwsgierig. Een CT-scan klonk doodeng, en dat stond Tom ook nog te wachten. Ze zag dat Rona onderuithing in een tuinstoel in de schaduw van de grote appelboom. Haar baseballcap lag op het tafeltje. Haar bezwete haar stond piekerig omhoog.

'Morgen heb ik een afspraak. Even kijken.'

Line zag dat Rona haar notitieboekje raadpleegde.

'Half 11. Ze slaan alles digitaal op, waardoor de verwerking heel snel gaat en ze dus ook eerder een uitslag kunnen geven.'

'Dat scheelt. Vaak moet je na een onderzoek nog een eeuwigheid wachten.'

Line dacht terug aan hun omhelzing in de keuken. Ze hadden verder helemaal niet meer gepraat over wat er gebeurd was, maar ze voelde dat het wel degelijk tussen hen in hing. Op het moment zelf had ze er niet over kunnen praten, daarvoor was ze veel te verward geweest. Het was gewoon gebeurd en achteraf was ze vooral verbaasd geweest. Het was zo vanzelfsprekend geweest. Maar wat zou er gebeurd zijn als Tom op dat moment de keuken niet binnen was komen lopen?

Ze keek naar Rona. Totaal ontspannen, met het opschrijfboekje nog in haar hand. Zou ze het zich nog wel herinneren, bedacht Line opeens. Ze kon zich niet voorstellen dat ze zelf zoiets zou vergeten. Maar bij Rona wist je het nu niet. Ze keek op haar horloge, terwijl haar maag de tijd allang doorgaf.

'Wil je misschien een boterham? Ik heb zelf eigenlijk wel trek.'

Rona kwam overeind. 'Ik weet eigenlijk niet zeker of ik vanmorgen wel ontbeten heb. Dus misschien is het wel goed als ik wat eet. Zal ik je even helpen?'

Opeens stonden ze weer samen in de keuken. Line voelde zich ongemakkelijk. Ze ratelde achter elkaar door om de beladen stilte te doorbreken. Ze bood allerlei broodbeleg aan, maar Rona nam alleen maar een boterham met kaas en wat karnemelk.

'Ha, mam. Ik heb ook honger.'

'Zeg je Rona ook even gedag?'

'Hoi, Rona,' zei Tom gedwee.

'Was je eerst even je handen? Die zien er niet uit. Waar ben je geweest? Ik heb je de hele ochtend niet gezien.'

Tom haalde zijn schouders op. 'Bij Luc.'

'Wat hebben jullie gedaan?'

'O, gespeeld. Gewoon net als altijd.'

'Kom je zo ook buiten zitten?' Line liep samen met Rona naar buiten.

'Vergis ik me, of is Tom nog steeds niet in orde?' vroeg Rona toen ze buiten waren.

'Nu viel het wel mee. Hij gaf tenminste normaal antwoord. Soms kan hij de woorden die hij wil zeggen niet vinden.'

'Gaat het beter nu hij niet meer bij het water rondhangt? Ik merk zelf namelijk wel degelijk verschil nu ik niet meer onder water ben geweest.'

'Dat hoopte ik, maar soms heb ik het idee dat hij steeds verder achteruitgaat. Ik ben blij dat we binnenkort ook aan de beurt zijn voor die scan.' Line nam een grote hap van haar boterham.

'Weet je zeker dat Tom...'

Rona hoefde haar zin niet af te maken. Ze had er zelf ook al aan zitten denken. Sterker nog, ze had steeds als Tom weg was gecontroleerd of de surfplank gewoon in de schuur stond. Alleen vanmorgen niet.

'Ik ben zo terug,' zei ze. Snel liep ze de tuin door naar de schuur. De plank stond nog steeds vastgebonden op de fietskar, net als alle dagen daarvoor. Ze voelde aan het zeil, maar alles was kurkdroog. Bah, wat een vertrouwen in haar eigen zoon. Ze sloot de schuurdeur en liep terug. Wacht, waarom stond die hengel hier? Die stond normaal gesproken toch ook in de schuur? Een verontrustende kwaadheid kwam opzetten. Met grote passen liep ze terug naar het terras, waar Tom ondertussen ook een stoel had gepakt.

'Tom?' Ze haalde even diep adem voor ze verderging. 'Heb je vanmorgen gevist?'

'Ja,' zei Tom met volle mond. Hij nam een slok melk om het brood weg te spoelen.

'Waar ben je gaan vissen?' Ze voelde zich gevaarlijk kalm.

'Gewoon, met Luc,' kwam het onschuldige antwoord.

'Ik vroeg wáár.'

'Bij de vissteiger. Waar anders?' Tom nam weer een grote hap.

Line boog zich naar hem toe. 'Maar mannetje. Denk je dat dat verstandig is? Ik verbied je niet voor niets om te gaan surfen. Ik wil dat je bij dat water wegblijft en nu...' ze kon even niet verder praten. Geen wonder dat het geen steek beter met hem ging. Waarom had ze hem dan ook niet wat beter in de gaten gehouden? Ze keek geen van beiden aan. Ze wilde niet de onschuldige ogen zien, niet de vragende blik. Ze liep naar binnen en leunde tegen het aanrecht om steun te vinden.

'Mam, ik ga naar Luc!'

'Kom even hier.'

'Oké, sorry. Vergeten. Hier is mijn bord al.' Met een verongelijkt gezicht schoof hij zijn lege bord op het aanrecht.

'Ik wil niet dat je naar het water gaat. Dus niet surfen, maar ook niet vissen. En al helemaal niet zwemmen. Begrijp je me?'

'Ja, mama. Mag ik nog wel naar Luc?'

Ondanks haar bezorgdheid schoot ze in de lach. 'Natuurlijk, lieverd. Kom hier.' Ze sloeg haar armen om hem heen, maar hij draaide zich handig uit haar omhelzing en holde de keuken uit.

Buiten zat Rona in haar notitieboekje te lezen. Ze keek direct op toen ze Line hoorde.

'Ik moet zo weg. Ze komen bij *Intense Diving* langs om te praten over het ongeluk. Verder heb ik nog een afspraak met Lara.'

'Lara?'

'Dat is de analiste die dat wateronderzoek zal regelen. Heb ik je dat niet verteld?' Een onzekere blik.

'Ik wist niet dat ze Lara heette.'

'Nou, dan ga ik maar,' zei Rona en ze stond op. Line stond ook op en even stonden ze onhandig tegenover elkaar.

'Kom hier,' zei Rona toen. Een zoen belandde scheef op haar mond. 'Ik bel wel weer. Doei!'

Line keek haar na. Rona stapte zelfverzekerd over de oprit en even later was ze achter de struiken van de voortuin verdwenen. Line bleef achter met een vreemd hol gevoel in haar maag.

Ze begon aan haar tweede boterham, maar die smaakte haar niet. Het tegenstrijdige beeld van de zelfverzekerde Rona en het notitie-boekje bleef op haar netvlies achter maar werd daarna verdrongen door haar stoere zoon. Ze moest hem nog beter in de gaten houden. Ze moest ervoor blijven zorgen dat hij wegbleef bij het water. Eigen-lijk wel luguber dat je het water moest ontlopen, terwijl hen dat overal omringde. Kon ze niet zelf aan meer informatie komen? Opeens wist ze wat ze moest doen. Ze liep naar de kamer en pakte de telefoon.

De mail die Van Damme die ochtend had gekregen was kort geweest. Kort maar duidelijk. Er had alleen maar een bedankje ingestaan. Dat was het enige. Het geld was dus in de goede handen terechtgekomen. Even grinnikte hij om zijn eigen cynische gedachten.

De telefoon ging. Even aarzelde hij, bang voor de hese stem.

'Hallo, Eugène.'

'Line.' Hij was verrast haar te horen. Ze had hem nog nooit op zijn werk gebeld.

'Ik wilde vragen of je misschien zin had om vanmiddag langs te komen?'

'Natuurlijk, lieverd. Wat leuk dat je me uitnodigt. Het is inderdaad al veel te lang geleden dat we elkaar gezien hebben. Heb je een bepaalde tijd in gedachten?'

'Eind van de middag, zo tegen theetijd? Ik wil graag met je praten.'

'Dat is prima, meisje. Ik wil je ook graag weer spreken. En zien natuurlijk,' voegde hij er veelbetekenend aan toe. Hij voelde de lach op zijn gezicht toen hij de hoorn neergelegd had. Hij moest wat voor haar meenemen. Als hij eerst even langs zijn huis reed, dan kon hij gelijk die mp3-speler ophalen die hij voor Tom had gekocht. Een moeder paai je via haar zoon. "Kindje aaien, mamma naaien". De uitdrukking schoot hem opeens te binnen en hij grijnsde breed.

Er werd op de deur geklopt.

'Hier is die brief die ik voor u mee moest nemen.' Sabine legde de brief voor hem neer.

'Heb je het rapport afgegeven?'

'Ja, maar er is iets vreemds. Ik kreeg beneden bij de receptioniste een stapel post. Uw post bleek de afgelopen dagen in verkeerde postvakken terechtgekomen te zijn.'

'Hoe kan dat nou weer?'

'Geen idee, maar de achterstallige zaken heb ik al afgehandeld.' Ze gaf hem de brief en liep zijn werkkamer uit.

Van minnares tot consciëntieuze secretaresse of was het hier misschien andersom, dacht hij, terwijl hij de wiegende billen nakeek.

Hij opende de brief met het verzoek om extra watersamples. Een gevaarlijk moment. Zou die gek wel gestopt zijn met de lozingen? Kon hij het risico nemen om nu al samples te laten verzamelen?

19

Eindelijk waren ze weg. Het gesprek bij *Intense Diving* had een diepe indruk op Rona gemaakt. Vooral de subtiele beschuldigingen die over de dood van Fiona geuit waren. Ze hadden er toch niets aan kunnen doen? Het was een ongeluk.

'Dat was geen gemakkelijk gesprek,' zuchtte Beer. Hij ging naast haar zitten op hun zonnige plekje voor het duikcentrum, trok zijn shirt uit, zakte achterover in zijn stoel en draaide zijn gezicht naar de zon. Een zacht windje speelde door zijn borsthaar dat glansde in het felle licht.

'Het leek wel of ze de schuld in onze schoenen wilden schuiven,' zei Rona.

'Je had beter je mond kunnen houden over jouw vreemde ideeën wat betreft het water.'

'Waarom? Er is iets mis met dat water. Ik ben er steeds meer van overtuigd. Er zijn zoveel aanwijzingen.'

'Misschien had je dat soort insinuaties nog even stil kunnen houden,' gaf hij weer aan. 'Er zullen toch eerst echte bewijzen op tafel moeten komen voordat je de schuld kan leggen bij de waterkwaliteit.' Hij ging overeind zitten.

'Dat doe ik ook niet. Alleen het lijkt alsof niemand naar me wil luisteren.'

'Het zijn alleen maar speculaties. Je zet jezelf voor gek!' Beer stond op en liep naar binnen.

'Wat nou speculaties? Ik ben bezig om meer aanwijzingen te vinden, maar iedereen doet alsof ik achterlijk ben,' riep ze hem achterna. 'Nou, dat ben ik niet. Maar bedankt, ik zoek het allemaal wel alleen uit.' Ze schoof met een ruk haar stoel naar achteren. Was dat nou een vriend? Waarom konden ze er niet gezamenlijk hun schouders onder zetten? Moesten er eerst nog meer slachtoffers vallen? Boos beende ze naar haar auto.

Tijdens de rit naar Utrecht werd ze weer rustig. Ze baalde ervan dat ze zich zo had laten gaan. Normaal was ze niet zo snel aangebrand. Gelukkig had ze de watersamples al in haar auto liggen, stel dat Ruud ook nog was gaan zeuren. Het leek wel alsof iedereen opeens wat op haar aan te merken had. Gelukkig maar dat Line net zo gemotiveerd was als zij om erachter te komen wat er met het water aan de hand was. En Lara natuurlijk, dacht ze. Die had ze helemaal hard nodig.

Toen ze met de grote koeltas haar kamer binnenkwam zag ze dat Lara aan de telefoon was, maar ze gebaarde dat Rona kon gaan zitten. Ze keek de kamer rond. Het was een kleine kamer, volgepropt met twee bureaus, waarbij de ene het toonbeeld was van ordelijkheid, terwijl de ander een chaotisch samenraapsel was van stapels papieren, pennen en een verdwaalde rekenmachine. Op de monitor van de computer bewogen buizen in een irritante beweging door elkaar. De planten op de vensterbank schreeuwden om water, terwijl er een gevulde fles treiterend naast stond.

'Heb je de samples meegenomen?' Lara had de hoorn neergelegd en gaf haar een ferme hand.

'Helaas hebben nog niet alle bedrijven gereageerd. Wel zijn op alle openbare plekken monsters genomen. Ik heb ze maar voor alle zekerheid in een koelbox meegenomen. Het is buiten niet om te harden.'

'Prima. Ik heb al contact gehad met de afdeling die de metingen gaat uitvoeren. Ze konden er meteen aan beginnen. Wat goed dat je ook de bedrijven hebt aangeschreven. Die doen meestal nogal moeilijk als er om extra gegevens gevraagd wordt.'

'Ik heb het via de officiële instanties geregeld,' zei Rona, terugdenkend aan haar gesprek met Ruud.

'Vanmiddag doe ik het microscopische onderzoek. Dat is wel een leuk klusje voordat ik een weekje vakantie heb. Wanneer kom je de resultaten halen?'

'Zeg jij het maar,' zei Rona bescheiden. Natuurlijk had ze de resultaten liever vandaag dan morgen.

'Geef me je nummer maar, dan neem ik wel contact op als ik alles binnen heb.'

Nog voordat Rona weer in haar auto zat, ging haar telefoon. Ze keek op haar display en glimlachte.

In de badkamer keek Van Damme voor de laatste keer in de spiegel en depte wat aftershave over zijn gladgeschoren kin. Op het moment dat hij de mp3-speler pakte ging de bel.

Hij liep de trap af en opende de deur. Een man met een open gezicht en een vriendelijke glimlach stond voor de deur.

'Ik heb een pakje voor u.'

Verbaasd pakte hij de doos aan. 'Hoef ik niet te tekenen?' vroeg hij toen hij zag dat de man zich al omdraaide.

'Nee, dat is niet nodig. Prettige avond!'

'Dank u.' Hij sloot de deur en keek wie de afzender was. Hij verwachtte helemaal geen post. Geen afzender. Vreemd. De doos was vierkant en niet echt zwaar. Hij werd toch wel een beetje nieuwsgierig. Zou Sabine hem iets gestuurd hebben? Of Line? Nee, die waarschijnlijk niet. Al denkend liep hij naar de keuken en pakte een scherp mesje uit de la.

Hij sneed de doos open en zag wat hooi onder het deksel. Zeker breekbaar. Vaag drong een bekende lucht tot hem door, maar voordat hij daar verder over na kon denken graaide hij met zijn hand onder het hooi. Zijn hand verdween in een smeuïge massa en tegelijkertijd kwam er een enorme stank uit de geopende doos.

'Gatver!' Hij trok zijn hand met een ruk uit de doos, waardoor de doos weggleed en de gehele inhoud op de keukenvloer terechtkwam. Een enorme hoeveelheid stront liep uit de doos over zijn keukenvloer.

'Klerezooi.' Hij hield zijn stinkende hand ver van zich af en liep zo naar de gootsteen. Hij liet eerst een tijdlang de waterstraal over zijn hand lopen voordat hij hem met zeep ging wassen.

De lucht in de keuken leek uit een gierput van een veehouderij te komen. Hij ademde zo oppervlakkig mogelijk en pompte meerdere keren een grote hoeveelheid zeep uit de flacon om zijn handen schoon te krijgen. Maar hij had het gevoel dat het al diep in zijn poriën was doorgedrongen en dat zijn nagelriemen vergeven waren van de dubieuze bacteriën.

Hulpeloos keek hij naar de troep op de keukenvloer. Wat een vuile streek. Wie zou hem dát nou weer geflikt hebben?

Hij ging op zoek naar keukenhandschoenen die zijn huishoudster toch ergens moest hebben liggen. Uiteindelijk vond hij ze onder in een emmer, maar tegen die tijd was de lucht in de keuken niet meer om te harden.

Hij opende het keukenraam om wat frisse lucht binnen te laten. Luid vloekend schoof hij de stront met behulp van wat keukenpapier in de vuilnisbak. Hoe meer hij de stront aanraakte, hoe meer de lucht leek los te komen. Verdomme, wat een klotestreek! Had iedereen het soms op hem gemunt? Of was dit een streek van dezelfde klootzak? Geïrriteerd mikte hij uiteindelijk de rest van de keukenrol ook in de vuilnisbak. En de keukenhandschoenen erachteraan, waar hij direct spijt van kreeg toen hij bedacht dat hij de vloer nog moest dweilen.

Een kwartiertje later stond hij zuchtend op en streek zijn haar uit zijn gezicht. Hij gooide het vuile water door de gootsteen en waste weer zijn handen. Zo moest het dan maar. Gelukkig kwam zijn huishoudster morgenochtend weer.

Hij zette de vuilniszak buiten en gooide de deur met een enorme klap achter zich dicht, alsof hij het stankmonster de deur uitgezet had. Voor de zoveelste keer waste hij zijn handen.

In de badkamer keek hij in de spiegel. Boven zijn gladgeschoren kin zag hij een bezweet gezicht met haar dat de kam in tijden niet gezien kon hebben. Hij voelde zich smerig en zijn neus was doordrongen van de penetrante mestlucht. Hij kleedde zich uit, mikte al zijn kleren in de wasmand en stapte opnieuw onder de douche.

Rona keek naar de lucht. Er waren dikke wolken verschenen die de straling van de zon wat temperden. Zou het nu eindelijk wat koeler worden? Ze voelde zich plakkerig van het zweet. Ze schoof de klep van haar pet wat naar achteren en wist meteen dat ze die pet beter op kon houden. Haar haren voelden als de natte slierten van een dweil die vastgeplakt zat op haar schedel. Toch had ze niet geaarzeld toen Line haar gebeld had om langs te komen. Een welkome afleiding na alle zware gesprekken van die dag.

'Wat fijn dat je er bent.' Een stralende Line kwam haar tegemoet.

'Miste je me nu alweer?' vroeg ze plagerig.

Line schudde verlegen haar hoofd en vertelde dat ze Eugène had uitgenodigd. Even schoot er een jaloers gevoel door Rona heen.

'Eugène weet veel van het milieu. Hij is een hoge piet bij de milieuafdeling van een groot bedrijf hier in de buurt. Ik heb hem al eerder om informatie gevraagd, maar toen was hij niet zo in de stemming. Vandaag ben ik niet te stoppen. Hij moet toch weten wat er fout kan zijn met het oppervlaktewater?'

'Hij zal dan in ieder geval een verzoek tot levering van watermonsters gekregen hebben,' zei Rona nuchter. Ze had het niet zo op die topbestuurders. Al die berichten in de kranten over belachelijke topsalarissen en exorbitante bonussen. Daarnaast was hij de vent die Line nou niet echt op een prettige manier benaderd had. Misselijkmakend.

'Misschien heeft hij al een eigen onderzoek ingesteld?'

Rona had daar zo haar twijfels over, maar daar zei ze maar niets over tegen Line. 'Is dat de enige reden dat je hem hebt uitgenodigd?' waagde ze te vragen.

'Ja, hij moet toch meer weten.'

'We kunnen het hem in ieder geval vragen. Maar over water gesproken, ik ben uitgedroogd.' Rona wilde verder geen woorden aan die vent vuilmaken. Het was al erg genoeg dat hij straks weer in Lines buurt zou zijn. Gelukkig was zij er zelf nu ook bij.

Even later zaten ze allebei aan de witte wijn. De zon werd nu bijna geheel afgeschermd door enorme wolkenpartijen, maar van enige afkoeling was nog geen sprake.

'Zal ik je glas nog een keer bijvullen?' vroeg Line.

'Ik moet nog wel rijden.'

'Ah joh, dat zien we dan wel weer. Neem nog lekker een glaasje,' gniffelde Line.

Rona keek hoe de wijn in het glas klokte en ging lui achterover liggen. Haar huid plakte en ze snoof even onder haar oksel.

'En?' hoorde ze naast zich.

'Wat, en?' vroeg Rona verbaasd.

'Nou, hoe ruik je?'

'Dat wil je niet weten.' Rona schoot in de lach. 'Jij houdt ook alles in de gaten.'

'Wil je wat deo?' vroeg Line.

Voordat ze antwoord kon geven was Line al opgestaan. Een paar tellen later stond ze voor haar stoel met een spuitfles.

'Nou, kom op. Hoog die arm.'

Rona ging rechtop zitten en grinnikte beschaamd. 'Doe niet zo gek.'

'Ik wil niet naast een stinkerd zitten. Dat is luchtverontreiniging.'

Rona kon haar lachen nu niet inhouden. 'Dat kan natuurlijk niet als zometeen meneer de milieumanager komt.'

'Nou, kom op met die armen.' Line richtte de spuitbus op Rona, alsof ze dreigde met een pistool, waarop Rona haar armen omhoog stak. De koude nevel was heerlijk fris. Ze zag dat Line zichzelf ook een behandeling gaf.

'Wij ruiken in ieder geval lekker als hij straks komt.'

Rona had Line nog niet eerder zo vrij meegemaakt. Ze voelde zich rozig en tevreden en schoof haar stoel wat dichter naar haar toe.

'Hoe laat komt hij eigenlijk?'

'Hij komt op de thee.' Line proestte het uit. 'Misschien moet ik even thee gaan zetten.'

'Misschien lust hij ook een glaasje,' deed Rona gul een duit in het zakje.

'Eentje dan. Als er nog over is.' Line hield de fles omhoog om te kijken hoeveel er nog in zat.

'Eén is ook genoeg. Hij moet waarschijnlijk ook nog rijden.'

'Maar niet op mij,' gooide Line er spontaan uit. Het klonk zo verontwaardigd dat Rona vreselijk moest lachen.

'Hallo, dames, stoor ik?'

Rona keek verschrikt op. Op het pad stond een rijzige gestalte. Hij had een lichte zomerpantalon aan met daarop een wit overhemd met korte mouwen, die zijn uitpuilende buik goed uit liet komen. Twee toegeknepen ogen keken haar misprijzend aan door een goudkleurig montuur. De te dikke wenkbrauwen gaven zijn ogen een boze uitdrukking. Het lachje dat om zijn strakke lippen speelde leek misplaatst.

'Eugène,' hoorde ze Line naast zich onthutst zeggen. Ze schoot overeind en streek met een nerveus gebaar haar haren glad naar achteren.

'Sorry dat ik iets later ben, maar ik moest nog even iets uh... wegwerken.'

'Mag ik je voorstellen aan mijn vriendin Rona van Baren. Ze kwam onverwachts langs.'

Lekker liegbeest, dacht Rona geamuseerd. Ze stond op, streek haar bermuda glad en stak haar hand uit. Ze besefte terdege dat ze er als een overjarige puber uitzag met haar baseballcap op haar hoofd, maar hem nu afzetten zou onbetaalbaar verkeerd zijn.

'Aangenaam kennis te maken,' zei ze beleefd en ze hoopte dat het niet overdreven klonk.

'Wil je ook wat drinken?' bood Line naast haar aan.

Rona had moeite haar lachen te houden.

'Prettig om je eindelijk te leren kennen,' begon Rona. 'Line heeft het al zo vaak over je gehad, Eugène. Mag ik Eugène zeggen?'

De nogal zakelijk uitziende man tegenover haar knikte. Ze zag dat hij een blik vol bezitterige trots op Line wierp. Ze kon zich bijna niet voorstellen dat Line met deze man... Ze probeerde de gedachten weg te drukken.

'Ik wil jouw advies,' nam Line het gesprek over, nadat ze een glas bier uit de keuken had gehaald. Ze was opeens serieus. 'Ik heb je toch verteld over de gezondheidsproblemen van Tom?'

'Dat is alweer even geleden,' zei Eugène weifelend.

In het kort vatte Line het nog een keer samen. 'Ik maak me grote zorgen. Zijn klachten nemen alleen maar toe. Zijn geheugen lijkt wel aangetast.'

'Geheugen of gewoon niet na willen denken. Als jij hem verbiedt om te gaan surfen, dan gaat hij vissen. Dat lijkt mij heel logisch.'

'Of het nou surfen of vissen is, hij mag van mij niet bij het water komen, maar hij lijkt het verbod al vergeten als hij de tuin uitloopt,' zei Line.

Eugène nam een slok bier. 'Vergeten? Dacht je dat?'

'Ja, normaal zou Tom dat nooit negeren. Dat weet ik zeker.'

'Het zijn jongens.' Alsof dat alles zei.

Het was Rona allang duidelijk dat deze vent een mening had waarvan hij moeilijk af te brengen was. En op deze manier zou Line niet veel informatie krijgen. Ze moest helpen. 'Ik heb begrepen dat je veel afweet van waterzuivering en zo?'

Eugène knikte, maar leek duidelijk op zijn hoede.

'Volgens onze inschatting zouden Toms gezondheidsproblemen samen kunnen hangen met problemen van het water. Herken jij de symptomen? Dus de zweertjes, de huidproblemen maar ook de invloed op de hersenen?'

'Waarom ligt het aan het water? Ik kan me daar niets bij voorstellen. Oppervlaktewater wordt streng gecontroleerd en bij de minste of geringste afwijking wordt er ingegrepen.'

'Nu kennelijk niet,' stelde Rona nuchter vast.

'Nu ook. Wees daarvan overtuigd.' Hij leegde zijn glas. 'Ik denk dat ik maar weer eens opstap. Ik kom een andere keer wel terug. Ik wil jullie onverwachte ontmoeting niet verstoren. Bovendien ben ik niet gekomen om over waterproblemen te praten. Line, wij maken wel een nieuwe afspraak,' richtte hij zich tot Line. Daarna stond hij op en gaf Rona een hand.

Line liep met hem mee.

Toen ze even later terugkwam stond haar gezicht ernstig. 'Daar zijn we niet veel wijzer van geworden.'

'Nee, aan die vent heb je echt niets,' viel Rona haar bij.

'Wat bedoel je?' Line keek op haar neer.

'Nou, gewoon. Precies wat je zelf ook zegt. Hij lult maar wat. Hij luistert niet. Zijn water is niet het probleem, maar Tom is zelf het probleem. Het dringt kennelijk niet tot zijn hersens door dat er ook wat aan de hand kan zijn met het water. Het is gewoon een... nou ja, een man. Die luisteren niet,' besloot ze.

'Nou, jij luistert ook niet. Hij is weggegaan omdat jij maar door bleef praten over dat water. Misschien heeft hij wel gewoon gelijk en is het water niet het probleem. Hij zegt toch dat het streng gecontroleerd wordt?' Line bleef voor haar staan en keek haar nijdig aan.

'Wat is er nu opeens aan de hand? Jij wilde toch meer informatie? Ik wilde je daarbij helpen. We hadden het zo gezellig en dan komt hij...' Rona maakte haar zin niet af.

'Jij bent gewoon totaal tegen mannen. Dat is wel duidelijk. Als er ook maar een mogelijkheid is om ze af te kammen, dan doe je dat.'

Rona stond op en legde haar handen op de schouders van Line. 'Waarom doe je nu zo agressief?'

'Ik ben niet agressief,' mokte Line.

Rona sloot haar in de armen. Waarom deed Line opeens zo raar? Had ze echt zo doorgedramd over het waterprobleem?

'Mam?'

Geschrokken liet Rona haar los.

'Kan ik even met je praten?' Tom keek daarbij naar haar.

'Ik ga wel naar huis,' zei Rona. Ze wist wanneer ze te veel was.

'Ik bel wel,' gaf Line als antwoord. Rona zag dat ze Tom naast zich trok en haar aandacht volledig op hem richtte. Het voelde klote. De intieme sfeer was totaal verdwenen en het voelde niet goed om midden in een heftig gesprek afscheid te moeten nemen.

Op het moment dat Rona haar woning binnenkwam hoorde ze de telefoon overgaan. Het interesseerde haar niet. Waarom zou ze rennen? Het bezoek aan de neuroloog was hard ingeslagen. Wat een kut bericht. Ze had het idee dat ze stapvoets naar huis gereden was, gewoon-weg te bang om alleen thuis te komen. Alleen met de angst die ze geen podium wilde geven in haar lege huis.

Ze legde haar petje bij de kapstok en klom de trap op. De telefoon begon opnieuw te rinkelen. Ze liep echter door naar de keuken om een glas water te pakken. Het maakte toch niets meer uit. Ze dronk een paar slokken en liep toen door naar haar slaapkamer om een schoon T-shirt aan te trekken. Het gerinkel stopte.

Een kwartiertje later ging de deurbel. Rona lag op bed. Ze staarde naar het plafond dat in die vijftien minuten verdwenen was in een mist van gedachten. Na de derde keer stond ze op, liep naar het open raam en keek naar beneden. In de schaduw van de lindeboom stond Line. Haar donkere haar viel soepel naar achteren.

'Mag ik binnenkomen?' riep ze naar boven.

Rona knikte. Er zat opeens een brok in haar keel. Line was er.

Even later zaten ze naast elkaar op de bank in de kamer.

'Waarom nam je niet op? Heb je de uitslag gehad?'

Rona knikte alleen maar.

'Wat zeiden ze?' De blik van Line straalde bezorgdheid uit. Ze wist het, dacht Rona. Ze wist al dat het niet goed was.

Rona wilde vertellen wat ze van de neuroloog had gehoord, maar ze kon niets uitbrengen. Alle gebeurtenissen kwamen opeens als een wervelwind op haar af. Ze keek naar haar handen. Kneep haar vingers samen. Als ze zichzelf maar genoeg pijn deed, zou de brand in haar binnenste misschien wel naar de achtergrond verdwijnen. Maar de klem om haar borstkas werd alleen maar krapper, ook al liet ze haar nagels diep in het vlees van haar handpalm doordringen. Ze voelde de spieren van haar kin trillen. Ze wilde niet huilen. Maar het was alle-maal zo veel. En het was zo beangstigend.

'Rona, was de uitslag niet goed?' Ze voelde de hand van Line, die zacht haar vingers uit elkaar haalde.

Opeens waren de tranen er. Ze sloeg haar handen voor haar ogen en voelde de warme druppels tussen haar vingers doorlopen. Line schoof dichterbij en trok haar naar zich toe. Rona leunde tegen haar aan en liet al het verdriet loskomen. Ze kon niet meer doorvechten. Er bleek toch een grens te zijn, hoewel ze had gedacht dat die nog ver weg was. Alles had ze kunnen incasseren, maar het bericht van de neuroloog had haar gebroken. Ze zag het scherm weer voor zich. De beeltenis van een plakje van haar hersenen, gemaakt tijdens de CT-scan. En daarna de verklarende woorden van de neuroloog. Verdomme!

Line keek haar nu aan. Ze wilde de onrust niet zien, de bezorgdheid niet die in haar ogen lag. Toch besefte ze dat ze het Line moest vertellen. Als er iemand was die er recht op had, dan was het Line. Ze zuchtte diep en slikte met enige moeite de slijmprop in haar keel door.

'Ik heb de uitslag gekregen. En het was geen leuk nieuws dat de neuroloog te melden had.' Ze snoot haar neus. 'Hij liet de beelden van de CT-scan zien en...' Hoe kon ze het onder woorden brengen? Hoe kon ze zeggen wat voor impact de neutraal uitgesproken zinnen van de neuroloog hadden gehad? Bovendien, hoe zou Line reageren? Tom stond dezelfde uitslag te wachten.

'Wat zei hij, Rona?'

'Hij uh.... Hij vertelde dat er licht neurologisch letsel was geconstateerd. Mijn linkerslaapkwab is beschadigd.'

De woorden bleven tussen hen in hangen.

'Shit, Rona? Een hersenbeschadiging?' Line spuwde de woorden wanhopig in haar richting.

Een hersenbeschadiging, dacht Rona. Ja, ze had een hersenbeschadiging. Het stempel deed pijn. Toen pas merkte ze dat Line haar losgelaten had en ze keek haar aan. Lines ogen drukten alleen maar diepe wanhoop uit.

'Wat is het toch voor iets dat jullie zo ziek maakt? Tom heeft vast hetzelfde. Dat moet wel. Het kan toch niet anders?'

Rona wilde zeggen dat het vast mee zou vallen. Dat het niet zeker was dat Toms hersenen ook aangetast waren. Maar ze wist dat het oneerlijk was om Line hoop te geven.

'Ik ben bang dat Tom hetzelfde heeft,' zei ze zacht. Toch stak het haar dat Line alleen maar aan Tom dacht.

'De CT-scan moet bij Tom nog gemaakt worden en ik weet de uitslag al. Hoe kan dat? Wat moet ik tegen Tom zeggen?'

Rona kon geen antwoord geven. Ze zag de beelden nog steeds voor zich. Haar hersenen, haar gedachten, haar herinneringen. Alles verziekt.

20

Een luid gerinkel klonk. De droom werd abrupt afgebroken en Rona wierp een slaperige blik op haar wekker. Half acht, mompelde ze. Waarom had ze de wekker gezet? Ze gaf een mep op het apparaat, maar het gerinkel ging stug door. Nadat ze het apparaat nog een klap had verkocht bemerkte ze haar vergissing en graaide naar haar telefoon. Ze mompelde een slaapdronken begroeting.

'Met Line,' hoorde ze.

Rona wreef de slaap uit haar ogen en ging overeind zitten.

'Wat bel je vroeg,' was het enige dat ze op dat moment uit kon brengen.

'Ik heb nauwelijks geslapen en ik kon niet langer wachten,' klonk het verontschuldigend aan de andere kant.

'Ik heb ook slecht geslapen,' gaf Rona als antwoord.

'Ik heb gister met Tom gepraat.'

'Heb je hem verteld...?' Voor hem was er toch helemaal niets zeker?

'Nee, natuurlijk heb ik hem niets over de uitslag verteld. Hij kwam met een ander probleem bij me. Hij heeft er grote moeite mee dat zijn moeder op een dusdanige manier met een vrouw omgaat.'

Rona was in één klap klaarwakker. 'Op een dusdanige manier?' Dat klonk alsof het vies was, dacht ze.

'Je weet wel,' zei Line zacht.

Breng het maar onder woorden, dacht Rona. Je wilt niet met een pot omgaan! Maar ze vroeg: 'Wat wil je zelf?'

Het bleef een tijdje stil aan de andere kant. Toen klonk het onverwachts heftige antwoord. 'Tom is het belangrijkste in mijn leven. Ik moet nu alleen aan hem denken, voor hem leven. Zeker nu. Hij is ziek. Ik moet hem helpen en steunen. Ik heb geen idee hoe hij het straks op school kan redden. Ik moet aan hem denken.'

Aan hem denken, dacht Rona verbitterd. En waar blijf ik dan? Mijn leven staat ook op z'n kop. Ik ben verliefd op een vrouw die mij nu afdankt en verder heb ik totaal geen idee wat de uitslag van de neuroloog uiteindelijk voor effect zal hebben op mijn leven. Ben ik dan zo onbelangrijk? Het deed pijn. Maar voordat ze iets kon zeggen, ging Line alweer verder. Het leek alsof ze de hele nacht alles opgespaard had en het nu in één grote stroom over haar uitstortte.

'Je bent bezig mijn leven overhoop te gooien en dat kan ik nu niet hebben. Tom heeft mijn aandacht nodig. Hij is nu het belangrijkste in mijn leven. Bovendien wil ik zelf bepalen of Eugène een lul is of niet. Jij hoeft dat niet voor mij te doen. Het is míjn vriend.'

'Vriend?' kon Rona niet nalaten om te zeggen. De hele riedel aan woorden had haar diep geraakt.

'Ik wil je een tijdje niet zien. Ik moet nadenken.' De stem van Line klonk weer rustig. 'Kun je dat begrijpen?'

'Lieve Line,' begon Rona. Het klonk als een vragenrubriek in een roddelmagazine, dacht Rona wrang. 'Ik kan heel veel begrijpen, ook al heb ik een hersenbeschadiging.' Ze wist dat ze cynisch klonk en wachtte even voordat ze verder sprak. Ze wist dat ze Line moest vertellen wat ze voor haar voelde. Die liefde, daar ging het toch om, dat was belangrijk. Line zou dat ooit gaan inzien.

'Ik ben gek op je. Misschien wel meer dan ik zelf zou willen. Ik merk hoe moeilijk dit voor jou is, omdat ik een vrouw ben. Misschien kan je het nu even niet plaatsen, juist omdat je nog een extra probleem hebt. Dat is begrijpelijk. Ik weet al heel lang dat ik op vrouwen val, maar jij...' Ze hield even in en probeerde de pijn in haar binnenste weg te duwen. 'Jij moet zelf ook een weg bepalen in je leven. Je hebt gelijk als je zegt' dat ik dat niet mag bepalen.' De pijn zorgde nu voor een enorme blokkade ergens rond haar middenrif, die niet meer te negeren was. 'Neem de tijd. Denk na. Natuurlijk begrijp ik dat. En als je denkt dat je dat beter kunt als je mij een tijdje niet ziet, dan moet ik me daarbij neerleggen. Ik zal je wel missen. En ik mis je steun ook. Ik heb je eigenlijk juist nu hard nodig.' Ze was blij dat ze het toch onder woorden had gebracht. Het voelde zo verkeerd dat Line haar op dit moment in de steek liet.

'Tom is belangrijk voor me, Rona.'

'Natuurlijk is Tom belangrijk voor je. Het zou gek zijn als dat niet zo was. Maar jíj moet jóuw keuzes maken. Ik kan dat niet doen, maar Tom ook niet. Jij moet zelf beslissen wat belangrijk is in je leven.' Ze wachtte af wat de reactie zou zijn.

'Tom is ziek en ik wil het hem niet nog moeilijker maken. Ik wil je voorlopig niet zien!' klonk het opeens fel.

De klik aan de andere kant klonk als een pistoolschot waarmee Line haar diep trof.

Twee minuten voor drie. Rona zag op de kerktoren dat ze precies op tijd was voor haar afspraak met de journalist van de Provinciaal Zeeuwse Courant.

Toen de telefoon die ochtend over was gegaan, had ze in eerste instantie gedacht dat Line haar excuses aan wilde bieden en ze moest een diepe teleurstelling wegslikken toen ze een mannenstem hoorde. Hij wilde een interview met haar over de gestrande bruinvissen en zeehonden. Dat maakte veel goed. Later voelde ze zich zelfs blij opgewonden. Het was een uitgelezen kans om de waterproblemen bekend te maken. Misschien dat de bevoegde instanties dan eindelijk in actie zouden komen, zodat er verder geen slachtoffers meer zouden vallen.

Maar eerst had ze nog een korte wandeling gemaakt langs de steigers van de jachthaven. De levendige drukte bij de boten en het bekende geluid van de vallen die tegen de masten van de zeilboten aanklapten, leidden haar af van het afscheid van Line. De uitslag van de neuroloog bleef daarnaast echter als een steen in haar borst zitten, koud en hard.

Op het kerkplein stond een huis met een oude trapgevel stralend wit te wezen in de zon. Hij werd omgeven door huizen met allerlei andere gevelvormen waarbij kleurige zonneschermen zorgden voor een fleurig aanzien. De wolken waren gedurende de nacht opgelost en de zon had weer vrij spel op het dagelijkse leven. De volle bloembakken, die rond de terrasjes stonden, maakten van het geheel een karakteristieke ansichtkaart. Ze nam het allemaal in zich op met een automatisme waar ze zelf van stond te kijken.

Vastberaden stapte ze het zijstraatje in waar het haar onbekende café zou moeten zijn. Maar toen ze het gevonden had, aarzelde ze om naar binnen te gaan. Het zag er smoezelig uit. Een groot contrast met de omringende huizen. Rona vroeg zich af waarom de journalist uitgerekend deze plek had uitgekozen, maar stapte daarna naar binnen.

De zon werd getemperd door grauwe vitrage. De kleine bar met een enkele houten barkruk stond vol met glazen. Aan een grote tafel in het midden van het café zat een man breeduit een krant te lezen.

'Goedemiddag,' zei Rona vriendelijk. 'Bent u journalist?'

De man keek verstoord op. 'Ben je besodemieterd,' bromde hij nijdig, 'omdat ik een krant lees, hoef ik 'm nog niet te schrijven.'

Wat een chagrijn. Ze zette haar pet af en liep naar de bar. 'Ik kom eraan,' mompelde de barman knorrig vanachter een hoek. Rona hoopte dat die journalist snel zou komen.

'Wat mot je drinken,' vroeg de barman met een schorre stem. Hij droogde zijn handen af aan een voddig schort.

'Doe maar een pilsje.' Rona hoopte dat de alcohol zijn ontsmettende werk goed zou doen. Ze pakte het glas aan, overhandigde hem wat muntgeld en liep naar een tafeltje bij het raam. De namaakplantjes leken het prima te doen in de duistere omgeving.

Op dat moment kwam er een jonge lange vent gehaast de ruimte binnenstappen. Opgewekt keek hij rond en toen hij Rona ontdekte kwam hij snel naar haar toelopen.

'Rona van Baren?' Twee vrolijke ogen keken haar door een rond uilenbrilletje aan.

'Aangenaam,' antwoordde Rona vriendelijk.

De man schoof de houten stoel achteruit. 'Het spijt me dat ik wat laat ben,' zei hij, terwijl hij zijn lange gestalte achter de wankele tafel vouwde.

'Ik heb al iets te drinken besteld,' antwoordde ze, terwijl ze op haar biertje wees.

'Prima.' De energieke man klikte met zijn vingers en wees op het glas van Rona. De barman knikte verveeld. 'Goed, neem me niet kwalijk dat ik op zo'n korte termijn een afspraak wilde, maar op deze manier kan het nog mee in de volgende editie. Ik heb gehoord dat er opeens extreem veel zeezoogdieren aangespoeld zijn.'

Rona was blij dat de journalist de zaken voortvarend leek aan te pakken. Hoe sneller alle details bekend werden, hoe eerder maatregelen getroffen konden worden.

De zwoele temperatuur lokte mensen naar de terrasjes in de stad. Samuel had aan zijn collega's voorgesteld om naar De Verloren Visser te gaan, bij de Goese Sas was het vast rustiger. Met z'n vijven hadden ze een tafel weten te bemachtigen.

'Heeft iemand de krant al gelezen?' vroeg Willem.

Samuel schudde zijn hoofd. 'Geen tijd gehad.'

'Met al die extra controles zijn we allemaal drukker dan anders. Maar kijk, lees dit maar eens.'

Samuel pakte de krant aan en las de kop die Willem aanwees.

'Wat staat er?' vroeg Sabine, terwijl ze van haar glas witte wijn nipte.

'Water moet getest,' las hij hardop voor. 'Alle waterzuiveringsinstallaties in de omgeving zijn aangeschreven om extra samples te nemen van het water dat op het oppervlaktewater geloosd wordt.' Hij keek de kring rond. 'Wat betekent dat?'

'Dat lijkt me duidelijk,' zei Truus, terwijl ze luid snoof. 'Kennelijk is er een probleem met het water.'

'Denken ze dat er vuil water is geloosd?' vroeg Harvey.

'Niet bij ons, dan hadden we het wel geweten,' zei Samuel. 'Wij zijn toch degenen die het water controleren? Bij deze hittegolf heb je natuurlijk wel veel sneller problemen.'

'Mooie boel, hoor. Jullie leveren slecht werk af en ik word ontslagen. Verdomd oneerlijk.' Truus nam een grote slok bier waarna een grote schuimsnor op haar gezicht achterbleef.

'Wij leveren helemaal geen slecht werk af', stoof Samuel op. 'Waar maak je dat nu weer uit op?'

'Dat staat er toch,' mokte ze verder.

'Hey, jongens. Geen ruzie. Dat is niet goed voor je hart, weet je.' Harvey greep in. 'Wat staat er nou helemaal in die krant? Alleen dat ze wat water gaan verzamelen om het te gaan checken. Dat is alles. Relax.'

'Bovendien, als er iets fout gegaan is, dan is er maar eentje de lul. En dat is Van Damme. Die zit dan echt in de shit,' zei Willem.

'In de stront zul je bedoelen.' Samuel schoot in de lach.

'*Shit happens!*' De bulderende lach van Willem galmde over het terras.

Samuel zag de verbaasde gezichten van de anderen en bond in. 'Ach, geintje. Die vent heeft af en toe een lesje nodig.'

'Wat heb je nu weer gedaan, Samuel,' vroeg Sabine wrevelig. 'Heb jij soms ook al die postproblemen veroorzaakt? Ik had je nooit die belangrijke rapport moeten geven. Snap je dan niet dat ik ook in die problemen kan komen?'

'Ach, wind je niet op, liefje, dat doe ik straks wel,' zei hij, terwijl hij Willem een vette knipoog gaf. 'Wie wil er nog wat drinken?'

De serveerster die de bestelling op kwam nemen zag eruit alsof ze dringend behoefte had aan een borrel. 'Wat zal het zijn?'

'Vier bier. Wil jij nog wat, Sabine?'

Samuel zag dat Sabine pruilend haar hoofd schudde. Ach, hij maakte het straks wel weer goed. Hij dacht terug aan de geslaagde filmavond.

'Het blijft natuurlijk wel waardeloos dat ik ontslagen word,' zei Truus, nadat het een tijdje stil was geweest.

'Is dat al zeker? Je schijnt alleen op een lijst te staan.'

'Ja ja, en jij denkt dat ik daar opeens van kan verdwijnen.' Alleen Truus kon haar glas als een man legen. Daarna belandde het met een klap op tafel.

Samuel keek naar Sabine, die naast hem met haar nagels bezig was. Kon zij niet iets regelen? De frauderende secretaresse, daar hadden ze het al een keer over gehad. Opeens merkte hij dat alle ogen op hem gericht waren. Alleen de blik van Truus hing ergens tussen vragend en berustend in.

'Sabine, jij hebt toch toegang tot die lijst?'

Ze keek hem vragend aan en streek toen haar krullen gedecideerd naar achteren. 'O nee, dat kan ik niet doen.' Een blik in de richting van Truus. 'Je begrijp toch wel dat dat oneerlijk is. Dan raak ik ook mijn baan kwijt.'

'Oneerlijk,' mompelde Truus. Ze strekte haar forse lijf uit en boog vervaarlijk over naar Sabine. 'Weet je wie oneerlijk is? Die baas van je. Wat een corrupte zak. Hebben jullie dat nooit gelezen?' Ze keek de kring rond, maar niemand durfde wat te zeggen. 'Het is alweer een paar jaar geleden dat die mooie Van Damme betrokken was bij een milieuschandaal. Het is nooit ver uitgelekt, slechts een klein berichtje in de plaatselijke krant, geloof ik. Verder hebben ze het stil weten te houden. De overbekende doofpot.'

'Eugène?' klonk de stem van Sabine.

'Maar hoe weet jij dat dan?' Samuel was niet eens verbaasd. Dat soort types kwam er altijd makkelijk vanaf en kreeg het dan ook nog voor elkaar ergens anders weer een mooie positie te bemachtigen.

'Ik had een vriendin die op dat bedrijf werkte toen bekend werd dat veel smerige stoffen zomaar de lucht in verdwenen en zich over de omgeving verspreiden. Het personeel werd op straffe van ontslag een zwijgplicht opgelegd. Natuurlijk wilde niemand zijn baan kwijt-raken. Van Damme moest vertrekken, maar hij kreeg wel een gigan-tische exitpremie. Bovendien werd ervoor gezorgd dat hij hier bij dit bedrijf aan de slag kon.'

Harvey floot zacht tussen zijn tanden. 'Dat is inderdaad niet fair. Wat een zieke bedoeling.'

'Dus ondanks die enorme fout kon hij met een zak geld vertrekken naar een volgende goede baan. Dat kan toch niet zomaar?' zei Willem.

'Ach, dat is allemaal gebeurd, daar is niets meer aan te veranderen. Maar je kunt je misschien wel voorstellen dat het klote voelt als je eerst gevraagd wordt om de normale salarisgroei in te leveren, zogenaamd om het bedrijf gezond te houden en dan...' Opeens knakte haar hoofd. Haar enorme schouders begonnen te schokken.

Samuel wist even niet hoe hij moest reageren. Truus, sterke mannelijke Truus, die huilde als een griet.

Toen zag hij hoe Sabine haar stoel naar achteren schoof en naar Truus toe liep. Ze sloeg haar armen om haar heen en suste haar met zachte woordjes.

'Zo, hier zijn de biertjes. Wat is er aan de hand?' De serveerster zette de glazen op tafel en keek naar Truus, die zich nu oprichtte, een enorme zakdoek uit haar broekzak trok en luid tetterend haar neus leegde.

Samuel maakte een afwerend gebaar.

'Het leven is niet altijd zonneschijn,' zei ze toen, het klonk alsof ze er alles van afwist.

'We moeten een actie organiseren,' zei Willem fanatiek. 'Protesteren. Staken. Of dat schandaal alsnog bekend maken.'

'Ik ga wat voor je regelen,' hoorde Samuel tot zijn verbazing de hoge stem van Sabine. 'Ik vind wel een oplossing.'

'Je moet niet je baan op het spel zetten voor mij,' zei Truus, terwijl ze de laatste resten vocht in haar neus ophaalde.

'Maak je geen zorgen, ik sta mijn mannetje wel. Die grens is bereikt.'

Na het emotionele moment van Truus was de stemming sterk verbeterd. Er werd niet meer gepraat over de beruchte lijst of over het verleden van Van Damme.

'Is de training van je zoon nu al begonnen?' vroeg Samuel aan Willem.

'Begonnen? Hij traint de hele zomer door. Hij is afschuwelijk fanatiek. Lang niet alle mensen zijn geboren met zo'n inzet als die zoon van mij,' antwoordde hij trots.

'Ik denk dat ik wel weet van wie hij dat heeft,' zei Samuel, terwijl hij naar het afgetrainde lijf van zijn collega keek. 'Ik snap niet dat al dat bier geen aanslag is op dat wasbordje van je.'

Willem trok zijn T-shirt even omhoog en sloeg een paar keer op zijn gespierde buik. 'Mijn lichaam heeft dat gewoon nodig, denk ik.'

'Hé, daar komt Jan aan,' zei Truus, terwijl ze naar de man keek, die zijn motor op de standaard trok. Hij zette zijn helm af en streek even met zijn hand over zijn al wat kalende schedel. Hij zag er moe uit en nog bleker dan anders.

'Biertje?' vroeg Willem al voordat Jan een stoel bij had geschoven.

Jan knikte. 'Zitten jullie hier al lang?'

'*Time flies when you're having fun*,' zei Harvey.

'Waar was je opeens gebleven?' vroeg Samuel.

'Ik moest weg,' zei Jan afwezig.

'Ben je bij je vrouw geweest?'

Jan knikte en boog zijn hoofd. Het bleef een tijdje stil, niemand durfde wat te zeggen.

'Gaat het niet goed?' vroeg Samuel uiteindelijk.

Jan schudde zijn hoofd. Hij schraapte zijn keel en Samuel zag de spieren van zijn kaak heftig bewegen. 'Ik heb net met de arts gesproken. Als deze behandeling niet aanslaat, kan hij niets meer voor haar doen,' zei hij zacht. 'Het is echt zo'n klote ziekte. Het vreet je langzaam op.' Niemand zei wat.

Jan keek de kring rond. 'Ze is echt alles voor me. We hebben nooit kinderen gekregen.' Hij zweeg en boog toen zijn hoofd weer. 'Als zij het niet redt, wat moet ik dan verder nog?'

21

Nadat Rona langdurig onder de douche had gestaan, had ze een makkelijke korte broek en een wijd shirt aangetrokken. De dag lag zinloos voor haar. Line was een vast punt geworden in haar leventje en dat was nu opeens verdwenen. Ook de afspraken bij het duikcentrum waren tijdelijk verleden tijd. Nu zat ze hier vast, in haar bovenhuis, met een hersenbeschadiging. Ze voelde zich nutteloos en bang. Ze had geen idee hoe het verder zou gaan. Kon ze haar werk nog wel blijven doen? Alle zekerheden waren opeens verdwenen.

Ze liep naar beneden en zag de krant op de mat liggen. Zou het artikel er in staan? Ze plofte neer en bladerde de krant haastig door. Al snel vond ze het. Bij het artikel was een foto van een gestrande bruinvis geplaatst. Het zag er luguber uit, zeker met de dreigende tekst die eronder was gezet: "Verziekt door zijn eigen zee?" De journalist had er een goed verhaal van gemaakt, zelfs met de vermelding dat alle waterzuiveringsinstallaties in de omgeving aangeschreven waren. Maar het gaf haar toch niet het juichende gevoel waar ze op had gehoopt.

De bel ging. Rona liep naar beneden.

'Mag ik binnenkomen?' Beer stond als een verlegen kind op de stoep.

'Ja, natuurlijk.' Ze stapte opzij.

'Je zult wel verbaasd zijn dat ik langskom,' begon Beer, toen ze op de bank zaten.

Rona zei niets.

'Ik heb het artikel in de krant gelezen. Ik begin steeds meer te geloven dat je gelijk hebt.'

Rona drukte een gevoel van triomf weg. 'Waarom nu ineens?'

'Heb ik je dat nog niet verteld? *Intense Diving* is gesloten.'

'Dat vertelde Frits, maar heb ik daarom gelijk?'

'Nee, maar ik heb ook nagedacht. Vooral ook over Frits. Ik heb de laatste dagen wat meer met hem opgetrokken. Gewoon ook omdat hij het er zo ontzettend moeilijk mee heeft wat er met Fiona gebeurd is. Ik maak me zorgen om hem.'

'Is hij nog steeds zo down?'

'Dat is het niet alleen. Natuurlijk is hij lusteloos als een aal in de modder. Hij hangt de hele dag bij de dijk van de Zeelandbrug rond, alsof hij daar het ongeluk ongedaan kan maken. Daarnaast zie ik dingen in zijn gedrag. Hij komt steeds moeilijker uit zijn woorden en hij vergeet regelmatig dat we afgesproken hebben. Zelfs de afspraak met de politie was hij vergeten.' Beer klonk verontrust.

'Ik ben bij een neuroloog geweest,' zei Rona abrupt.

'Waarom dat?'

'Ik heb precies dezelfde klachten als Frits, en dan ook nog die vreemde ademhalingsproblemen. Het was niet voor niets dat ik niet mee onder water ging.'

'Ik reageerde niet erg begrijpend, hè?'

'Hmm,' bromde ze bevestigend.

'Wat zei de neuroloog? Is er iets gevonden?' Rona zag zijn onrustige ogen.

'Ja, er is iets gevonden.' Wat was het toch moeilijk om het onder woorden te brengen. Zo moeilijk om recht voor zijn raap te vertellen dat haar hersens beschadigd waren. Bovendien had ze steeds het idee dat het niet waar kon zijn, dat ze zo wakker zou worden uit een nare droom. 'De neuroloog heeft licht neurologisch letsel geconstateerd.' Ze herhaalde de exacte woorden van de arts.

'Licht neurologisch letsel?' herhaalde Beer. 'Wat wil dat zeggen?'

'Ik heb een hersenbeschadiging.'

De woorden bleven tussen hen in hangen.

'Verdomme Rona? Wat is er allemaal aan de hand? Hoe kom jij aan een hersenbeschadiging?' Beer praatte opeens zo zacht dat ze moeite had om hem te verstaan. Net alsof hij het niet wilde horen.

'Er is iets met het water. Het is besmet met iets dat mijn hersenen heeft aangetast. Ik vergeet dingen, ik krijg geen adem en mijn ogen gaan tranen. Allemaal precies dezelfde dingen waar Frits nu ook last van heeft.'

'O meisje, wat zul je je rot voelen. Maar wat is het voor beschadiging? Is het definitief of kan er wat aan gedaan worden?'

Het medeleven van Beer deed haar oneindig goed. 'De neuroloog zou in het team bespreken of het zin heeft om een behandeling te starten. Ik heb al een nieuwe afspraak.'

'En dan te bedenken dat ik jou...'

'Ja, je hebt me behoorlijk laten zitten. Geen van jullie wilde naar me luisteren. En Fiona...'

'Had Fiona dezelfde klachten?' Beer schrok.

'Ik weet het niet. Ze heeft er niets van gezegd. Maar ik ben bang dat zij tijdens de duik dezelfde ademhalingsproblemen heeft gekregen als ik. En als ik Frits moet geloven raakte zíj in paniek.'

'Waarom heb ik dan nog geen problemen?' Hij klonk nu bijna agressief.

'Ik weet het niet, Beer. Ik weet niet wat het is dat ons ziek maakt. Maar misschien is de ene persoon wel veel gevoeliger dan de andere.'

'Er moet een zwem- en duikverbod komen.' Beer klonk vastberaden.

'Dan zal eerst bewezen moeten worden dat er echt iets mis is met het water. Ze zullen anders nooit zo'n verbod afkondigen. Wat dacht je van alle toeristen? Die zullen allemaal wegblijven.'

'Maar dat moet toch ook! We kunnen het risico niet lopen dat er meer ongelukken gebeuren.'

Rona vertelde hem van de watermonsters die genomen waren en die onderzocht werden. 'Waarom ga je niet mee naar Utrecht? Ik heb een telefoontje gehad dat de uitslagen van het wateronderzoek binnen zijn. Bovendien kan ik wel wat gezelschap gebruiken.'

Beer zat naast haar in haar rijdende sauna. Het vlakke land werd slechts onderbroken door rijen bomen die de wegen markeerden. Bij Bruinisse passeerden ze een vakantiedorp. De puntdaken van de huizen waren allemaal in dezelfde oranje en grijze tint geverfd. Aan beide zijden van de weg zag Rona nu water.

'Denk je dat het water in de Grevelingen ook vervuild is?' vroeg Beer.

'Ik heb geen idee. We moeten eerst weten wat de oorzaak van alle problemen is. Het is zo ongelooflijk jammer. Moet je kijken hoe mooi Zeeland is.'

'Ja, en dan zie je nu alleen nog maar het landschap boven water. Wij weten ook hoe mooi het onder water is. In elk seizoen is er wat anders te ontdekken. Zelfs op een enkele vierkante meter kan je tijden blijven zweven en zie je de meest verrassende dieren langskomen.'

'Er worden steeds meer nieuwe soorten in de Oosterschelde ontdekt.' Rona zweeg. Wat zou er nu met de Oosterschelde gebeuren? Zou het afgelopen zijn met de schoonheid onder water? Nee, vast niet, besloot ze. Dat kon toch niet.

Ze zag een auto langs de weg staan. Ernaast zaten twee oudere mensen lekker op hun tuinstoelen onder een parasol, samen genietend van het mooie uitzicht en de rust. Zelfs langs deze doorgaande weg, die door camera's beschermd werd tegen te hard rijden. Zeeland en toeristen hoorden bij elkaar.

Na een tijdje draaide Rona de snelweg op. De weilanden van het vlakke Zeeland maakten plaats voor de drukte van het snelwegennetwerk rond Rotterdam. Ze was altijd weer blij als ze terug kon keren naar haar geliefde Zeeland.

'Ik kan me wel indenken dat je zo afwijzend reageerde. Het is allemaal zo onvoorstelbaar.'

'Die vervuiling kan ik me nog steeds niet voorstellen. Er is wel meer algengroei, maar dat is toch normaal bij deze temperaturen? Moet je kijken hoe warm het de afgelopen tijd is geweest. Dat heeft toch niets met vervuiling te maken?' antwoordde Beer.

'We zullen het zo wel horen,' zei Rona. Ze moest nu opletten dat ze de goede afrit nam en concentreerde zich op het verkeer.

'Lara heeft deze week vakantie, maar een collega van haar zou de uitslagen hebben,' vertelde ze aan Beer, toen ze langs de secretaresse liepen, die haar met een vriendelijk knikje begroette.

'Hoi, Rona,' hoorde ze opeens een enthousiaste stem achter zich.

'Ik dacht dat je deze week vrij zou zijn.' Rona keek verbaasd naar de analiste.

'Mijn dochters gingen allebei naar een feestje en ik was enorm nieuwsgierig naar de uitkomsten, vandaar.'

Rona stelde Beer voor en even later zaten ze tegenover elkaar in de overlegkamer. De zon scheen door de luxaflex en zorgde voor een streeppatroon op de tafel. Beer tikte met zijn vingers zenuwachtig op de tafel, terwijl Lara rustig haar aantekeningen doorkeek. Rona wachtte gespannen af.

'Ik moet zeggen dat we nogal verbaasd waren toen we de uitslagen zagen,' begon Lara. 'Er zijn hoge waarden van vooral stikstof en fosfaat gevonden. Waarden die in jaren in de Oosterschelde niet voorgekomen zijn.'

'Stikstof en fosfaat,' herhaalde Rona.

'Ook nog wat andere stoffen die er niet thuishoren. Het lijkt alsof er de laatste tijd veel geloosd is in de Oosterschelde.'

Rona was niet verbaasd. 'Heb je al uitslagen van de omliggende bedrijven binnen?'

'De watermonsters die we binnen hebben gekregen zijn direct doorgemeten, maar daar bleef het gehalte van de genoemde stoffen duidelijk onder de norm. We hebben echter nog niet alle samples binnen.'

'Ik begreep van Rona dat jullie dachten dat de bruinvis aan een ziekte dood was gegaan en niet alleen maar door vervuiling van het water?' bracht Beer naar voren.

Lara knikte. 'Dat klopt, maar we willen niets uitsluiten. Dolfijnen zijn erg gevoelig voor bijvoorbeeld pcb's. Als toppredator, bovenaan in de voedselketen, krijgen ze relatief veel schadelijke stoffen binnen. Natuurlijk hebben we ook een test naar dat soort schadelijke stoffen gedaan, maar die was negatief.'

'Negatief? Wil dat zeggen dat ze er niet in zaten?'

'Hm-hm,' humde Lara bevestigend. 'Toch zat het me allemaal niet lekker,' ging ze verder. 'Die bruinvis had allemaal vreemde zweertjes, eigenlijk aangevreten vetweefsel. Dat kan nooit alleen door de vervuiling komen die we nu gevonden hebben, hoe hoog die waarden dan ook zijn. Ik ben dus verder gaan zoeken.' Lara zweeg. Rona zag dat haar zorgvuldig opgemaakte ogen ernstig stonden. 'Ik heb de laatste resultaten aan onze hoogleraar laten zien,' vervolgde ze toen.

Rona keek tersluiks naar Beer.

'Hij heeft me opdracht gegeven om een aantal experimenten op te zetten. Zeker toen ik een hoog gehalte aan algen in het water had gevonden.'

'Daar hadden we het onderweg al over. Bij deze warmte is wel vaker sprake van een behoorlijke algengroei,' zei Beer. 'Je kunt het ook zien aan het water. Op sommige plaatsen ligt er een kleurzweem overheen.'

'Ja, het water is in de afgelopen tijd behoorlijk opgewarmd, ook al is er een natuurlijke uitwisseling met de Noordzee.'

'Maar algengroei is toch niet zo gevaarlijk?' Rona had wat aantekeningen zitten maken, maar was nu een en al oor. Tijdens haar studie was ze in aanraking gekomen met allerlei microscopische bepalingen van water, maar veel wist ze er niet meer van.

'Meestal is het ook geen probleem. Natuurlijk kan de blauwalg voor vervelende verschijnselen zoals diarree zorgen, maar dat is toch relatief onschuldig. Mijn hoogleraar vertelde echter dat er ook algen bestaan die heel wat onaangenamer zijn. Ze kunnen zelfs ernstige ziekteverschijnselen veroorzaken. Onze afdeling heeft daar helaas niet veel verstand van. Iedere groep heeft nu eenmaal zijn eigen specialisme. Daarom zijn de watermonsters doorgestuurd naar iemand die specialist is op het gebied van algen.'

'Wordt vervolgd dus,' zei Rona.

Onderweg naar de auto herhaalde Beer de woorden van Lara. 'Algenonderzoek. Ziekteverwekkende algen. Ik denk dat ik je een excuus schuldig ben. Ik had niet in de gaten dat het allemaal zo ernstig was. Je hebt heel wat te verstouwen gehad.'

'Had ik het maar geweten dat het zo ernstig was,' mompelde Rona voor zich uit. Het scherm met de hersenfoto stond haar helder voor de geest.

Samuel keek op van zijn computerscherm en zag Truus in de deuropening staan. 'Fijn dat je even kon komen.'

'Wat is er aan de hand?'

'Ik moest van Van Damme extra watersamples nemen op cruciale plaatsen in het bedrijf.'

'Is er een probleem?'

'Het zal wel te maken hebben met dat bericht in de krant. Alle waterzuiveringsinstallaties in de buurt schijnen aangeschreven te zijn. Die opdracht kwam dus bij mij. En ik moet nu al die monsters doormeten. Voordat ik de uitslagen door mag sturen naar de officiële instanties moet ik ze eerst aan Van Damme laten zien.'

'Wat een extra werk,' zuchtte Truus, terwijl ze een stoel bijschoof.

'Ja, dat is het zeker. En al helemaal omdat ik het alleen moet doen. Jan heeft zich ziek gemeld en Willem heeft vrij.'

'Voor officiële instanties, zei je? Zouden we die watermonsters dan niet...' Ze snoof zacht.

Samuel begreep meteen wat ze bedoelde. Hoewel hij in eerste instantie alles toejuichte wat Van Damme zou schaden, wist hij ook meteen dat dit geen zin had.

'Ik verwacht niet dat ze direct iemand zullen aanpakken. Als ze echt vervuild water vinden, zullen ze heus eerst opnieuw willen bemonsteren, voordat ze ook maar iemand aanpakken. Ik wil geen risico lopen dat ik zelf in de problemen kom. Bovendien is het niet nodig, kijk maar.' Hij wees op de serie getallen die hij netjes in een tabel had gezet. Het had nogal wat tijd gekost om alles om te rekenen naar de gevraagde waarden. Normaal deed Jan dat altijd. Dat die nou net vandaag afwezig was, was grote pech.

Truus hing nu met haar gezicht voor het scherm. 'Wat is wat?'

'Ik heb op verschillende plaatsen samples genomen. Natuurlijk vooral de plaatsen waar het water al gezuiverd hoort te zijn.'

'Hoort te zijn?'

Aan haar oren mankeerde niets. 'Je hoort het goed. Kijk, deze waarde is van het influent van de zuiveringsinstallatie. Hierin vindt de menging van de drie waterstromen plaats. Dat is een soort basiswaarde. Die kan dus ook hoog zijn, omdat het water nog niet gezuiverd is. Zie je?'

'Oké, dat is inderdaad hoog.'

'Deze drie waarden komen van de drie bassins waar het slib van het water wordt gescheiden en waar het water biologisch wordt gezuiverd. Het water van de heldere fractie, het zogenaamde effluent, zou schoon moeten zijn.'

'Maar die ene waarde is toch ook hoog?'

'Ja, dat is nu net het vreemde,' zei Samuel opgewonden. 'Moet je zien. Het effluent van dit bassin kan nooit schoon zijn.' Hij legde zijn vinger onder het cijfer op het scherm. 'Die waarde is veel te hoog.'

'Wat gebeurt er daarna met het water? Met dat effluent?' Truus leek helemaal op te gaan in de materie.

'Dat gaat eerst nog naar een aantal vijvers die achter het bedrijf liggen.'

'Ja, die weet ik wel te liggen,' zei Truus snel.

'En dan gaat het water rechtstreeks de Oosterschelde in.'

'Jezus,' siste Truus. 'Als dat waar is...'

Samuel leunde nu achteruit in zijn stoel. Hij vulde in gedachten de zin aan. Hij had alles al een paar keer overdacht. Het water van de Oosterschelde moest wel vervuild zijn geraakt. Hij begreep alleen niet hoe zoiets kon. Het water werd elke dag gecontroleerd. Hoe kon het dan nu pas opvallen? Er moest ergens een afsluiting lekken of zoiets.

'Weet je Samuel. Nu kunnen we wél...'

'Ja, daar had ik ook al aan gedacht,' onderbrak Samuel haar. 'Kijk, ik heb al een mooie eindtabel gemaakt die ik aan Van Damme door zal geven. Hij heeft dan geen idee dat er een probleem is.' Hij klikte met zijn muis en een andere tabel verscheen.

Truus' ogen flitsten snel over het scherm. Een grijns verscheen op haar gezicht. Zelfs haar grote neus scheen te lachen.

'Natuurlijk stuur ik daarna de watersamples door naar de officiële instanties. Uiteraard wel met zijn toestemming. Eens kijken of ze dezelfde cijfers vinden. Dan heeft meneer iets uit te leggen.'

Van Damme trommelde met zijn vingers op het bureaublad. Het scherm voor hem vertoonde al de hele tijd hetzelfde beeld, waar hij zich toch niet van los kon maken. Hij had geen bericht meer van de afperser gekregen. Al dagen geen bericht meer. Eigenlijk zou hij zich opgelucht moeten voelen. Maar in plaats daarvan was de angst nog steeds aanwezig. Hij wist dat het geld bij de afperser terecht was gekomen, maar dat gaf hem geen rust. In ieder geval niet de rust die hij verwacht had. Elke keer als hij zijn computer opstartte verwachtte hij een mail. Waarom hoorde hij niets meer? Zou zijn verleden echt weer verleden tijd zijn? En vooral, zou zijn dochter nu echt weer veilig zijn?

Opeens klonk het geluid van een binnenkomende mail. Shit, dacht hij meteen. Als je over de duvel spreekt... Maar toen hij het bericht zag, liet hij zijn adem weer langzaam ontsnappen. Een mail van de afdeling waterzuivering met de resultaten van het extra wateronderzoek. Snel liet hij zijn ogen over de cijfers in de tabel flitsen. Normale waarden, geen extremen die weggewerkt moesten worden. Zie je wel, dacht hij, geen enkel probleem meer. Alles was opgelost. Deze samples konden weggestuurd worden. Hij was veilig. En zijn bonus ook. Dat was wel terecht want de bonus kon zijn verlies tenminste enigszins verzachten.

Tevreden stak hij een sigaret op en typte snel een antwoord. Daarna liet hij zich onderuit zakken in zijn bureaustoel en nam nog een diepe haal. Misschien had hij geluk en was de hele toestand alweer voorbij.

Een warme bries waaide door Rona's kamer. Ze had alle ramen tegen elkaar opengezet, maar dat gaf geen verkoeling. Ze staarde vanuit de erker van haar woonkamer naar buiten. Onder zich zag ze een vrouw met een kinderwagen door de straat sloffen, een parasol beschermend boven de baby. Een auto reed puffend over de glimmende klinkers. De jonge lindeboom vlak voor haar huis liet zijn takken hangen, schreeuwend om vocht. Het hele leven ging gebukt onder de maar voortdurende hitte.

Het buitenleven leek haar stemming te weerspiegelen. Drukkend en vermoeid. Haar maag voelde zwaar, hoewel ze nog niets gegeten had. Alles leek in een negatieve spiraal rond te draaien. Het gesprek met Line bleef de rode draad, maar ook de uitkomsten van de universiteit draaiden mee met daarachter de röntgenbeelden van haar hersens.

Het schelle geluid van de telefoon rukte haar uit haar gedachten. Zuchtend pakte ze de hoorn op.

Het was Line. Haar hart kneep samen.

'Hoi,' was het enige dat ze uit kon brengen.

'Ik moest je wel bellen.' Nu pas viel haar de vertwijfelde klank in Lines stem op.

'Wat is er aan de hand?'

'Tom is weg.' Even bleef het stil. 'Hij was vanmorgen al vroeg wakker en kwam nog even bij me liggen. Na het ontbijt vertrok hij naar Luc, zoals hij meestal doet. Hij zou om twaalf uur thuis zijn, maar hij is nog steeds niet thuis.'

Rona keek op haar horloge, half twee. 'Je bent zeker al bij Luc geweest.' Het was eigenlijk geen vraag.

'Al een paar keer. Luc is ook niet thuis. Ik begin zo langzamerhand wel ongerust te worden. Zijn fiets is weg.'

'Zal ik naar je toe komen?' Rona voelde dat ze het moest vragen in plaats van gewoon zeggen dat ze eraan kwam.

'Heel graag. Ik weet niet waar ik moet beginnen met zoeken.'

'Ik kom eraan,' antwoordde ze simpel.

'Dit is Harvey, een goede vriend van me.' Rona keek in een vriendelijk gezicht met ongeruste trekken.

'Fijn dat je mee helpt met zoeken.'

Rona knikte.

'Ik denk dat jullie het beste met z'n tweetjes op zoek kunnen gaan.

Ik ga wel kijken bij de plekjes die ik ooit met Tom bezocht heb. Ik heb Tom en Luc laatst nog meegenomen naar een geweldige visstek,' gaf Harvey aan.

'Laatst?' vroeg Line benepen.

'Ik wist niets van de problemen met het water. Dat heb je me net pas verteld. Al die *troubles* is niet mijn ding. Gaan jullie maar gauw en geef een belletje als je meer weet!' Hij hield zijn mobiele telefoon omhoog en liep weg.

'Ik ben blij dat je er bent,' zei Line. Rona zag dat Line er verlegen onder was.

'Het leek me vanzelfsprekend. Kom, we gaan.' Rona wilde geen tijd verspillen. Eerst moesten ze Tom vinden. De rest was van later zorg.

'Hij is dus op de fiets?' vroeg ze even later toen Line naast haar in de auto geschoven was. 'Heb je enig idee waar hij heen kan zijn?' Toen ze het gezegd had, besefte ze wat een stomme vraag het was. Natuurlijk wist Line dat niet, anders was ze daar zelf al gaan zoeken.

Maar Line schudde slechts haar hoofd.

Rona reed doelloos door het dorp. Ze sloeg lukraak enkele straten in.

'Ben je al bij de vissteiger geweest. Dat is toch hun favoriete plek?'

'Dat heeft geen zin. Zijn surfplank staat in de schuur en zijn hengel ook. Daar kunnen ze dus nooit heen zijn.'

De zon scheen fel en Rona duwde het kleine zonneschermpje naar beneden. Wat zocht een elfjarige jongen op de fiets buiten in dit hete weer? Rona sloeg af in de richting van een tweetal campings. Het was stil op straat. Slechts een stel schapen stond in het weiland. Ze keken de auto suf na.

'Het kan zijn dat ze in de grote speeltuin van de camping zitten,' zei Line hoopvol. 'Heel af en toe gaan ze daar wel eens heen. Er is een grote tractorband die fungeert als schommel en die ze dan hard rond laten draaien. Daar worden ze lekker duizelig van, heeft Tom een keer gezegd.' Rona zag een vage glimlach over het gezicht van Line glijden.

Toen ze de camping opreed zag Rona het eigenlijk meteen. De speeltuin lag er verlaten bij. Een houten schommel wiegde zacht in de wind en boven de glijbaan trilde de warme lucht.

Ze zeiden niets. Rona draaide haar auto en reed dezelfde weg weer terug.

'Kan hij niet bij een ander vriendje zijn?'

'Hij is samen met Luc.' Dat scheen alles te zeggen. 'Zijn moeder heeft Luc ook niet meer gezien.'

'Samen op de fiets,' dacht Rona hardop. 'Dan zullen ze niet echt in de buurt van de boerderij zijn gebleven. Gaan ze wel eens naar de jachthaven?'

'Ik weet het niet. Misschien.'

'Dan gaan we daar kijken.' Ze nam de leiding over van Line, die als een bang vogeltje naast haar zat. Algauw reed ze Stavenisse weer binnen en zwenkte ze naar rechts in de richting van de jachthaven. De witte molen stak fier haar wieken in de lucht, terwijl de huisjes langs de haven zich achter de dijk verscholen, waardoor alleen hun rode daken zichtbaar waren. De vrolijke kleuren staken scherp af tegen de blauwe lucht.

Ze hobbelden over de kasseien langs het water naar de plek waar verschillende aanlegsteigers houvast boden aan de plezierboten. Veelal blauwe dekzeilen waren over de kajuiten getrokken alsof de eigenaars regen verwachtten.

Een man in een oranjegekleurde korte broek en een rood shirt liep over de steiger in hun richting. Hij hield zijn sigaar licht walmend tussen zijn lippen geklemd, waardoor zijn kin naar voren stak. Toen hij het geluid van de auto opmerkte stopte hij.

Rona leunde naar buiten. 'Goedemiddag. Mag ik u wat vragen?'

De man naderde de auto en boog zich naar binnen.

'Middag, dames,' kneep zijn stem tussen zijn tanden door.

'Heeft u hier misschien twee jongens rond zien hangen?'

'Eens even kijken, twee jongens, zegt u?'

'Ja, ze zijn elf en vijftien,' vulde Line haar aan.

'Nou u het zegt. Ja, ik heb wel een stel knapen gezien. Met een surfplank, kan dat?'

Rona keek opzij. Ze zag dat Line schrok. Haar hoofd leek willoos nee te schudden.

'Welke kant zijn ze opgegaan?' vroeg Rona snel.

'Nou, dat is alweer een uurtje geleden. Ze waren op de fiets. Maar ja, waar zijn ze heen?' De man haalde de sigaar nu uit zijn mond en spuugde een bruine klodder opzij. 'Weet u, het is windstil, dat ziet u ook. Dus ik dacht nog, wie gaat er nu met dit weer het water op. Dit is helemaal geen zeilweer, en bovendien verbranden ze levend daar op die watervlakte. Dus vandaar dat ze me wel opvielen.'

'Heeft u niet gezien waar ze heen zijn gefietst?' Rona werd een beetje ongeduldig. De man zat duidelijk om een praatje verlegen.

'Zoals ik al zei. Ze vielen me op. De meeste surfers gaan alleen maar bij een stevige wind het water op. Maar goed, even later zag ik ze toch hierachter langs de vaart fietsen. Jong en enthousiast, dat dacht ik nog.' Hij produceerde een krakerig lachje.

'Hierachter? U bedoelt in de richting van de sluis?'

'Ja, weet u. Er is daar een mooi aflopend stuk weg. Daar gaat de jeugd vaak heen. Dat is makkelijk met het te water gaan, weet u. Als ze over de keien van de dijk moeten, hebben ze kans dat ze hun plank beschadigen.'

'De vissteiger,' hoorde ze Line naast zich mompelen.

'Dank u wel. U heeft ons prima geholpen.'

De man stak zijn hand omhoog. 'Tot uw dienst, dames.'

'Ze zijn tóch bij de vissteiger,' zei Line ademloos 'Maar hoe kan hij nou toch zijn plank mee hebben? Ik weet zeker dat die in de schuur stond. Of... of ze zijn samen met de plank van Luc.'

De bestelwagen hobbelde terug naar de vissteiger. Line zat met haar gezicht bijna tegen de voorruit aan, alsof ze op die manier sneller op de plaats van bestemming zouden zijn.

'Daar staan ze,' wees Line. Twee fietsen, met slechts één surfkar, stonden eenzaam tegen het hek. De kar was leeg en geen enkele beweging verraadde de aanwezigheid van de jongens.

Al voordat Rona haar auto helemaal tot stilstand had gebracht, sprong Line uit de auto en snelde naar het witte gebouwtje. Rona had weinig hoop dat de jongens daar zouden zijn. Toen ze ook bij het gebouwtje kwam zag ze Line met de rug naar haar toe staan, starend over het water. Rona ging naast haar staan en durfde niets te zeggen. Het was veel ernstiger dan ze eerst had gedacht. De jongens waren ver het water opgegaan. Ze waren aan zichzelf overgeleverd. Alleen op het water, het ziekmakende water.

'We moeten Harvey bellen,' zei Line toonloos.

Een paar uur later zaten ze naast elkaar in de woonkamer van Line. Op aandringen van Line had Rona eindeloos langs de dijk van Tholen gereden. Elke keer weer waren ze uitgestapt om een glimp op te vangen van een surfplank met twee jongens. Uiteindelijk hadden ze op het politiebureau de vermissing doorgegeven.

'Heb je misschien een schoon T-shirt voor me?' vroeg Rona. Haar shirt was doordrenkt van het zweet en ze voelde zich vies. Line zat wezenloos voor zich uit te staren, maar veerde nu op en verdween naar de gang.

'Hier,' zei ze eenvoudig, terwijl ze haar een lichtgrijs shirt overhandigde.

Rona zag dat Line ook iets schoons had aangetrokken. Ze wendde zich af om snel haar shirt te wisselen. Ze wilde Line niet in verlegenheid brengen met haar naakte bovenlichaam. Toen ze het shirt over haar hoofd trok rook ze Lines geur. Ze snoof de lucht diep in en ondanks de trieste sfeer die er hing voelde ze een heerlijke ontspanning opkomen. Van korte duur. Een blik op Line gaf de zorgelijke situatie weer.

'We kunnen niets anders doen dan afwachten,' zei Rona. 'De politie is aan het zoeken. Die hebben meer mogelijkheden. Ze gaan met boten het water op. Het zal vast niet lang duren voor ze de jongens gevonden hebben.'

'Ik kan toch niet de hele dag zijn hand vasthouden? Hij is elf jaar.' De stem klonk wanhopig.

'Jij moet jezelf niets kwalijk nemen. Natuurlijk kan je hem niet de hele dag in de gaten houden. Jongens van zijn leeftijd hebben ruimte nodig.' Ze streelde zacht over Lines rug.

'Ik zal het mezelf nooit vergeven als hem iets overkomt. Nu zit hij weer op dat water. Wat zal dat voor gevolgen hebben?'

'Hij wordt vast snel gevonden.' Natuurlijk was dat ook het eerste waar Rona aan had gedacht. Tom kwam nu weer in aanraking met het ziekmakende water, maar ze wilde Line geruststellen, hoe moeilijk dat ook was. 'Wat zeggen de ouders van Luc?'

'Die zijn er redelijk rustig onder. Luc is natuurlijk al vijftien. Ze zeggen dat ze vanzelf wel weer op zullen duiken.'

Rona was het voor een deel wel met hen eens, maar kon zich goed voorstellen dat Line er anders over dacht.

Line wendde zich opeens naar haar toe. 'Rona, ik kan niet... Ik wil...' Ze wierp zich in haar armen. Rona was perplex. Wat was dit nou opeens? De haren van Line kriebelden langs haar wang. Voorzichtig sloeg ze haar armen om Line heen, alsof ze bang was dat een verdere aanraking het contact opeens zou verbreken. Ze durfde nauwelijks adem te halen, maar snoof desondanks de heerlijke lucht van Line diep op. Line hief haar hoofd op. De volle lippen waren iets geopend en de donkere ogen straalden angst uit.

'Je hoeft niet bang te zijn, ik ben bij je,' zei Rona. Het sloeg nergens op, maar ze wist even niets anders te bedenken.

'Het spijt me. Ik wilde je niet...'

'Ik weet het.'

'Vergeef me,' stamelde Line, terwijl ze haar mond steeds dichter bij de lippen van Rona bracht.

Niet doen, dacht Rona, hoewel ze van binnen schreeuwde om contact.

Het schrille geluid van de telefoon verbrak het broze contact. Lines lichaam verstijfde. Rona ging rechtop zitten en keek hoe Line de telefoon oppakte. Haar gezicht stond gespannen en ze moest eerst haar keel schrapen voordat ze haar naam kon noemen.

'Ja, daar spreekt u mee,' hoorde ze Line ademloos zeggen.

Laat het alsjeblieft goed nieuws zijn, dacht Rona.

'Waar zegt u?' De opgewonden toon was onmiskenbaar. 'Ja, dat klopt. Dat moet Tom zijn. Mag ik hem alstublieft...' Het was even stil en Rona zag dat Lines gezicht er nog steeds bezorgd uitzag.

'Dat is goed. We komen eraan. Dank u wel.'

Line legde de hoorn neer en opeens zag Rona dat er tranen opwelden in haar mooie ogen. 'Ze hebben ze gevonden. Ze waren door de stroming afgedreven en konden niet meer terugkomen.'

22

Fluitend reed Rona de volgende dag naar het universiteitsgebouw. Ze remde af voor een stoplicht. Een stel studenten reed op krakkemikkige fietsen langs, zich niets aantrekkend van het rode licht. Haar mobiele telefoon ging over en ze beantwoordde de oproep met behulp van haar handsfreeset.

Beers stem klonk door de auto. 'Ik heb gisteren met Frits gepraat. Hij heeft nu ook een afspraak gemaakt met een neuroloog.'

'Fijn dat je dat gedaan hebt. Ik ben bang dat hij dezelfde neurologische afwijkingen heeft als ik. Misschien is hij er zelfs wel erger aan toe.'

'Ik ben er nu ook wel van overtuigd dat zich iets dramatisch afspeelt in het water. Heb je al wat meer gehoord?'

Rona zag het licht op groen springen en gaf gas. 'Ik ben onderweg naar Lara. Ze belde dat ze nieuwe informatie had, maar ze wilde er verder niets over kwijt.'

'Oké, dan houd ik je niet langer op. We bellen!'

Even later zat ze tegenover Lara en ze kreeg een kop koffie toegeschoven. Het aangeboden koekje accepteerde ze met graagte, want een eenzaam gerommel in haar maag gaf aan dat ze weer eens was vergeten te ontbijten.

'Je hebt me behoorlijk nieuwsgierig gemaakt met je geheimzinnige telefoontje.' Rona zag dat Lara's ogen moe stonden.

'Ik heb veel informatie voor je. Het heeft me al heel wat uurtjes gekost. We hadden de mazzel dat de algenspecialist, zo noem ik hem maar even, enorm geïntrigeerd was door de gegevens van de bruinvis die ik erbij kon geven. Hij is er kennelijk direct aan begonnen.'

De koffie was sterker dan ze gewend was.

'Hij belde me gistermiddag al terug en ik moest direct langskomen van hem. Het liefst had hij jou er ook bij gehad, maar ik kon je niet bereiken.'

Rona dacht terug aan de emotionele middag met Line en was er niet rouwig om.

'Ik had een afspraak,' zei ze afwijzend.

'Het maakt niet zoveel uit. Die man heeft me in een paar uur tijd alle ins en outs van de verschillende soorten algen uit de doeken gedaan. Ik had het gevoel weer in de collegebanken te zitten.' Ze lachte vermoeid en nam een tweede koekje. Rona volgde haar voorbeeld.

'Ik weet nu dat je algen kunt onderverdelen in verschillende groepen. Bijvoorbeeld de flagelaten. Ach, die naam is niet belangrijk. Maar als je die zou bekijken dan lijken ze op rondwentelende ruimtescheepjes, voorzien van een soort antenneachtige zweepharen,' vertelde Lara, met haar mond vol.

'Die zitten toch altijd in zeewater?' herinnerde Rona zich.

'Een aantal soorten wel. En op zich zijn ze ook heel onschuldig. Ze worden pas een probleem als ze in enorme hoeveelheden voorkomen.'

'Dat lijkt me logisch,' zei Rona, terwijl ze het laatste stukje van haar koekje in haar mond stopte.

'Maar daar heb je wel bepaalde omstandigheden voor nodig. Zoals veel zonlicht, niet te koud water en veel voedingsstoffen.'

Rona voelde hem aankomen. 'Nou, dat zijn dan ideale omstandigheden geweest de afgelopen tijd. De hittegolf en dan de sterke vervuiling van het water. Dat wil natuurlijk wel.'

Lara knikte. 'Maar nu komt het. Meestal is algenbloei geen probleem, behalve als je te maken krijgt met minder onschuldige soorten. Er blijken ook algensoorten te zijn die giftige stoffen afscheiden.'

'Giftige stoffen,' herhaalde Rona verbaasd.

'Ja, ik moet bekennen dat ik het ook niet wist en het eerst ook niet wilde geloven. Maar die man heeft me een simpel proefje laten zien met een visje dat hij liet zwemmen in het testwater van de Oosterschelde. Natuurlijk hadden ze het water wat extra geconcentreerd door middel van wat chemische behandelingen om het effect duidelijker te maken. Het was zwaar indrukwekkend.' Lara's gezicht drukte de verbazing uit die ze kennelijk nog steeds voelde.

'Wat gebeurde er dan?' vroeg Rona, nu wel erg nieuwsgierig geworden.

'Binnen *no time* leek die vis verlamd.'

'Hoe kan dat dan?'

'Verlamd of verdoofd, het is maar hoe je het noemt. De vis dreef met zijn buik naar boven, terwijl zijn kieuwen nog wel bewogen. De onderzoeker vertelde dat het gif van die algensoort hersenfuncties aantast.'

Het was alsof ze een stomp in haar maag kreeg. Giftige stoffen van een alg. Dat was de oorzaak van alle ellende. Opeens dacht ze terug aan de ongecoördineerde bewegingen van de vissen die ze onder water had gezien. Die vissen moesten ook al door dat gif aangetast zijn geweest.

'Op die manier vangt de alg zijn prooi,' ging Lara verder. 'Zodra de vissen verdoofd zijn en dus niet meer weg kunnen zwemmen, vreet hij ze aan.'

'De zweertjes van de bruinvis,' mompelde Rona. Ze was totaal overdonderd door de informatie die Lara over haar uitstortte. Het ging dus niet alleen om de vervuiling van het water en ook niet om een ziekteverwekker die in het water zat.

'Hoe kan een simpele alg zoiets op zijn geweten hebben?' bracht ze haar gedachten onder woorden.

'Zo simpel is die alg niet. Je moet een echte specialist op dit gebied zijn om hem te kunnen herkennen, want hij kan in heel veel verschillende verschijningsvormen voorkomen. Ik denk dat we mooi mazzel hadden dat deze onderzoeker ooit betrokken is geweest bij het onderzoek naar Pfiesteria in Amerika.'

'Pfiesteria?'

'Pfiesteria piscicida, voluit.'

'Aangenaam,' mompelde Rona. Dat was dus de boosdoener waar ze al die tijd naar gezocht had. Geen bacterie of virus of andere ziekteverwekker, zelfs geen schadelijke vervuiling van het water, maar een alg. 'Waarom heb ik daar nog nooit eerder van gehoord?' vroeg ze zich hardop af.

Lara leek overal een antwoord op te hebben. 'Pfiesteria komt hier normaal niet voor. Wel aan de Amerikaanse oostkust. Daar doen ze al een aantal jaren onderzoek naar deze alg. Via ballastwater van zeeschepen kunnen deze toxische algen de hele wereld over. Wij hebben er nog nooit eerder last van gehad.'

'Mijn god, wat een ondier.'

'*The cell from hell*, wordt hij ook wel genoemd. Of Dracula-alg.' Het gezicht van Lara sprak boekdelen.

'Laat me raden, hij leeft zeker van bloed.'

Lara knikte stil.

'Heb je nog een kopje koffie voor me?' Het liefst had Rona nu een borrel gehad, maar een stoot cafeïne was een redelijk alternatief.

Haar kopje werd volgeschonken en de schaal koekjes werd haar weer toegeschoven. Ze pakte een zandkoekje en werkte het met kleine hapjes naar binnen. Al die tijd zwegen ze. Nadat ze de droge kruimels weggespoeld had met een slok koffie, bedacht ze opeens iets.

'Waarom is die Pfiesteria hier niet eerder opgedoken? Die zeeschepen varen toch al jaren over de oceanen?'

'Volgens die onderzoeker is het hier te koud. Bovendien is het water te schoon. Kun je je dat voorstellen? Als er minder stikstof en fosfaat in het water zit, is er minder kans op algenbloei.' Rona zag dat Lara het lepeltje bestudeerde waarmee ze onafgebroken in haar koffie roerde. Het zat haar ook behoorlijk dwars, dat was wel duidelijk.

'Maar waarom zit deze Dracula-alg nu in de Oosterschelde? Er is toch een continue uitwisseling met de zee?'

'In Amerika komt Pfiesteria normaalgesproken in het zeewater voor als een vrijwel passieve levensvorm. Als die in aanraking komen met hoge concentraties vervuiling, ontpoppen ze zich tot mobiele cellen.'

'Dus door de vervuiling van de Oosterschelde...' zei Rona.

'Pas als ze zichzelf transformeren worden ze echt gevaarlijk en scheiden ze giftige stoffen uit,' ging Lara verder. 'Dat is vooral in de mondingen van rivieren, want daar loopt de temperatuur meestal hoger op.'

'En het zeewater is nu ook al behoorlijk opgewarmd,' vulde Rona aan.

'Ja, wat wil je met deze hittegolf.'

'Dus eigenlijk is het een combinatie van factoren. De zeeschepen, de vervuiling en de hittegolf, daardoor zijn de problemen ontstaan.' Terwijl ze het zei vielen de puzzelstukjes op zijn plaats.

'Ja, zo zijn de giftige stoffen in het water terecht gekomen.'

'De echte schuldige is dus eigenlijk degene die verantwoordelijk is voor de vervuiling, want aan de beide andere omstandigheden valt nauwelijks wat te doen.' Rona dacht even na. 'Dat bedrijf moeten we dus zien te vinden en gauw ook.'

'Tot nu toe is er nog geen schuldige aan te wijzen. Alle meetwaarden van de watersamples die we hebben doorgemeten waren normaal. Maar we moeten nog een paar samples controleren.' Lara dronk nu haar koffie op. 'Het zal nog wel even duren voordat het water van de Oosterschelde af zal koelen. Dus ...' Lara stokte.

'Zeg maar niets,' onderbrak Rona haar. De consequenties waren duidelijk. 'We moeten de autoriteiten waarschuwen.'

'Dat is al gedaan. Zodra het duidelijk was dat het om Pfiesteria ging, heeft de betrokken onderzoeker alarm geslagen. Hij weet als geen ander wat de gevolgen kunnen zijn. Niet alleen voor vissen en andere zeedieren, maar zelfs voor de mens. In Amerika zijn mensen blijvend gehandicapt geraakt door de gevolgen van het gif van deze alg. Ik heb daarna zo snel mogelijk contact met je opgenomen.' Lara keek strak voor zich uit. 'Je had zijn gezicht moeten zien toen hij in de gaten had wat hij onder zijn microscoop had liggen.'

'Zo, meneer, hoe voel je je?' Rona keek op de jongen neer. Tom zag er nog moe uit.

'Het gaat wel,' mompelde hij.

'Je moet me toch even wat uitleggen.' Ze ging naast hem op de bank zitten en hij trok zijn benen op om plaats te maken. 'Hoe kun je nou met z'n tweeën op één plank surfen?'

'We waren niet surfen.'

'Niet?'

'Nee, dat mocht toch niet.'

'Wat waren jullie dan aan het doen?'

'Gewoon, peddelen.' Tom pulkte wat aan zijn nagelriemen.

'Peddelen? Je bedoelt dat jullie de plank als roeibootje gebruikten?'

'Hmm,' bromde Tom instemmend.

'Zonder roeispanen of peddels? Hoe kwamen jullie dan vooruit?'

'Gewoon.'

'Hij is de kampioen korte antwoorden,' zei Line. 'Hij zat samen met Luc op de plank. Toen ze eenmaal door de stroming gegrepen werden konden ze er met hun handen niet meer tegenin roeien. De wind hielp de stroming een handje en daar gingen ze, de brede Oosterschelde op.'

'Dan hebben ze nog geluk gehad dat ze niet tussen de grote schepen terecht zijn gekomen. Er is daar best veel scheepvaart.'

'Ze hebben sowieso geluk gehad. Stel je voor dat ze niet voor het donker gevonden waren. Ik moet er niet aan denken dat ze een hele nacht...' Line was op het puntje van de bank gaan zitten. Tom had zwijgend geluisterd, zijn ogen tussen hen heen en weer flitsend. Hij keek nu naar het gezicht van zijn moeder waar de ongerustheid weer vanaf te lezen viel. Rona zag hem slikken alsof hij een aanloopje moest nemen.

'Uh, Rona?'

'Wat is er?'

'Dank je wel dat je... hebt geholpen om Luc en mij te vinden.' Het kwam er stotterend uit. Maar wel gemeend.

Even later liep Rona achter Line aan naar het terras. Tom was in slaap gevallen.

'Dat hele avontuur heeft hem veel energie gekost.'

'Dat kan ik me voorstellen, het is ook niet niks. Maar ik merk ook dat hij nog steeds veel moeite heeft om woorden te vinden. Wanneer kun je bij de neuroloog terecht?'

'Overmorgen. Het duurt inderdaad wel lang. Maar als ik jouw ervaringen en uitslagen hoor, denk ik dat ik het wel prettig vind dat het nog wat langer duurt. Ik wil helemaal niet horen dat zijn hersens zijn aangetast door die giftige alg.'

'Niemand wil dat horen, ik ook niet. Maar je kop in het zand steken heeft ook geen zin, die jongen is niet in orde.'

'Nee, dat weet ik ook wel,' morde Line zacht. 'Het is misschien meer dat ik het niet wil weten.'

'Ik ben vandaag opnieuw bij de neuroloog geweest. Die afspraak was al gemaakt omdat we zouden bespreken wat voor behandeling mogelijk zou zijn. Nu ik kon vertellen wat de oorzaak van alle problemen was, werd het wat eenvoudiger. In Amerika zijn in het verleden goede resultaten behaald met bepaalde medicijnen.' Line keek haar geïnteresseerd aan. 'Eigenlijk zijn het medicijnen tegen een te hoog cholesterolgehalte, maar in Amerika blijken ze in sommige gevallen ook tegen het algen-gif te werken. Deze medicijnen binden namelijk aan cholesterol, zodat het makkelijker uitgescheiden wordt. En nu verwachten ze dat het ook aan het Pfiesteria-gif kan gaan zitten. Op die manier raak je die troep uit je lichaam kwijt. Ik ben benieuwd of het bij mij ook gaat werken.'

Op dat moment voelde ze haar telefoontje in haar broekzak trillen. Ze viste hem op en zag op haar display dat het Lara was.

'Sorry dat ik je stoor, maar ik denk dat ik iets interessants te melden heb.'

'Wat heb je gevonden?'

'Ik heb net een watersample onderzocht van een van de bedrijven uit de buurt. Een van de laatste zelfs, want de meeste hadden al eerder gereageerd.'

'Ja, en?' Rona wist al wat ze zou zeggen.

'Raak. Een van de watermonsters was sterk verontreinigd. Bij die concentraties is het niet zo verwonderlijk dat Pfiesteria zich in de gevaarlijke vorm heeft getransformeerd. Want als ik zeg sterk verontreinigd, dan is dat ook echt sterk. Het is bijna niet voor te stellen dat dit onbekend is bij zo'n bedrijf. Ze hebben toch hun eigen controlemetingen?'

Rona ging er niet op in. Ze dekte het mondstuk af. 'We hebben 'm,' fluisterde ze naar Line, die haar vragend aankeek.

'Welk bedrijf is het?' vroeg ze toen. Het was een simpele vraag met een zeer beladen inhoud.

'Het is dat grote destructiebedrijf dat bij Goes ligt. Misschien ken je het wel. Het ligt tegen de Oosterscheldedijk aan.'

'Ik ken het,' zei Rona vlak. Ze praatte nog even verder met Lara, maar sloot het gesprek toch vrij snel af.

'Wat? Het bedrijf waar Eugène werkt? Is hij verantwoordelijk voor...' Line draaide zich van haar af.

Rona zweeg. Wat kon ze zeggen?

Toen Line haar weer aankeek vulden haar ogen zich met tranen, haar kin begon te trillen. 'Heeft Eugène deze milieuramp op zijn geweten? Hoe kan hij? Hij heeft mijn zoon vergiftigd!'

Rona wilde Line afremmen. Het bedrijf was misschien wel schuldig, maar dat betekende nog niet dat Eugène daar vanaf wist. Maar Line was niet te houden.

'En ik heb hem nog wel om advies gevraagd. Puberproblemen, noemde hij het! Hoe kan iemand zo...zo...' Line kwam niet meer uit haar woorden. Ze zakte terug op haar stoel en snikte het uit. Haar handen tegen haar ogen drukkend kwam alles eruit. Rona voelde zich machteloos.

Op dat moment veerde Line op uit haar stoel. Het verdriet was verdwenen en had plaatsgemaakt voor een kille hardheid.

'Ik ga hem nú de waarheid vertellen. En reken maar dat hij er niet gemakkelijk vanaf komt.' Line sprong op, greep Rona bij haar arm en trok haar omhoog. 'Kom, we gaan!'

'Doe eens even kalm, Line. Je bent helemaal overstuur.' Van Damme liep naar haar toe.

'Jij bent de oorzaak van al die waterproblemen,' gilde Line tegen hem. Hij was helemaal overdonderd door de felle reactie. Was dit de vrouw met wie hij verder wilde? Wat had hij haar fout ingeschat. Het was gewoon een hysterische meid. Het was maar goed dat dit nu gebeurde, zodat hij die fout kon herstellen. Was hij eindelijk verlost van die vreselijke afperser, kreeg hij dit. Hij zuchtte diep.

'Ga nou eens even rustig zitten. En u ook, mevrouw.'

'Rona. We hebben al eerder kennisgemaakt.'

Hij keek de vriendin van Line even aan. Ze droeg alweer dat belachelijke petje. 'Ga alsjeblieft even rustig zitten. Ik zal mijn secretaresse vragen wat koffie te brengen.' Hij wilde net Sabine roepen toen het hysterische gegil achter zijn rug weer verder ging.

'Ik wil jouw koffie niet! Zoete broodjes bakken, mooie cadeautjes geven, dat kun je.'

Het gezicht van Line was vertrokken in een kwade grijns. Wat een verschil met hun vorige ontmoetingen, dacht hij.

'Maar ondertussen zorg je er wel voor dat jouw vuile water in de Oosterschelde terecht komt. Door jouw schuld gaan dieren dood en worden mensen ziek.' Ze spuugde de woorden naar hem toe.

'Line, rustig aan. Ik weet niet hoe je aan die informatie komt, maar het is gewoon niet waar. Ons water wordt keurig gezuiverd en dan pas geloosd in de Oosterschelde. Jouw beschuldigingen kloppen niet. Het is onzin.' Hij voelde zich sterk. Hij had toch de bewijzen dat hun water schoon was? Hij had van de waterzuiveringsafdeling keurige tabellen gekregen. Alles was in orde.

'Onzin? Geen onzin! Dat zei je ook over de problemen die Tom had. Puberproblemen, onzin om naar een dokter te gaan. En moet je hem nu zien, één brok ellende.' Opeens brak Line. Ze snikte het uit en liet zich op een stoel vallen.

Hij voelde zich moedeloos. Daar zat hij nu met een huilende vrouw. Als er iets was waar hij een hekel aan had dan was het vrouwengejank. Gelukkig was die vriendin van haar erbij, die nam het troostwerk voor haar rekening.

Hij drukte op de intercom en vroeg Sabine om een glas water.

Toen Line wat gedronken had, wist hij opeens hoe hij die twee vrouwen zijn kantoor uit kon krijgen.

'Ik zal je meenemen naar de waterzuiveringsinstallatie. Dan kan je met eigen ogen zien hoe zorgvuldig wij met water omgaan.' Hij keek hen aan, maar zag ze aarzelen.

'Normaal mag dat natuurlijk niet, zomaar in de catacomben van het bedrijf rondneuzen,' zei hij met een superieur lachje, 'maar voor jullie wil ik wel een uitzondering maken. Een persoonlijke rondleiding.'

23

Samuel hoorde een bekende stem achter zich. Hij draaide zich om en zag Jan staan.

'Jan,' zei hij verbaasd. 'Wat doe jij hier? Je had je toch ziek gemeld?'

Jan liep op hem toe en ging op een stoel zitten. Hij zag grauw, zijn ogen waren hol en zijn lippen bloedeloos wit.

'Wat is er met je?'

Willem, die even verderop aan het werk was geweest, kwam nu ook aanlopen.

'Ze is er niet meer,' zei Jan zacht. 'Ze zei opeens tegen me dat ze wegging. Ik begreep eerst niet wat ze bedoelde, want ze kon helemaal niet meer zelf overeind komen. Toen het tot me doordrong wat ze bedoelde, kon ik haar alleen nog maar vasthouden. En toen...' Er schoot een snik door Jan heen, '... toen was ze weg. Het alarm van de apparatuur, de verpleegster die aan kwam snellen, het was allemaal niet meer nodig. Ik wist dat ze niet meer terug zou komen.'

Jan keek hen aan met een blik waar Samuel koud van werd. Zijn vrouw was alles voor hem, dat had Jan hen wel eens verteld in de weinige momenten dat hij iets deelde van wat hem bezighield. Stille Jan, die nu grauw en in elkaar gedoken in de grote hal zat.

'Kom, laten we even naar de kantine gaan,' zei Samuel. 'Het werk kan wel even blijven liggen.' Hij schreeuwde wat naar twee mannen die bij een andere tank aan het werk waren.

'Ik wil niet naar de kantine,' zei Jan, toen ze naar de uitgang van de hal liepen. 'Ik laat me niet meer aan een lijntje meevoeren. Het maakt toch allemaal niets meer uit?' Hij hief vragend zijn armen op naar zijn maten. 'Vertellen jullie mij nou eens waarvoor ik nog iets zou moeten. Niemand vertelt mij meer wat ík moet doen!'

'Ik kan me voorstellen dat je nu even zo denkt. Maar...'

'Niets maar. Wat moet ik nu nog verder? Niets kan haar meer terugbrengen. Niets.' De ogen van Jan waren wijd opengesperd. Er lag een vreemde grijns over zijn bleke gezicht.

Samuel wilde hem kalmeren en moed inspreken, maar Jan hield hem tegen.

'Ik heb alles gedaan om haar te redden. Echt alles. Maar die klote kanker is gewoon niet uit te roeien. De duurste medicijnen hebben ze uit de kast gehaald, de nieuwste therapieën! Als er ook maar een klein kansje was dat ze daarmee geholpen kon worden, dan wilde ik dat ze het zouden proberen. Al mijn geld is er in gaan zitten. De verzekering die dit geweldige bedrijf zijn werknemers aanbiedt, vergoedt dat soort extra zaken niet. Je moet het allemaal maar zelf betalen.'

Samuel realiseerde zich nu hoe intens verdrietig Jan moest zijn. Wat had hij de laatste maanden een wanhopig gevecht geleverd.

'Verdomme, die klootzak heeft het allemaal op zijn geweten. Híj moet boeten! Al is het het laatste dat ik in mijn leven zal doen. Hij komt er dit keer niet zomaar van af.' Jan draaide zich om en liep de hal uit.

Samuel keek Willem aan. 'Over wie heeft hij het?'

Willem haalde zijn schouders op. 'Kom, we kunnen hem nu niet alleen laten.'

Ze snelden naar de uitgang en zagen Jan even verderop lopen. Hij liep met kwade passen naar de bassins die aan de achterkant van het bedrijf lagen. Het was broeierig benauwd buiten en boven de grote tanks die op het terrein stonden zag Samuel dreigende wolkenluchten samenpakken. Hij ging achter Jan aan en al snel haalde hij hem in.

'Waar ga je heen? Kom nou even mee.' Samuel legde zijn hand op zijn arm om hem te laten stoppen.

'Laat me los.' Met een snelle beweging schudde Jan hem af. 'Ik moet dit doen. Ik ben het aan haar verplicht. Zij heeft hier nooit om gevraagd.' Een schrille lach kwam over Jans lippen. 'Ha, wat heb ik hem bang gemaakt. Hij kneep hem als een ouwe dief. En dan dat truttige hondje dat hij aan een lijntje meevoerde. Heb je die ooit gezien? Nou, mij heeft hij genoeg aan het lijntje gehouden. Ik pikte het niet meer en dat heeft hij geweten.' Jan draaide zich om en leek verder te willen lopen. Maar hij draaide zich opeens weer om en haalde heel rustig een pistool uit zijn zak.

Samuel deinsde terug.

'Jezus, Jan! Wat doe je?' Hij voelde de angst zijn spieren verlammen. Hoe kwam Jan aan dat pistool?

'Al mijn geld heeft haar niet kunnen redden,' zei Jan opeens gevaarlijk rustig, terwijl de lichtblauwe ogen door Samuel heen leken te priemen. 'Zíjn geld heeft haar ook niet kunnen redden. Maar zó komt hij niet van me af. Ik zal hem laten boeten. Ik zal ervoor zorgen dat hij nooit meer zoiets kan doen. Blijf hier en laat me mijn gang gaan. Ik wil verder niemand kwaad doen. Dat van die schoonmaker was een ongeluk. Ik wilde hem alleen maar bewusteloos slaan. Hij had gezien waar ik mee bezig was, maar toen viel hij in het water. Hij had niet in dat verdomde water moeten vallen. Het was een ongeluk.' Even zag Samuel de pijn weer in Jans ogen voordat ze verhardden.

'Blijf bij me weg. Ik moet die klootzak laten boeten.' Jan draaide zich om en liep weg.

Samuel merkte dat Willem vlak achter hem stond.

'Wat is er met hem aan de hand?' stootte Willem verdwaasd uit. 'Is dit Jan? Heeft hij de schoonmaker...?'

'We kunnen hem niet laten gaan. We moeten hem tegenhouden voordat hij nog meer rare dingen doet.'

'Hij is gek. En hij heeft een pistool. Heb je zijn ogen gezien? Die blik.'

'Tuurlijk heb ik dat gezien. We kunnen hem niet zijn gang laten gaan. Wie weet wat hij gaat doen. Wij zijn misschien de enigen die tot hem door kunnen dringen. Wíj moeten hem tegenhouden.' Samuel liep achter Jan aan zonder achterom te kijken of Willem hem volgde. Hij liep over het grote terrein. De wind was toegenomen en blies in harde vlagen tussen de tanks door. In de verte hoorde hij gerommel. Onweer. Samuel klom de trap naast het grote zuiveringsbassin op. Waar was Jan gebleven? De manier waarop Jan had gesproken boezemde hem angst in. Opeens zag hij hem. Jan stond bij het bedieningspaneel en was bezig met het grote wiel dat bij de afsluitkranen zat.

'Nee! Dat moet je niet doen.' Samuel schreeuwde om boven het geluid van de fontein uit te komen.

Geschrokken draaide Jan zich om. Een grote baco viel kletterend op de grond.

'Laat me mijn gang gaan. Ik moet dit doen.' Jan draaide zich weer naar het paneel, maar Samuel was helemaal niet van plan om hem zijn gang te laten gaan. Jan wist niet wat hij deed, daar was Samuel nu wel van overtuigd. Hij wilde niet dat Jan in nog grotere problemen zou komen en hij had het idee dat hij de enige was die hem daar vanaf kon houden.

Hij liep naar Jan toe. Maar toen hij vlakbij hem was, draaide die zich om. Het pistool was weer in zijn hand en hij hief het dreigend naar Samuel op.

'Blijf staan. Ik moet afmaken wat ik begonnen ben. Voor haar!' Er zat geen gevoel meer in Jans stem. Zijn gezicht stond uitdrukkingsloos en was daardoor onherkenbaar.

Het was duidelijk dat het hem ernst was. Samuel deed afwerend een paar passen terug en botste daarbij tegen Willem aan.

'Hij is bloedserieus,' zei hij zacht tegen zijn maat.

'Waar is Jan mee bezig? Op die manier sluist hij het vuile water rechtstreeks door naar de vijvers en kan het ongezuiverde water in een keer in... O, nee,' stamelde Willem. 'Hij veroorzaakt een gigantische vervuiling van het oppervlaktewater.'

Plotseling werd hun aandacht getrokken door geluiden aan de andere kant. Samuel zag dat Van Damme met twee vrouwen langs de rand van het bassin liep. Van Damme wees op de waterfontein en leek uitleg te geven over het waterzuiveringssysteem. Zou dat de controledelegatie zijn van de samples die hij had opgestuurd, dacht Samuel. Dan was het wel heel wrang dat ze net op dit moment hier op moesten duiken. Maar toen zag Samuel dat Jan ze ook in de gaten had gekregen. Jan staakte zijn bezigheden bij het bedieningspaneel. Van Damme liep op Jan toe en ze schudden elkaar de hand. Een bliksemschicht schoot opeens achter de beide mannen door de lucht. Op dat moment stopte de fontein, die volgens een volledig geautomatiseerd tijdschema het water beluchtte. Het was opeens snijdend stil. Daarna werd de stilte abrupt doorbroken door een enorm gerommel. De lucht was loodgrijs.

Het leek erop dat Jan door de komst van Van Damme gekalmeerd was en dat hij zijn plan niet meer tot uitvoer ging brengen. Samuel deed opgelucht een paar passen in hun richting.

Opeens klonk er een gil. Samuel zag dat Jan Van Damme bij zijn keel had gegrepen. De vrouwen gilden en renden weg. Samuel ving ze op en duwde ze naar achteren.

'Die man is gek,' siste een van de vrouwen. Ze droeg een stoer petje. 'Hij heeft een pistool.'

Samuel zag dat Jan het pistool tegen de zij van Van Damme gedrukt hield.

'Jan, geef het op,' riep hij zijn collega toe. 'Je maakt het alleen maar erger.'

'Blijf staan, Samuel.' De stem van Jan was verwrongen van woede. Zijn blik was kil. Samuel bleef staan. Dit was niet de Jan die hij kende.

'Van Damme is degene waar ik het over had. Als deze vuilak er niet was geweest had mijn vrouw nog geleefd. Hij liet een paar jaar geleden al die kankerverwekkende stoffen ontsnappen. En waarom? Alleen maar om zijn bonus binnen te kunnen halen.'

Samuel dacht terug aan wat Truus verteld had. Het milieuschandaal.

'Geld, dat is het enige wat deze vent wil,' schreeuwde Jan hem toe. 'Geld! Maar met al het geld in de wereld kun je niet datgene kopen dat je het liefste zou hebben. Met mijn geld lukte het niet. En met zíjn geld ook niet. Mijn vrouw is dood. Geld is niets waard.'

Van Damme probeerde zich los te rukken, maar Jan bleek sterker. 'Deze klootzak gaat over lijken. Lijken die hij niet ziet, niet wil zien. Al die mensen die ziek zijn geworden door zijn grove nalatigheid. Geen enkel excuus! Niemand van zijn vorige bedrijf heeft ooit geweten wat deze... deze manager...' Jan spuugde het woord minachtend naar voren, '... heeft uitgehaald. Een dikke vette exitpremie kreeg hij en het aanbod om binnen dit bedrijf verder te gaan. Ja, verder te gaan met zijn vuile praktijken en het gesjoemel met meetwaarden.'

'Dat is niet waar. Ik heb mijn leven gebeterd,' probeerde Eugène van Damme ertegenin te gaan. Zijn stem klonk hoog en bang.

Jan gooide zijn hoofd in zijn nek en lachte als een krankzinnige. 'Leven gebeterd? Laat me niet lachen. Je speelt nog steeds met cijfers.' De stem van Jan veranderde plotseling in een poeslief stemmetje. 'En nu heb ik met jou gespeeld. Ik heb je laten zweten en laten kruipen. Ik heb je zelfs geveild!' Jans lach werd begeleid door een enorme lichtflits die direct gevolgd werd door een zware donderslag. Op dat moment begon het te regenen. Dikke druppels doorweekten de twee verstrengelde gestalten.

'Van Damme heeft de vervuiling van de Oosterschelde op zijn geweten,' gilde opeens een van de vrouwen. 'Mijn zoon is ziek geworden en de vissen gaan dood.'

'Ik heb die vervuiling op mijn geweten,' zei Jan kil.

Samuel keek verbijsterd hoe Van Damme probeerde los te komen uit de armen van Jan. Had Jan echt moedwillig het water van de Oosterschelde vervuild? Hij kon het niet geloven.

'Ik had geld nodig.' De stem van Jan was opeens weer helder en sterk. 'Ik kon de behandeling in het ziekenhuis niet meer betalen. Ik had enorme schulden. Toen bedacht ik, dat degene die de ziekte veroorzaakt had, eigenlijk de rekening moest betalen. Ik heb Van Damme om geld gevraagd, natuurlijk anoniem. En toen hij niet wilde betalen loosde ik vuil water als straf. Ik hoopte dat ze hem zouden pakken, zodat ze er eindelijk achter zouden komen dat hij de boel al die tijd besodemieterd had.' Jans gezicht vertrok. Het verdriet kwam terug en de pijn trok diepe voren rond zijn ogen. 'Toen hij me uiteindelijk betaalde had het geen zin meer. De kanker was niet meer terug te dringen. Het heeft allemaal niet geholpen.' Jan keek naar de laaghangende wolken. 'Er zijn zoveel doden gevallen. Deze vent heeft al die doden op zijn geweten. Veel meer mensen uit die omgeving hebben kanker gekregen. Mijn vrouw was er slechts één van.'

Jan ging steeds zachter praten, alsof hij zich niet meer bewust was van zijn omgeving. Zijn pistool zakte naar beneden. De regen viel nu met bakken uit de lucht. Samuel zag dat de ogen van Van Damme alert stonden en dat hij zich uiterst langzaam uit de beklemmende greep probeerde te bevrijden.

'Maar deze smeerlap heeft zijn schuld nog niet ingelost,' schreeuwde Jan opeens. Samuel zag dat Van Dammes ogen angstig heen en weer schoten en in een wanhopige poging dook hij in elkaar en greep de enorme baco die nog voor de voeten van Jan op de grond lag. Hij hief het stuk gereedschap op en wilde toeslaan, maar Jan was sneller en pakte zijn pols en hief met zijn andere hand zijn pistool naar Van Damme op.

'Nee, Jan, niet doen!'

Samuel wilde naar Jan toelopen, maar op dat moment wierp Van Damme zijn zware lichaam tegen Jan aan en met een luide schreeuw vielen ze op de grond. Toen hoorde Samuel het schot. De twee natte lichamen verstijfden en Samuel stoof op ze af. Hij zag dat Van Damme van Jan afrolde en omhoog kwam.

'Nee!' schreeuwde Samuel. Hij duwde Van Damme opzij en hurkte bij Jan neer. Maar hij wist dat het te laat was. Jans gezicht drukte verbazing uit en zijn mond ging open alsof hij nog iets wilde zeggen. Daarna viel zijn hoofd slap opzij. Uit een klein rond gaatje aan de zijkant van zijn schedel stroomde bloed.

De stilte werd onderbroken door de fontein van de waterzuivering die automatisch zijn druppels weer in het rond begon te sproeien.

24

Door de regen was de ergste warmte verdreven, hoewel Samuel het in de aula van de begraafplaats nog altijd drukkend warm vond.

'Nu zijn ze weer samen,' zei hij, terwijl hij een plak cake van een blad pakte.

'Ja, zo zou je het kunnen zeggen. Maar triest blijft het.' Truus' neus verdween geheel in het kopje waaruit ze de lauwe koffie slurpte.

'Weet je, ik kan het me nog steeds niet voorstellen dat we dat wanhopige gevecht van Jan nooit in de gaten hebben gehad.' Het gezicht van Harvey was een en al vraagteken. 'Waarom heeft hij er nooit over gepraat? Misschien hadden wij hem wel kunnen helpen.'

'Stille wateren...' zei Samuel zacht.

'Hebben diepe gronden,' vulde Willem aan. 'Toch kan ik er niet bij.'

'Ik ook niet, Willem,' zei Samuel. 'Ik begrijp nog steeds niet waarom Jan dacht dat Van Damme schuld zou hebben aan de kanker van zijn vrouw. Dat is toch een waanbeeld. Duizenden mensen krijgen kanker.'

'Duizenden mensen is heel wat anders dan je eigen vrouw. Hij had een waanbeeld gecreëerd dat een eigen leven is gaan leiden. Misschien ook wel aangewakkerd door onze kritiek op het beleid van Van Damme. Vergeet niet dat we Van Damme aardig zwart hebben zitten maken,' zei Truus. Samuel keek toe hoe een tweede plak cake in haar mond verdween.

'Zou Jan geweten hebben dat wij Van Damme ook op de huid zaten?' Samuel keek Willem aan.

Willem haalde zijn gespierde schouders op. 'Geen idee. Maar ik moet ook bekennen dat geen haar op mijn hoofd eraan gedacht heeft dat al dat gescheld op Van Damme zoiets tot gevolg zou kunnen hebben.'

'Nou ja, het was niet alleen schelden. Weet je nog, die keer dat we hem alle hoeken van zijn oprit lieten zien.' Samuel kon niet anders dan er genietend aan terugdenken. 'Dan had hij ook maar met zijn vieze handjes van Sabine af moeten blijven.'

'Vieze handjes heeft hij in ieder geval ook gehad. *Shit happens.*' De bulderende lach van Willem klonk door de ruimte, waar het geroezemoes opeens verstomde.

'Ja, *shit happens,*' herhaalde Samuel Willems uitdrukking, terwijl hij de verstoorde blikken van de andere gasten opving.

'Ik heb geen idee waar jullie het over hebben,' zuchtte Truus. 'Maar ik ben wel blij dat de directie besloten heeft om Van Damme te ontslaan. Ik heb zelfs gehoord dat ze aan het onderzoeken zijn of hij vervolgd kan worden voor zijn fraude met milieucijfers.'

'Jij vangt ook alles op. Niet alleen jouw neus is een gevoelig meetorgaan,' zei Samuel.

'Als ze dat bij de directie dan ook maar doorkrijgen. Voorlopig kan ik in ieder geval blijven werken. De bezuinigingsronde van Van Damme is door zijn vertrek ook van de baan.'

'Ja, voorlopig wel. Totdat er weer een nieuwe manager komt. Een nieuwe manager geeft nieuwe problemen,' stelde Willem vast.

'Laten we dat maar afwachten. Voor Jan is het in ieder geval te laat.' Het gaf Samuel een treurig gevoel. Hij bleef zich afvragen of hij eerder had kunnen zien dat Jan aan het doordraaien was. 'Misschien is het op deze manier wel het beste voor Jan. Hij wilde niet zonder zijn vrouw verder leven.'

De temperatuur was eindelijk wat aangenamer. Rona zag de zon vrolijk achter een wolk vandaan piepen toen ze de dijk opliepen. Ze trok de klep van haar pet wat dieper over haar gezicht en voelde het lichaam van Line tegen zich aan bewegen terwijl ze gearmd over het pad liepen. Ze passeerden een bordje waarop een duidelijke waarschuwing te lezen was het water niet in te gaan.

Boven de dijk hingen de meeuwen bijna stil in de lucht, zwevend op de wind, maar schreeuwend om aandacht. Binnendijks schoten de kieviten als luchtkunstenaars over de weilanden, hun prachtige capriolen vertonend, zichzelf begeleidend met hun typische gefluit.

Op het gras van de dijk lag een haarnetje van regendruppeltjes. Stil geweven water, dacht Rona, terwijl ze het picknickkleed uitspreidde en ging zitten.

'Ik vind dit altijd een van de mooiste plekjes van dit gebied,' zei Rona. 'De rust van het altijd bewegende water en vlak voor je de watervogels die het slib af lopen te zoeken naar eten. Hoor je de scholeksters?'

Ze ging liggen. Ze hoorde de geluiden van de verschillende vogels, die als een ingewikkeld muziekarrangement door elkaar klonken. De wind streek zacht over haar blote armen.

'Het was eigenlijk wel een mooie plechtigheid,' zei Line die naast haar was gaan liggen.

'Ja, triest maar tegelijkertijd ook vredig. Net alsof het gewoon goed was.'

'Ik had het wel even moeilijk toen ik die twee kisten samen naar beneden zag zakken. Hoe sterk kan liefde zijn.'

Rona duwde zich op en steunde op haar elleboog. Ze keek naar het ontspannen gezicht van haar vriendin. De donkere wenkbrauwen die als perfecte bogen de vorm van Lines nu gesloten ogen benadrukten. Zacht streek ze met haar hand wat losse haren weg. Ze volgde met haar vingers de lijnen van Lines lippen die ondeugend opbolden en waarover een voorzichtige glimlach speelde. De lippen knepen samen tot een zoen en Rona duwde haar vingers erop om de kus te ontvangen.

Daarna boog ze voorover en duwde haar lippen oneindig zacht op de halfgeopende mond van Line. En nogmaals kuste ze haar. Toen ze merkte dat Line ontspannen bleef liggen, durfde ze langzaam haar mond te openen en liet ze behoedzaam haar tong bij Line naar binnen glijden. Zacht en warm. Een warme golf van intense gevoelens in haar binnenste. Tegenstrijdige gedachten draaiden mee. Toen liet ze Line los en ging rechtop zitten

'Line, ik weet niet of je...'

'Ssst,' siste Line, die nu ook overeind kwam. 'Het is goed. Ik ben er achtergekomen dat ik je niet kan missen. Het maakt me niet uit of je een man of een vrouw bent. Ik heb je nodig en ik wil dat je bij me bent. We zullen alleen Tom de tijd moeten geven.'

Rona trok Line tegen zich aan waardoor Lines hoofd tegen haar borsten terechtkwam. Ze liet een hand over Lines lichaam glijden. Wat hadden vrouwen toch een heerlijk rond lichaam, dacht ze. Ze kon zich niet voorstellen dat een hard mannenlichaam daaraan kon tippen. Ze liet haar handen verder op onderzoek uitgaan en vond twee volle borsten. Wat waren ze prachtig. Ze was vol verlangen naar meer. Ze streelde ze zacht, waarna ze haar hand om Lines middel liet rusten. Een diepe zekerheid overspoelde haar. Het was goed.

Zwijgend zaten ze een tijd naast elkaar. Elk woord leek overbodig.

Rona keek uit over het water van de Oosterschelde. De Zeelandbrug was als altijd een peilpunt op het water en vormde een fier contact tussen de eilanden. Onder aan de dijk dobberden een aantal dode vissen op de lichte golfslag. Het zou nog wel een tijdje duren voordat het water weer gezond was.

'Wat een stilte op het water, hè?' zei Line zacht.

'Ja, geen duikers, geen surfers en geen vissers. Niemand mag het water in. Het zal nog wel maanden duren voordat de Pfiesteria het loodje legt. Gelukkig kan de alg niet tegen onze wintertemperaturen. En tot die tijd...'

'Is het stil op het water.'

'Ja, stil water,' mompelde Rona.

Verantwoording

De informatie, tips, aanwijzingen, kennis en support van meerdere mensen zijn belangrijk geweest bij het tot stand komen van *Stil water*.

Vanaf het prille begin van het ontstaan van dit verhaal is Arnold betrokken geweest. De steun die hij me heeft gegeven is niet in woorden uit te drukken. Het woord 'steun' omvat al die kleine en grote bijdragen van hem die het mogelijk hebben gemaakt om dit boek te schrijven.

Met mijn broer Hans, aan wie ik dit boek opdraag, heb ik waardevolle discussies gehad die mij soms een andere invalshoek lieten zien.

Het kritische oog van mijn zusje Christine heeft mij in mijn hele leven begeleid en ook nu bleek die weer liefdevol en kritisch.

Dolfijnen hebben altijd mijn aandacht gehad. Het leek mij daarom mooi om via dit verhaal aandacht te vragen voor de soms bedreigde situatie waarin bruinvissen zich bevinden. Zo kwam ik terecht bij Ron Kastelein, marien bioloog en onderzoeker op het gebied van bruinvissen. Hij heeft met veel geduld al mijn vragen over bruinvissen beantwoord.

De aanwijzingen op het duiktechnische vlak van Steven Groot, Inez Flameling en Aart van der Staaij heb ik dankbaar aanvaard.

Over het mooie natuurgebied van de Oosterschelde heb ik veel algemene informatie ontvangen van Jaap Brilman van het nationaal park de Oosterschelde.

Door mijn wetenschappelijke achtergrond had ik toegang tot vele wetenschappelijke artikelen, waarin ik de beangstigende informatie over Pfiesteria piscicida heb gevonden. Ook de websites van het Ministerie van Landbouw, Natuur en Visserij, en het RIVM waren een goede bron van informatie op dit gebied.

De informatie over waterzuivering en milieunormen heb ik uit een jaarverslag van een destructiebedrijf dat ik hier om begrijpelijke redenen niet met naam en toenaam wil noemen.

Het bedrijf dat een rol speelt in dit boek bestaat alleen maar in de wereld van de fictie.

Door het vertrouwen van mijn uitgeefster Ilse Karman van Verbum Crime is het mogelijk dat er een heruitgave komt van *Stil Water*. Ik ben haar daarvoor heel erkentelijk.

MAAK KANS OP EEN GRATIS BOEK

Elke maand wordt onder de ambassadeurs
van Marelle een gratis boek verloot.

HOE WORD JE AMBASSADEUR?

Meld je aan via www.marelleboersma.nl
Of stuur je mailadres naar ambassadeurs.marelle@gmail.com

Het kost niets

WAT LEVERT HET JE OP?

Elke maand wordt onder de nieuwe
ambassadeurs een gratis boek verloot

Je wordt op de hoogte gehouden van alle nieuwtjes

Je krijgt als eerste informatie over leuke acties

Het geeft je een kijkje achter de schermen

Regelmatig iets extra's, zoals een kort verhaal of een tekstfragment

MAAK KANS OP ÉÉN VAN DE DRIE WELLNESS ARRANGEMENTEN VOOR TWEE BIJ DE VELUWSE BRON!

Schrijf je nu in voor de maandelijkse nieuwsbrief
van Verbum Crime op www.verbumcrime.nl o.v.v. ' Stil water'
en maak kans op een Relax Wellness Special voor twee personen
bij de Veluwse Bron t.w.v. € 138,00

DIT ARRANGEMENT GEEFT JE RECHT OP:

- Ontvangst tussen 9.30 en 10.00 uur met koffie of thee
- Uitleg en rondleiding door gastvrouw
- Behandeling wordt gepland tussen 10.30 en 21.00 uur
- Gebruik van alle sauna- en wellnessfaciliteiten tot 23.30 uur
- Onbeperkt gebruik van douchegel, shampoo en scrubzout
- Luxe lunchbuffet
- Behandeling van 30 minuten, keuze uit klassieke ontspannings-massage of sportmassage
- Badjas en handdoeken zijn tegen huurprijs te verkrijgen. Badslippers zijn te koop

De babymakelaar

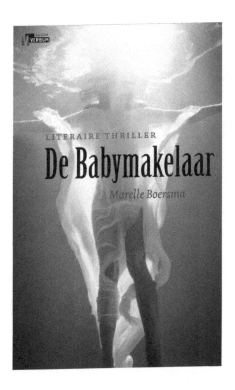

Femke is ontroostbaar als haar man verongelukt. Heeft zijn dood te maken met de babymakelaar die ze hebben ingeschakeld om hun kinderwens te vervullen? Femke moet op zoek naar haar kind, dat ergens in de buik van een voor haar onbekende draagmoeder zit.

'Marelle Boersma behoort zeker tot de top van Nederlandse vrouwelijke thrillerauteurs.' **** Crimezone.nl

fragment *De babymakelaar*

HOOFDSTUK 8

De emotie in de muziek maakt iets in haar los. Steeds bij dezelfde woorden. De tekst krijgt een betekenisvolle lading en zorgt onbewust voor de juiste trilling in haar stem. Het maakt haar kwetsbaar, alsof er slechts een dun vliesje om haar hart ligt. Pas als ze de slottoon zingt, komt ze terug in haar eigen lichaam. Het kippenvel op haar lijf valt haar nu pas op. Terwijl het orkest de laatste begeleidingstonen laat klinken, ziet Femke in haar ooghoeken de dirigent en sluit af op zijn teken.

Een rilling trekt over haar rug als ze buiten adem blijft staan tot het licht wegzakt. Het klonk goed, weet ze. Ze had het juiste gevoel weer te pakken.

Het applaus is haar beloning, maar ze houdt haar gezicht in plooi tot het doek dicht is. Dan loopt ze naar de coulissen. Het is pauze. Er kriebelt een haar op het voorhoofd, vastgeplakt door zweet. Het is warm onder de dikke stof van haar jurk.

Dorstig pakt ze het glas water aan dat iemand haar aanreikt. Ze drinkt een paar snelle slokken.

Het duurt even voor de vreemde sfeer doordringt. De uitblijvende complimenten. Niemand die haar even op haar schouder slaat. Geen euforische stemming na de sterke slotscène van de eerste acte. Wel raast de adrenaline door haar lijf. De kick is aanwezig maar lijkt ongepast. Er is iets.

De technici staan werkeloos achteraf. Niet druk in de weer met microfoontjes bevestigen of zenders regelen. Een paar castleden klitten bij elkaar. Zelfs Enrico staat nog op het zijtoneel. Hij doet een pas in haar richting, maar stopt dan. Waarom is hij niet in de kleedkamer, net als anders? Ze glimlacht naar hem, maar hij kijkt van haar weg.

'Hé, wat doen jullie vreemd?' Femke begint te lachen, maar stopt direct weer. Haar lichaam gloeit na van de inspanning die ze heeft geleverd. Het zweet stroomt vrijelijk over haar lijf. Alsof het nu pas de weg kent.

Dan ziet ze Maarten op zich afkomen. Wat doet die hier? De producent van hun musical is tijdens een voorstelling nooit *backstage* te vinden.

Ze kijkt om zich heen en voelt de beladen sfeer. Er bekruipt haar een gevoel dat ze kent uit haar dromen. Een dreigende beklemming. Je weet dat er iets niet klopt, maar je kunt het niet benoemen. Je voeten staan vastgeschroefd, waardoor het onmogelijk is te vluchten. Er zit niets anders op dan lijdzaam af te wachten tot het onafwendbare onheil over je heen zal denderen.

Maarten staat nu voor haar. Zijn blik naar binnen gekeerd. Ontwijkend bijna. Heeft ze slecht gespeeld? Krijgt ze nu te horen dat…? Nee, dat is onmogelijk. Ze was goed.

Ze neemt weer een paar flinke slokken. Alsof ze zich moed indrinkt. Haar keel blijft echter kurkdroog. Ze laat een glimlach over haar lippen glijden, alsof ze daarmee het slechtnieuws-gesprek kan afwenden.

'Maarten, wat doe jij…?' Haar stem stokt. Ze kijkt naar haar collega's, op zoek naar houvast. Steun van wie dan ook. Om haar heen ziet ze ogen die te bang zijn om haar aan te kijken.

'Femke, er is iets…' begint Maarten.

'Was het slecht? Zeg maar niets,' onderbreekt ze hem. Ze wil de woorden niet horen.

Ze probeert de blik van Maarten te lezen, maar slaagt er niet in. Het is vreemd de grote baas zo verward te zien. Wat is er toch aan de hand?

Om haar heen slechts serieuze gezichten. Waarom zegt niemand iets? Waarom staan ze haar allemaal zo sullig aan te staren? Ze was niet slecht! Ze heeft goed gespeeld, dat weet ze opeens met onverklaarbare zekerheid. Er is iets anders.

'Maarten, wat is er aan de hand?'

Zijn ogen vluchten naar de grond. 'Het is Björn.'

'Is Björn hier?' Het is niet haar eigen stem die ze hoort.

Zijn houding geeft het antwoord al voordat de zin komt. 'Er is iets ernstigs gebeurd.' Een holle klank, die wegsterft over het zijpodium.

Ze registreert alles feilloos. Er ontstaat een pulserende beweging door haar lijf dat nog nagloeit van de geleverde inspanning, alleen is het haar eigen lichaam niet meer.

'Het spijt me, Femke.'

Er valt iets naast haar op de grond. Scherven schieten opzij en er kietelt iets langs haar been. Wat vreemd, denkt ze. Alles echoot. Björn, schiet het dan pijlsnel door haar heen. Er is iets met Björn.

Maarten is opeens vlakbij en pakt haar bij de schouders. 'Björn heeft een ongeluk gehad. Het spijt me zo, Femke.'

Ze voelt dat ze haar hoofd schudt. Alsof haar brein probeert de definitieve woorden te verwijderen. Het is doodstil om haar heen. Ze zoekt in het gezicht van Maarten naar iets dat aangeeft dat het allemaal op een misverstand berust. Dat ze haar met z'n allen voor de gek houden.

'Björn is thuis,' zegt ze rustig, terwijl ze een droge brok probeert door te slikken. 'Hij is thuis aan het werk.' Ze vergissen zich. Ze moeten zich vergissen.

'Zijn auto is over de kop geslagen en in brand gevlogen. Hij was op slag dood.'

Femke sluit haar ogen en brokstukken informatie slaan gaten in haar hoofd. 'In brand?'

Tranen duwen zich een weg naar buiten. Er schiet een scherpe pijn door haar lijf, waardoor ze in elkaar krimpt.

'Nee, dat kan niet. Het moet een vergissing zijn! Björn is thuis. Hij zou thuis werken. Hij...'

'De politie is hier in het theater. Ik wilde je echter zelf... Ze wachten op je.'

Het is onmogelijk. Björn kan niet dood zijn. Toch? Haar lichaam gehoorzaamt niet meer. Ze probeert zich vast te grijpen, maar klauwt in een lege duisternis. Dan is er slechts leegte die haar omringt.